女神なんて
お断りですっ。8

紫南
Shinan

RB
レジーナ文庫

登場人物紹介
シェリス
ハイエルフのギルドマスター。
前世からティアを知っており、
彼女を溺愛している
『自称婚約者』。
フラム
ティアと誓約している
ドラゴンの子ども。
甘えん坊な性格。
ルクス
ティアの専属護衛。
『未来の夫候補』として
ティアに相応しい男に
なるべく日々
鍛錬を重ねている。
ティア
10歳の伯爵令嬢。
かつてはサティアという
王女だったが、
革命を起こして亡くなり、
再び同じ世界に転生した。
転生時に得た『女神の力』を
フル活用し、冒険者として
活動中。
マティ
伝説の魔獣といわれる
ディストレアの子ども。
ティアの良き相棒でもある。

神子《みこ》
謎の組織
『神の王国』の宗主。
人族による世界の統一を
目指しているが——？
ローズ
公爵令嬢。
女神サティアの
生まれ変わりを
自称している。
ラキア
ティアが育てた
ハイパーメイド。
家事から戦闘まで
なんでもこなす。
マートゥファル
竜人族の男性。
かつてサティアの母である
マティアスやシェリスたちと
パーティを組んでいた。
レイナルート
フリーデル王国の王太子。
窮地《きゅうち》に陥った時、弟王子と
居場所を入れ替えるための
魔導具を身につけている。
ヒュリアと婚約中。
ヒュリア
隣国ウィストの王女。
『神の王国』に
蝕《むしば》まれつつある
自国を心配している。

目次

女神なんてお断りですっ。 8

第一章　女神の国防計画

暗い闇の中に落ちていく感覚を覚えて、どれだけの年月が経っただろう。

天使として生まれたジェルバが地上に降りたのは、全て神のためだった。

弱くて命も短い人族が、強靭《きょうじん》で長命な他の種族と共存できるようにと、神は人族に七つの『神具《しんぐ》』を与えた。それらは七つの属性に分かれている。


火……ゴーゼン（浄化）の【神焔《しんえん》】。あらゆるものを焼き尽くし、悪しきものを浄化する。

水……シンスール（癒《い》やし）の【神器《しんき》】。あらゆる薬を生み出す。

風……ダシラス（武闘）の【神旋《しんせん》】。武闘の才を与える。

土……ラプーシュ（守護）の【神環《しんかん》】。守護する場所を結界で守る。

光……イズリス（楽園）の【神玉《しんぎょく》】。土地を潤《うるお》し、失われた植物も芽吹かせる。

闇……セラヴィータ（干渉《かんしょう》）の【神笛《しんてき》】。荒ぶる心を静め、思いに干渉《かんしょう》する。

神……バトゥール（記憶）の【神鏡《しんきょう》】。世界の記憶から読み取られた者を映し出す。

けれど、これらの『神具《しんぐ》』は長い年月の間に正しい力を失い、あり方を変えてしまったのだ。

それによって人々は傲慢《ごうまん》になり、愚かな行動を起こすようになった。三柱の神々は『神具《しんぐ》』による争いに心を痛めている。

回収すべきだとジェルバは思った。天使である自分がやらなくてはと思い、地上へ降りたのだ。

そのことを、なぜだかずっと忘れていた。だがこの数ヶ月、たびたび夢を見るのだ。

その日、聞こえてきたのは、ここ何百年と思い出すことのなかった愛《いと》しい人の声だった。

「ねぇ、天使様。そんなに急いでどうするの？　時には翼を休めることも必要だと思うわ」

ハイヒューマンの里長《さとおさ》であるルーフェニアが、優しく微笑みかけてくる。

赤い髪と瞳。精霊の声を聞くことができ、高い魔力と身体能力を持つ。それが神に愛されたハイヒューマンという種族だった。

「……私のことは気にしなくていい……」

ジェルバが邪険にしても、ルーフェニアは微笑みを絶やすことがない。そして、木にもたれかかることしかできないほど傷付き、疲れ果てたジェルバを癒《い》やそうとしてくれた。

更には森の魔獣からジェルバを守るように、彼女の家族も近くに控えてくれている。それほど気にかけてもらっても、地上に生きる者というだけでジェルバに不信感を抱かせた。

「天使様は、この『神具《しんぐ》』をお探しだったのでしょう?」

「っ、それは……【神玉《しんぎょく》】!?」

彼女が見せてきたのは、両手で覆《おお》ってしまえるくらいの水晶だ。それは間違いなくジェルバが探していた物の一つ【イズリスの神玉《しんぎょく》】だった。

「里にはもう一つ、命の水さえ作り出すといわれる【神器《しんき》】がありますよ」

「どうして……」

どうしてそれを教えるのか。探していたことを知っているのなら、それを回収しようとしていることも察しているはず。

ジェルバにはルーフェニアの意図が分からなかった。しかし、彼女は事もなげに言ったのだ。

「私のもとへ『神具《しんぐ》』が集まってきたのは、それをいずれ天に返すためだと思っていましたから」

予想外の言葉に、声が出なかった。

ここは醜《みにく》い争いばかり。神が愛する者達は強欲で、なかなか『神具《しんぐ》』を手放そうとしない。むしろ、それが尊《とうと》い神から与えられた物だと知ると、他の『神具《しんぐ》』をも手に入れようと自《みずか》ら戦いを仕掛ける有様である。それが、地上に降りて知った実情だった。

これが本当に神々が助けたかった者達なのだろうか。そんな自問をどれだけ繰り返したことか。そうして暗い闇に沈んでいたジェルバの心に今、ようやく一筋の光が差し込んだようだった。

「泣かないでください」

知らぬ間に涙が頬を伝《つた》っていた。手足だけでなく、頬にも傷があるのだろう。涙が少し沁《し》みる。

神の真意を知ろうともしない愚かな人々。それに追われて逃げる弱い自分が許せなかった。神の力を争いに使う人族が許せなかった。誰も信じられないまま、たった一人でこの地上にいることが嫌になっていた。

けれど、ルーフェニアはそんな醜《みにく》いものとは無縁だった。その微笑みを浮かべた表情は、敬愛する神にとてもよく似ていた。

「行きましょう。その翼を休めて、明日に希望を見出《みいだ》すために」

「……ありがとう……」

差し出された手を掴《つか》んだ時、ジェルバは確かな安らぎを感じたのだ。


だが、ここにあるのは残酷な現実――夢の残り香を必死に集める自分が浅ましい。ずっと忘れていた過去を夢に見たからかもしれない。数ヶ月前に受けた傷が酷《ひど》く痛む。けれどそれがジェルバに現実を思い出させてくれた。

「うっ、くっ、どうして……っ」

いつもそうだ。目を覚ますと、記憶はどんどん薄れていく。まるで霧に隠されていくかのように。それは、真っ白だったジェルバの翼が黒く染まった時から始まった。

塗り潰されていく過去を思い出したくても思い出せず、狂気に染まった思考が渦巻《うずま》いていく。

そんな日々を、もうどれだけ生きてきたのだろう。死にたいと願ってもそれは叶えられず、弱っていく心の欠片《かけら》を必死で集めた。けれど今、ようやく終われる予感がある。

「あれは女神……っ、間違いない……早く、早くっ」

黒く染まり片方だけになった翼では、天に戻ることができない。願いが叶うとすれば、神が地上に降りてきた時だ。そう、その神が今地上にいる。呪われた自分に傷を負わせたことがその証明だ。自分を消滅させられるのは神だけ。

「女神、女神よっ……どうか滅《めっ》して……っ」

ジェルバは神に祈る。罪深い自分をどうか天に還《かえ》してくれと。

髪の毛一本、血の一滴さえ残さず、この地上から消してほしい。

女神によって切り捨てられた左腕は、サラサラと砂のように時折崩れ落ちていく。再生するはずの体なのに、完全に元には戻らないのだ。

その痛みは現実を思い出させる。けれど、その現実さえ塗り潰そうとする狂気は、止《とど》まることを知らなかった。

「神の傍《そば》にあるべきなのは私だっ……」

最後に見た光景が忘れられなかった。ジェルバの金の目に焼き付いた光景。

それは、女神の傍《そば》にある汚れのない真っ白な翼。神気《しんき》に染まった金の髪。雲一つない澄み渡った青い空の色を映す瞳。

神に仕える天使の姿。その場所には自分がいるべきだ。

「ひひっ、ははは、はははははっ」

怒りでおかしくなっていくのを止められない。だからどうか――

「女神よ。どうか……私に死を……」

ジェルバは今日も静かに祈り続ける。完全なる終わりの日を願って。

◆　◆　◆

フリーデル王国。王都から馬車で一時間ほどの場所に、学園街と呼ばれる街がある。様々な学《まな》び舎《や》が集まるこの街で、その中心となるのが、貴族の子息子女が通うフェルマー学園だ。この学園の創設は古く、約六百年という長い歴史を持っている。

ヒュースリー伯爵家の令嬢ティアラール・ヒュースリーが通うのも、この学園である。学園が創設された頃、ここにはバトラール王国という国があった。その第四王女として生まれたサティア・ミュア・バトラールが彼女の前世だ。

そう、彼女には前世の記憶がある。その理由は『断罪の女神』として信仰を得てしまったことに起因していた。

「ティア、本当に本気なのか？」

不安げに尋ねてくるのは保護者兼護衛のルクス・カランだ。彼はつい数ヶ月前にティアが女神サティアの生まれ変わりだと知った。そのせいだけではないが、今日まで貪欲《どんよく》に強さを求めてきた。そして今朝方、ティアが彼にあることを提案したのだ。

「もちろん。もう王都の冒険者ギルドに申請も済ませたからね。今から行ってきて」

現在ティアは学園街にある別邸の門先《かどさき》で、ルクスに冒険者のAランク認定試験を受けさせようと説得を続けていた。

三ヶ月前、妖精王の棲《す》む『赤白《せきはく》の宮殿』で伝説の剣に主人と認められたルクスは、間違いなくAランクに届く実力を持っている。その剣を手にできたという事実だけでも、実力の証明になるのだが、本人が認めようとしないのだ。

これまでも冒険者ギルドのマスターであるハイエルフのシェリスにたびたび相手をしてもらい、メキメキとその実力を伸ばしてきたルクスだ。希有《けう》な剣を手に入れたことを抜きにしても、試験を受ける資格はあった。それを渋っていたのは、ティアや周りの者達を基準にしているせいで、自分の実力を低く見積もっているからだ。

「私の判断が信用できない？」

「そんなことはないっ。……自信がないだけだ」

ティアやシェリスだけでなく、その友人である魔王のカルツォーネ、学園の教師をしている獣人族のサクヤなど、ティアの前世を知る者達の実力は最上位のSランクだ。もう数百年もの間、そこまでの力をつけた者は人族には存在しない。

彼らと手合わせをしたり、一緒にクエストを受けたりしていれば、自信が持てなくなるのも分からなくはない。

「何度も言うけど、シェリスやカル姐《ねえ》を基準にしちゃダメだよ。今のルクスはAランクの実力が充分にあるから。私を信じてよ」

「……分かった……けど、俺が試験を受けてる間はあまり無茶しないでくれよ？　どこかへ行く時はシルかクロノスを連れていってくれ」

「うん。分かってる。心配性だなぁ」

「し、仕方ないだろっ。今までの行《おこな》いを思い出してみろっ」

「う～ん……昔より大人しいよ？」

「そうか……」

ティアの言う『昔』がサティアとして生きていた時のことだと察したルクスは、肩を落とした。

「いってらっしゃい。気を付けて」

「ああ……」

見送る気満々のティア。その足下には、ルクスを王都へ送り届ける役目を受けた、真っ白な子犬マティがいる。

《主《あるじ》、ここはもっとゲキレイするべきだって、ラキアちゃんが言ってる》

屋敷の窓から顔を覗《のぞ》かせているメイドのラキア。彼女が先ほどから身振り手振りで何かを伝えようとしており、それをマティが解説してくれた。

「んん？　激励か……ふむふむ、ほっぺたで良い？」

「え？」

なんのことか分からない様子のルクス。その腕を引っ張ったティアは、彼の右頬に唇を寄せた。

「んっ、いってらっしゃい」

「っ～っ……っ」

《ははっ、ルクス真っ赤。ヘンシンしてない時のマティと良いショウブだよ？》

楽しそうに笑う子犬の正体は、赤い体毛を持つ狼。伝説にして最強の神獣と恐れられるディストレアの子どもだ。

今は街中《まちなか》だということもあり、その特徴的な体毛を魔術で白く変えている。本来ならば大人の男性の背丈に迫る体高を持つのだが、それも魔術で小さく変えていた。

「マ、マティっ。行くぞっ。送ってくれるんだろっ」

《は～い。それじゃあ主《あるじ》、行ってきま～すっ》
「寄り道しないでね」
《まかせてっ》
マティが生まれて七年ほど経つが、まだまだ遊びたい盛《さか》りのお子様なので注意が必要だ。
こうして、ティアは無事ルクスを送り出すことに成功したのだった。

この世界の休日である休息日まで、まだ三日もある。学園に通う学生であるティアは当然、授業を受けるために登校しなければならない。

「ルクスさん驚いてたよ？　なんで話しておかなかったの？」

ティアの友人で、現在は同居人でもあるアデル・マランドが、隣を歩きながら責めるような目を向ける。朝食の席でルクスに試験を受けてくるようにと半ば命《なか》じているところを見ていたからだ。

「決意が固まるのを待ってたら全盛期を過ぎちゃうでしょ。人族の一生は短いんだから」

「それは分かるけど……なんか騙《だま》してるみたいに見えたよ？」

もう認定試験の申し込みもしておいたから、すぐに行っておいでなどと言う姿は、確かにそう見えなくもないだろう。だが、それもちゃんと想定済みだ。

「そこはほら。ルクスは慣れてるから」

「嫌な慣れもあったもんだな」

そう同情するのは同じく同居人で、近々親戚にもなる友人のキルシュ・ドーバンだった。

「え？　キルシュもそろそろ慣れてきたでしょ？」

「一体何に慣らそうとしているんだ？　いや、いい。言わなくていいからな！」

怯《おび》えたような表情になるキルシュ。ティアとの付き合いも二年目となれば、その破天《はてん》荒《こう》ぶりにも慣れ始めていることだろう。それを指摘してやろうと思ったのだが、全力で止められてしまった。

「それより明後日《あさって》の午後、王女に街を案内するって言ってなかったか？」

今年、フェルマー学園の最高学年に、隣国ウィストの第一王女であるヒュリア・ウィストが編入してきた。彼女はこのフリーデル王国の王太子と婚約しており、将来のために少しでもこの国のことを知ろうとしているようだ。

「うん。改めて学園内を回った後、街を案内することになってる」

入学式と同時に編入してから三ヶ月。学園に慣れることに重点を置いていたヒュリアは、肝心の『この国を知る』ということができていないことを気にしているらしい。それを知った学園長が、それならばとティアに依頼してきたというわけだ。

「それって、護衛としてなのか？」

「一応ね。けどまぁ、シルもついてくるんだろうし、王女の護衛は……やっぱり必要かな？」

口にしてから考え込む。ティアの影として動いてくれているシルの報告によれば、王女が国から連れてきたのはメイドと従者の二人だけらしい。

王女の護衛としては心許《こころもと》ない気弱な青年が従者。その妹であるメイドは、多少は武術の心得があるようだが、護衛とは呼べない力量だろうという見立てだった。

「なんで疑問形？」

アデルが難しい顔で思案するティアを見て、つられるように眉を寄せた。

「王女なら、普通は騎士の一人でもつけてるもんなんだけどね。危機感がないのか、この国を信用しているのか……」

このフリーデル王国は、人族の国の中では治安が良い方である。たとえメイドが護身術程度しか使えなくても問題ないぐらいには安全だと認識されているだろう。

実際はそう呑気《のんき》なものではないけれど、現在の学園街は別だ。

「この街の中なら、紅翼《こうよく》の騎士団もいるし、シルキーにも警戒するようにお願いしてあるけどね」

　この国で今最も有名で実力のある騎士団はと聞かれれば、誰もが『紅翼《こうよく》の騎士団』と答えるだろう。彼らだけではなく、学園の地下に棲《す》む妖精族のシルキーもこの街を守ってくれていた。

「あの騎士さん達、すっごい親切で強いもんね」

「……うん……」

　ティアは苦い顔をした。何を隠そう、彼らが現在の姿になれたのは、ティアのおかげだったりする。

　当時はこんなことになるとは思ってもみなかった。結果的には良かったのだが、複雑な気分になる理由は、単純に評価できない事情があるからだ。

「さすが、ティアのファンクラブ」

「その言い方ヤメテ……」

　こうして歩いている間も彼らの視線を感じる。ティア達が使う通学路に異常がないかを確認し、陰から見守ってくれていた。明らかに過剰なサービスだ。

「でも、実際に彼らは強いのだろう？　国の騎士の平均的な実力は、Ｃランクの冒険者にも劣《おと》ると聞いたが……紅翼《こうよく》の騎士達は総じてＢランク相当だというじゃないか」

貴族の次男や三男が騎士の大半を占めている現状、剣などお飾りも良いところだ。もちろん、確かな実力のある者達もいる。けれど、残念ながらそれはほんの一部なのだ。

「それってさぁ、あの『神の王国』だっけ？　変な魔獣とかけしかけてくる人達と戦えるの？」

「無理だろうね。今までは運良く先手を取れたけど、不意打ちで攻めてこられたら、国の騎士達だけじゃこの国は守れないよ」

ティアは数年前から『神の王国』と呼ばれる組織と交戦してきた。彼らは『人族至上主義』を宣《のたま》い、『神具《しんぐ》』を使って国を乱そうと暗躍《あんやく》している。

今まではたまたま彼らの行く先々でティア達が撃退してきたが、今の騎士達が彼らを相手にしようとすれば、確実に敗北するだろう。

「あっ、だからルクスさんにAランクの試験を受けるように言ったの？　冒険者だけで守れるようにとか、ティアなら考えるよね？」

アデルは今の状況からティアの意図を推察したようだ。

「半分正解。ルクス一人がAランクになったくらいでは、底上げにならないからね。けど、さすがに騎士達もAランクの冒険者が自分達より強いってことくらいは分かるでしょ？　だから、もしもの時に騎士達に邪魔されないよう、Aランクっていう看板は背負っておいた方がいいんだ」

ティアが危惧《きぐ》しているのは、大規模な攻撃だ。これまではそれほど大事《おおごと》にならなかったけれど、相手の戦力がどれほどなのか未《いま》だに掴《つか》みきれない今、戦争というレベルの話になった時に騎士達だけに任せることはできない。

恐らく冒険者も入り乱れての防衛戦になるだろう。その時、平和ボケした騎士達に指揮など執《と》られては堪《たま》ったものではない。

何より、紅翼《こうよく》の騎士達は別として、今の騎士達の姿勢にティアは不満があった。早急に、騎士としての正しい姿を取り戻してほしいのだ。

「相変わらず、抜かりないな……お前、それは王や国の重鎮《じゅうちん》が考えることだぞ」

キルシュの呆れたような声が聞こえるが、ティアは気にしない。仕方がないではないか。ティアには王女であった頃の記憶があるのだ。その頃の感覚はなくならない。

ただ、陰でこんな姑息《こそく》な裏工作じみたことをするのは初めてだ。上手くやれるか不安ではある。

「もう、ここまできたらって思うじゃん」

「だったらさぁ、騎士の人達にティアが稽古《けいこ》をつければいいんじゃない？　最近、ギルドでもおじさん達相手にやってるでしょ？」

冒険者ギルドでめぼしいクエストがない時は、鬱憤《うっぷん》晴らしも兼ねて冒険者達に稽古《けいこ》をつけている。最初は最年少のAランク冒険者であるティアに、僻《ひが》みから言いがかりをつけてきた者達をノシて遊んでいた。だが、それがいつしか稽古《けいこ》となり、この学園街の冒険者ギルドの名物となっている。

「アデル頭良い！　ダンジョンに挑戦させるってのも考えたんだけど、そこまでの力もないんだもん。そうだよね。なら、稽古《けいこ》をつけてちょっと鍛《きた》えてやればいいんじゃん」

ニヤけた笑みを見せるティア。アデルは周りに学園の生徒達がいないかと心配しつつ、顔をしかめるキルシュに耳打ちする。

「騎士の人達、これから大変そうだね」

「それより、気のせいか紅翼《こうよく》の騎士達の顔が引きつっているように見えるんだが……」

「あ、ホントだ。っていうか悔しそう？」

ティアの稽古《けいこ》が嫌で引きつっているのではない。自分達以外の騎士達がティアの稽古《けいこ》を受けることに嫉妬《しっと》しているのだが、そんなことを知るよしもない二人は首を傾《かし》げる。

一方のティアは、早くも計画を練っていた。

「そうと決まれば、すぐにでも王様に打診しなきゃね。後で火王《ひおう》に手紙届けてもらおう」

火の精霊王である火王《ひおう》をただの郵便配達に使うのは、世界中でティアだけだろう。

◆　◆　◆

その日の夜。一人の男が、妖精王の住まう『赤白《せきはく》の宮殿』へとやってきた。彼がこのダンジョンへ来るのは約六百年ぶりのことだ。

灰色のローブは薄汚れており、長く風雨に晒《さら》されてきたことが分かる。そのローブの下の素肌は、大半が包帯で巻かれて見えなくなっていた。

顔も額《ひたい》の部分は隠され、襟《えり》の高い服が口元まで覆《おお》っている。目深《まぶか》に被られたフードのせいで、顔を判別することもできなかった。

「……」

無口なその男は、剣を一振り携《たずさ》えていながらも、妖精族の作り出す魔獣を拳《こぶし》一つで消滅させていく。

そうして十階層を突破した彼は、続く十一階層で特別な裏道へと入る。その先には彼が昔、友人から預かった剣が眠っているはずだった。

「……ない……」

辿《たど》り着いたそこには、青く輝くその剣がなかった。事情を聞こうと、男は妖精王の部屋へと向かう。そして聞いたのだ――剣に選ばれし者が現れたことを。

そんな彼に妖精王が提案する。

《久しぶりに来たんだ。子孫の様子を見に行っても罰《ばち》は当たらんと思うぞ》

このダンジョンからもう少し行けば、亡き妻が遺《のこ》した学園がある。その学園は今も彼の子孫が守っているはずだ。

会いたい気持ちはある。今の姿ならば、街に入っても問題はないだろう。真の姿がバレることはない。けれど、それよりも剣の行方が気になった。

「……剣の主《あるじ》……見てくる……」

《そうか。確かAランクの試験を受けると言っていたから今頃は……》

「……試験……？　剣の主《あるじ》は……人族か……」

妖精王の言うことは、男にはよく分からなかった。

《ああ。あの剣にも慣れてきたし、そろそろ試験を受けようって話になったらしい》

世情に疎《うと》い彼でも、旅をしてきた中で、人族の実力が昔よりも落ちていることは知っていた。Aランクといえば、現在の人族では最高ランク。異種族の者とも渡り合える実力だ。

「……様子を見る……」

《おう。あの剣の気配は分かるか？　お前なら集中すれば感じ取れるだろうが》

特殊な魔力を帯びた剣だ。一度見れば忘れない。武人として気配を察知する能力は超人的な域に達している。このフリーデル王国ならば二つ三つの領内をまとめて探査できるだろう。

「……あっちか……」

《剣の主《あるじ》に会ったら、その主人にも会えよ。きっとお前にとっても悪い結果にはならない》

「……分かった……それと王……いや、また来る……」

ここへ来たのはただの寄り道のようなもので、彼は人を探していた。その情報があればと一瞬考えたが、今は剣を優先しようと意識を切り替える。

《おう。気を付けてな》

こくりと頷《うなず》いた後、男はダンジョンを後にしたのだった。

◆　◆　◆

ルクスが試験に出かけて二日目。ティアは授業が終わるとすぐに王都へ向かった。

「フラム、本当に飛ぶの上手になったね」

《じょうず？　うれしい》

フラムはティアと誓約《せいやく》を交わした真っ赤なドラゴンだ。ドラゴンは本来、魔族が保護している。人族の手には余る存在なのだから当然だろう。

そんなドラゴンを『神の王国』が使役《しえき》しようとした事件があった。彼らはドラゴンを弱らせ、『神具《しんぐ》』と呼ばれる魔導具を使って操《あやつ》ろうとしたのである。

結果的に、彼らの作戦は失敗に終わった。不完全な魔導具による弱体化。それは多くのドラゴン達に不調をもたらし、その隙《すき》に密漁者達の手で数頭が狩られてしまったのだ。

これによって両親を亡くしたフラムは、運良くティアに保護された。その恩を感じてか、自《みずか》ら誓約《せいやく》を願い出たのである。

出会った時はティアの肩に止まれるくらい小さかったのだが、成体となった今は、大人三人を乗せても飛べるほどの大きさがあった。

「普段から練習してたもんね」

《はい》

普段は街中《まちなか》で暮らすために出会った当初と同じ大きさに変化させている。おかげで未《いま》だに甘えん坊な性格だった。

「さてと、王城ではもうエル兄様が騎士達の訓練を始めてるはずだけど……」

ティアは昨日のうちに王に手紙を届けてもらっていた。その返信には、冒険者ランクBの第二王子エルヴァストに訓練を始めさせるとあった。

上空から城を見下ろしてみれば、多くの騎士達が集まっているのが見える。

「広い訓練場だね。フラム、あそこに降りようか。ビアンさんが手を振ってる」

訓練場を縦にして見ると、王城側となる上半分に騎士達が並んでいる。下半分の中央では近衛《このえ》騎士のビアンが白い布を両手に持って振っていた。

あれは降参の合図ではなく降下可能の合図である。ただ、さすがにドラゴンが王城に降りると目立つだろう。そう考えて、上空でフラムには小さな姿になってもらう。

ティアは風を纏《まと》いながら緩《ゆる》やかに着地し、その肩にフラムが止まった。

「やっほ、ビアンさん。近衛《このえ》騎士にこんなことさせてゴメンね？」

「思ってもいないことを言うのは、お嬢さんの悪い癖《くせ》です」

「あはは。バレたか。それで、どうなってるの？」

「あ～……それが……」

ビアンが気まずそうに目を逸《そ》らす。その先には地面に敷き詰められた騎士達の背中が見えた。

「綺麗に並んで気絶とか笑えるね」

「並ぶところまでは頑張ったんですから、笑わないでやってください……」

そう。上空からは綺麗に並んで立っているように見えたのだが、実は違った。上から見えたのは頭ではなく背中。全員が地面にうつ伏せになっていたのだ。

「それより、エル兄様がすっごく怒ってるように見えるのは気のせい？」

「気のせいではなく、本気で怒っておられます。倒れた騎士達を埋めようとなさいましたからね」

「あらら。あのエル兄様が怒るってことは、相当ダメダメだったってこと？」

近付いてみると、騎士達の服がボロボロになっているのが分かる。ろくに汚したこともないであろうその服が土で汚れていた。

その惨状を作り出したエルヴァストは、現在三人の男に囲まれてふて腐れていた。三人はどうやら騎士団長のようで、ビアンの父で近衛《このえ》騎士団長のリュークも交ざっている。

そのリューク以外の二人の顔は青ざめており、エルヴァストを説得するのに必死だった。

「殿下がこれほどのお力をお持ちとは知らなかった我々にも非がありますが、これは……」

「我が騎士団の者達が力不足であるというのは分かりましたので……」

しかし、エルヴァストの表情は硬い。

「本当に理解しているのか？　冒険者をバカにしたあげく、たったこれだけの訓練で音《ね》を上げるような状態で国を守れると？　お前達は恥ずかしくないのか！」

これに対し、未《いま》だ青ざめたままの二人が弁明する。

「お守りすべき殿下の方がお強いという状況は、確かにいただけません。ですが、殿下が強すぎるのです。部下達が冒険者に劣っていると一概《いちがい》には……」

「そうです。冒険者がというより、殿下がお強いのですよ。それを基準にされても困ります」

エルヴァストがイラッとしたのが目に見えて分かった。彼は二人を睨《にら》みつけながら告げる。

「まだ分からないのかっ。では、これから王都の冒険者ギルドに行け。そこでBランクの冒険者に勝てたら、後のことはお前達に任せてやる」

「殿下……そのようなこと、できるわけがないでしょう」

「そうです。たとえ冒険者であっても、我々にとっては守るべき国民なのですよ？」

ものは言いようだ。これはダメだとティアも思った。リュークは何かを悟ったように口を挟まずにいる。恐らく彼もダメだと思っているのだろう。
そこでリュークがティアに気付いた。今まで気付かなかったということは、エルヴァストと他の二人の言い合いに相当ヤキモキしていたのだろう。
リュークはティアのところまで来ると、小さく頭を下げた。もうティアの力量を知っている上、王が信頼している相手ということもあり、対応の仕方としては最上級のものだ。
「申し訳ない。さすがに城の警備もあるので第一騎士団と第二騎士団だけを集めたのですが、その……殿下が『冒険者達にも劣《おと》る』と話した時点で、騎士達が反発しまして……」
「うん。なんとなく分かった。そうだなぁ……王都には今……あっ、良いのがいた」
王都全域の気配を探り、適任者を探し当てたティアはビアンに頼む。
「ビアンさん、精霊達に道案内させるから、三バカを呼んできてもらえる？」
《よんだ？》
《あんない？》
《とつげき？》
《《《わ～い》》》
「うん。かましてやっても良いからね」
「え？　ちょっ、暴れないようにっ。い、行ってきます」

ビアンは精霊視力を持っているので、普通は見えない精霊達の姿を見ることができる。

陽気な精霊達を追って駆け出したビアンを見送り、ティアはエルヴァストに声をかけた。

「エル兄様ぁ。そろそろ気付いて～」

「ん？　ティア？　フラムまで……気付かなかった。悪いな」

「ううん。それより今、ビアンさんに三バカを呼んできてもらってるから、その二人をギルドに行かせるのはちょっと待ってね」

「三バカ？　……何をするんだ？」

エルヴァストは件《くだん》の二人を避《よ》けて、ティアの傍《そば》へやってくる。

「実際に冒険者が相手をしないと、納得しないだろうからね。リュークさん、城の警備は私がどうにかしてあげる。だから全員集めちゃって」

「え!?　ぜ、全員ですか？」

「うん。近衛《このえ》も全部。それでも余裕で入るでしょ？　この訓練場の大きさなら」

この際なので、全員に冒険者の実力を教えてやろうと思うのだ。この訓練場は、城の騎士や兵士が全員集まっても訓練できる広さが確保されている。城内にあっても魔術が問題なく使えるようにという理由もあるのだろう。

「それじゃあ、私は王様に会ってくるから、ビアンさんが戻ってくるまでによろしく」

「ええっ!?」

「ついでに、そこで寝てる奴らも戦えるように治療師を呼んできてね」

それだけ言い残すと、ティアは城へと入っていく。後からついてきたエルヴァストが
先ほどとは打って変わって笑顔を見せた。

「面白くなりそうだな。あの訓練場は上の階からも見えるんだ。貴族達にも見せるか」

「それも良いねぇ」

一緒に悪巧《わるだく》みをするように、エルヴァストは隣に並んでにやりと笑った。


王の執務室。そこにまっすぐ向かったティアとエルヴァストは、扉の前で近衛《このえ》騎士に
止められた。

「殿下、その者は……」

「ティアと私が来たと父上に伝えてくれ」

「は、はぁ……」

半信半疑な様子で中に伝える騎士。すると、すぐに入るように言われた。

中には王とドーバン侯爵。それと魔術師長専用のローブを着た人物がいた。

「よく来たなティア。エル、訓練はどうだった」

「あれではダメです。一時間ももちませんでした」

「そうか……」

　きっぱりと言い切ったエルヴァストに、王は困ったなと表情を歪《ゆが》める。そして、ティアに申し訳なさそうに告げた。

「聞いての通りだ。かの組織についての報告を聞くに、国の戦力を上げるのは急務だが、騎士達を短期間で役に立つほど育て上げるのは難しいかもしれんな」

『神の王国』の拠点が隣国ウィストにあるということは、既に報告されていた。更に半年と少し前にウィストと同じく隣国であるサガンの『神教会』を取り込んだというのだが、先日、もう一つ新たな報告が上がっていた。

　彼らは既にそれらの国の中心部まで食い込んできているというのだ。戦争でも仕掛ける気なのかと思えるほどの動きも見せており、事態は逼迫《ひっぱく》していると思われる。

　これを補足するように、ドーバン侯爵が報告した。

「つい二日前、西のイスタル伯爵領からワイバーンの群れが飛び立ったという報告がありました。ウィストに向かって飛ぶワイバーンの群れを確認したのは、これで三件目です」

「奴らは魔獣を操《あやつ》る術《すべ》を失ったからね。慌てて補充してるんだよ。多分、色々試したけどワイバーンでしか成功しなかったんだと思う」

【神笛《しんてき》】を失ったことで、魔獣を操《あやつ》れなくなった。そんな中、かつての実験が実を結び、魔獣を操《あやつ》る術《すべ》を新たに手に入れたのだろう。天才魔工師と呼ばれたジェルバなら不可能ではない。

ただし、その辺にいる魔獣では適応できなかったと思われる。そこそこの強さと思考能力を持つワイバーンだからこそ操《あやつ》れたのだろう。

そこまで考察したところで、今まで口を開かずにいた魔術師長が尋ねてきた。

「しかし、本当にそのような魔導具が作れるのですか？」

「あいつら実験してたからね。ワイバーンだけじゃなく、ドラゴンでもやってる。その上、ジェルバは研究者だもの。【神笛《しんてき》】っていう神の魔導具が近くにあったら、それに類似《るいじ》する物を作ってみようと思うのは当然だよ。何より『神具《しんぐ》』は使い手がいなければ使えないんだ。それが使えなくなった時の対応策を考えていないわけがないよ」

「なるほど……」

そこまで話すと、ティアは改めて彼を観察した。

白いものが交ざり始めた黒髪。魔術師とは思えない大柄な体。彼が冒険者だと言われても信じるだろう。手の皮膚も硬そうで歴戦の将を思わせる。純粋に杖だけを握っていたようには思えない。

そんな視線に気付いたのか、彼は顔を上げてティアに自己紹介をした。

「これは失礼いたしました。魔術師長のチェスカ・ノーバと申します」

「チェスカさん。私は冒険者のティア。よろしくね。ところで、ここに来る前はどこに？」

気になっていることをストレートに聞いてみる。とても誠実な人に見えたので、素直に答えてくれるだろう。実際、そういう人物だったようだ。

「この役職をいただく前は、リザラント公爵領にて騎士団長をしておりました」

「へぇ、リザラントの……公爵とは親しい？」

「え、ええ。公爵とは年齢も近く、良くしていただきました」

質問の意図が分からないせいか、チェスカは戸惑った様子を見せる。

「そう……それは使えるね」

「はい？」

ティアの小さな呟《つぶや》きは聞き取れなかったらしい。しかし、その瞳が剣呑《けんのん》に光ったのには気付いたようで、少し体を強《こわ》ばらせていた。

チェスカがティアの毒牙にかかろうとしていると察したエルヴァストは、ここへ来た目的を思い出させるようにティアに声をかける。

「それでティア。これからすることを父上に報告するんじゃないのか？」

「そうだった。これから三バカ達に騎士達を叩かせるから、その間の警備は私に任せて」

「……ん？　悪い。よく理解できなかったのだが」

王が怪訝《けげん》な顔で二度聞きする。

「だからね。ドーバン侯爵の時にやったじゃん。騎士瞬殺☆　それを今からやるけど、城の警備は私がするから心配しないでねってこと」

「……エル、解説を頼む」

「はい。父上」

エルヴァストが真面目に応《こた》え、王の前に立って説明を始めた。その間、ティアは近くにあった椅子に腰掛けてフラムとおやつを食べながら待つ。

お茶まで淹《い》れ出した頃、ようやく理解した一同は、顔色を悪くしながらティアに目を向けた。

「うん？　お話終わった？」

「あ、ああ……コリアート、城の中にいる貴族達をそれとなく集めてくれ」

王が頭を抱えながらドーバン侯爵に指示を出す。すると侯爵はすぐに部屋を出ていった。

「それでティア、すぐに始めるのか？」

「もうすぐ三バカも来るからね。問題は、騎士達がどれだけ回復してるかだけど」

「だが、その三バカ？　の相手は誰にさせるのだ？　相手によっては騎士達を納得させることは難しいだろう。中途半端な騎士を選べば、その騎士が負けたとしても、自分よりは弱いからと難癖《なんくせ》をつける者がいるやもしれん」

　さすがは王だ。その可能性も間違いなくあるだろう。しかし、それは想定済みだ。

「分かってる。だから、三バカには全員を相手にしてもらうんだよ」

「……無理ではないか？　騎士達は軽く三百を超えるのだぞ？」

「問題ないって。まぁ、全員一度にではないよ？　それだけの人数が三人に殺到したら、見てる方も何がなんだか分からないだろうし。だから、一つの団ごとにね」

「いや、それでも無理があるのでは？」

　王が無茶だと思うのも当然だ。けれど、ティアの知る三バカ達ならば、たとえ百人が相手でも勝てると思うのだ。

　ここふた月ほど、彼らは妖精王のダンジョンで修業していた。三人で二十階層まで行けるほどの実力をつけていたのだ。パーティランクは既にAランク。現在、あの少人数では最強のパーティである。その名も『三バカ』。

「三人ともBランクの冒険者だし、経験はそれなりに積んでる。何より、体力も度胸もあるから」

「そなたがそこまで言うのなら……」

「うん。大丈夫だよ。私が相手でも笑って立ち向かってくるくらい根性あるし」

「なるほど。彼らの心配はいらないようだな。むしろ、騎士達が心配になった」

今まで不安そうだった王が腑《ふ》に落ちたという顔をして、ついでにチェスカに指示を出す。

「治療師を全員集めてくれ。適性がある者も全員だ」

「はぁ……承知いたしました」

チェスカも部屋を出ていき、王の前に残ったのはティアとエルヴァストだけだ。

「死者は出してくれるなよ？」

「そこは頑張れとしか。まぁ、三バカも手加減はするでしょう。私情でちょっと力入りそうだけど、そこはねぇ」

三バカ達は騎士になりたくてもなれなかった者達だ。きっと、相手にする騎士の中には騎士学校の同期もいるだろう。そいつらが腑抜《ふぬ》けでないことを祈る。

「それじゃあ、私は見物がてら警備の方に集中するから、エル兄様が監督ね」

「分かった」

「私も行こう。そなたの傍《そば》にいた方が安全だろうしな」

これでは仕事にならないと諦《あきら》めた王は、ティアと共に見物に回ることにしたようだ。

やがて始まったのは、三バカによる一方的な蹂躙《じゅうりん》だった。

「剣の握りが甘いぞ」

「気合いが足りない。踏み込みも甘い」

「足腰弱っ。これじゃ、おじいちゃんの方がよっぽどしっかりしてるよ？」

そうやって口で心を折るのも忘れない。

「なんでっ……なんで出来損《できそこ》ないのお前らなんかにっ」

「騎士にもなれないお前らがなんでこんなに強いんだっ」

案の定、同期がいたらしい。彼らは悔しそうに地面に転がされていた。

そんな情景を見下ろすティア達。臨場感を出すためチェスカにお願いした拡声の魔術により、離れていても声が聞こえている。隣では王が騎士達を憐《あわ》れむような表情で見守っていた。

「これは……しばらく使い物にならんな……」

心も剣も折られた騎士達がすぐに立ち直れるとは思えなかったらしい。

「あははっ。大丈夫だって。この後は私が暴れるから」

「……ん？　すまない。今なんと？」

今日はよく二度聞きされるなと、ティアは首を傾《かし》げながらもう一度言う。

「だから、この後、私が直々《じきじき》に稽古《けいこ》つけるから、心折れてる暇なんてないよ？」

「……リューク、コリアート。警備の見直しを頼む。紅翼《こうよく》の騎士団を呼んでおいてくれ。早急にな。では、私は執務に戻る……いや、少し奥で休憩してくるからな」

現実逃避をするように王が奥へ消えていく。

「シル、王様をお願い」

「はっ」

いつの間にかやってきていたシルに、ティアは王の護衛を頼んだ。結界によって害意ある者が立ち入れないようにしてあるとはいえ、人と接触しないとは限らない。近衛《このえ》騎士もいない今、護衛の一人くらいつけなくては危なっかしい。シルならば万事上手くやるとティアは信じていた。

「さてと、もうそろそろ終わるかな」

そうして悪魔が立ち上がる。騎士達はこの日からティアを教官と呼んで畏《おそ》れ、敬《うやま》うようになるのだった。

◆　◆　◆

その頃、王都の冒険者ギルドでは、ザランがギルドマスターと面会していた。

「待たせて悪かったねぇ」

そう言って笑顔を見せるのは、人族のギルドマスターの中で一番人気の老人だ。

「いいえ。お忙しいとは分かっておりますので」

「それでも、ジルバール殿の手紙を持ってきてくれたんだからねぇ。優先すべきでしょう」

ヒュースリー伯爵領の領都、サルバの冒険者であるザラン。ティアに『サラちゃん』と呼ばれて慕《した》われる彼は、サルバと学園街を幾度となく往復し、時に王都まで足を伸ばすというのがここ一年ほど続いている。

時にティアに振り回され、時にサルバのギルドマスターであるジルバールにこき使われて過ごした日々。それでも相手にするのがティアの関係者ばかりとなれば、平凡な冒険者のままではいられない。

ザランは数ヶ月前、ティアとジルバールの勧めでAランクの認定試験を受け、見事合格を果たしていた。ちょうど、ティア達が妖精王と再会を果たした頃だ。

数年前のザランからは考えられないほどの進歩であり、ティアの傍《そば》にいるということは、それだけ大変なことだった。

「ありがとうございます。預かった手紙はこちらです」

「うん……ふむふむ……」

手紙に目を通したギルドマスターは、白い顎髭《あごひげ》を撫《な》でながらザランを見る。

「ザラン君。一つ、クエストを頼めるかな？」

「クエスト……ご指名ですか？」

「そう。ここ最近、ワイバーンの群れが不可解な移動をしているという報告が上がってきているんだ。どうも何かに操《あやつ》られているらしくてねぇ」

ザランもその噂《うわさ》は聞いていた。ウィストの方へ群れで飛んでいくのだと。近いうちに調査のためのクエストが出されるのではないかと予想していた。それが今、ギルドマスターの指名でザランに出されようとしている。

未《いま》だに実感が湧かないが、ザランはAランクなのだ。ワイバーンの群れの中へ入っていくような危険なクエストを任せられても不思議ではない。

しかし、不意に思い出して気になることがあった。

「それは……もしかして、ティアが関係しているやつですか？」

「だろうねぇ。ジルバール殿がこれだけ本腰を入れているってことは、ティアちゃんが追ってる組織絡《がら》みだと思うよ」

「そうですか……」

ザランは思案するように椅子に深く体を沈める。

いつの頃からだろうか。自分が蚊帳《かや》の外にいると気付いたのは。

もちろん、何かにつけてジルバールにティアとの間を行き来させられ、その甲斐《かい》あって色々と情報も得られた。ティアが何と戦っているのか、その相手が何者なのかも独自に調べている。王都とサルバを行き来していれば、多くの情報が自然と耳に入ってくるのだ。

けれど、一度としてティアから協力を頼まれたことはない。もちろん、戦闘力で劣《おと》る自分ではティアの役に立てないと分かっている。けれど、頼ってくれてもいいではないかと思うのだ。

そんな思考が表情に出ていたのだろうか。老人ながら可愛らしいと人気のギルドマスターが目の前で笑っていた。

「ふふっ。君も若いねぇ」

「いや、これでも三十半《なか》ばなんですが……」

「あははっ。大丈夫。知ってるよ。童顔ではないもんねぇ。見た目じゃなくて、中身の話」

「はぁ……」

もしかして、自分はバカにされているのだろうか。そんな思いも表情に出ていたのかもしれない。

「羨《うらや》ましいんだよ。この歳になると、君みたいなのはキラキラして見えるんだ。女の子のことで悩むなんて素敵じゃないの」

「っ、えっ、いや、ティアは確かに女の子だけどもっ。何か勘違いしてませんかっ?」

ザランは慌てて弁明するが、相手は余裕の表情だ。

「勘違いなんかじゃないよ。君のソレは間違いなく男女のソレだよ。頼られたいんでしょ? 傍《そば》にいたいんでしょ?」

「っ!?」

言われて初めて気付いた。ティアの傍《そば》にいられないことが、力になれないことが嫌なのだと。

面倒だと思いつつも学園街とサルバを行き来していたのは自分だ。届け物を頼まれてサルバを出る時、早く届けたいではなく、早く学園街に着きたいと思った。滞在できる時間も計算して、おっかないメイドのラキアに文句を言われながらも、ヒュースリー伯爵家の別邸に泊まった。

数年前までは、ギルドに行けばティアに会えた。けれど、ティアがサルバを離れた今はこちらから会いに行くしかない。そうやって、ティアに協力してくれと言われるのを待っていたのだ。

ザランは自分の気持ちをゆっくりと言葉にしていく。

「ティアを見てると、もう少しこちらを顧《かえり》みてほしいと思うんです。ティアは案外真面目で……色んなことを考えすぎてる。まぁその、そこが良いと思うんですけど……」

彼は知らない。この独白は、魂の奥底に刻まれた思いと同じ。かつて感じた強い後悔の念が、その言葉に現れていた。

「自分も関わっていたいと思うんです。置いていかれるのは……嫌だ」

現在の思いと、魂に焼き付いた思いが重なり、ザランを突き動かそうとしていた。

目の前のマスターは微笑みを浮かべて耳を傾けている。しかし、重要なことも忘れてはいない。

「気付いて良かったねぇ。危うくジルバール殿に刺されるところだったよ？」

「じょっ、冗談に聞こえねぇ……」

「うん。間違いなく未来予想だね」

「断言された!?」

確かにそうだ。無自覚のままティアの傍《そば》にいたら、間違いなくあの嫉妬《しっと》に狂ったエルフ様が後ろから遠慮なく刺してきただろう。

「あっちに戻る前に、ちゃんと気持ちに整理をつけるようにね」

「えっ、もしかして、そこまで考えてクエストを……」

時間を稼ぐ意味で指名してくれたのではと、ザランは目を見開く。だが、目の前の彼はあっさり裏切ってくれた。

「まさか。ちょっと年長者っぽくてかっこよかったでしょ？　もう、最近可愛いばっかり言われるんだもん。僕もう九十五だよ？　威厳《いげん》とか欲しいじゃん」

「……ソレ言わなかったら尊敬してましたよ……」

「えっ、失敗したっ？　残念……」

シュンとした表情が可愛いとは口にはしないザランだ。

「あの、それで、クエストはそのワイバーンの調査で良いんですか？」

「うん。これ以上持っていかれないようにしたいんだ。できれば彼らの動きを阻止するってのもクエストに加えるよ。次に狙われそうなところのリストと、アドバイザーを用意してるから、下でちょっと待ってて。速攻で正式なクエストとして発行するからね」

「分かりました」

あわよくば犯人を捕まえようと決意する。ワイバーンが突然おかしな動きをするわけがないのだ。確実に工作員はいる。それを捕らえられれば、ティアの役に立つかもしれない。

部屋を後にしようと立ち上がるザランだったが、すぐにマスターに呼び止められた。

「あっ、もう一つアドバイス」

「なんでしょう」

向けられた笑顔に、少し嫌な予感がした。

「遺書は用意しておいた方がいいよ？　何事も備えは大事だからね」

「それ、うちのマスター対策っスか……」

「うん。ワイバーンよりおっかないもんね」

「ちょっとは援護してくれたり……」

「やだよ。僕まだ死にたくないもん」

頬を膨《ふく》らませたマスターに意趣返《いしゅがえ》しを思いつく。もう何年もティアにからかわれ続けてきたのだ。反撃の機会は逃《のが》さない。

「……そのふくれっ面《つら》、可愛いっすね」

「うわぁんっ。可愛いって言われたぁっ」

その反応に満足しながら、ザランは部屋を後にしたのだった。

◆　◆　◆

月明かりが美しく大地を照らす頃。ティアは王都から少々北に外れた場所に来ていた。

高い塀で囲まれたそこは、夜でも門の前に見張りの兵が立っている。

ここはフリーデル王国の王家の墓だ。

見張りの兵であっても中に入ることはできず、塀を跳び越えて入り込めば邪魔者はいなかった。

途中までマティに乗ってきたのだが、近くの森で別れた。久しぶりの夜の散歩だと言ってはしゃいでいたが、火王《ひおう》を傍《そば》に置いてきたので羽目を外しすぎないと信じたい。

ゆったりと歩いた先、中央から少し外れた場所に大木がある。その前にあるのは、『サティア』の名が彫られた墓石。そして、その横にかつての婚約者である、ラピスタの国王『セランディーオ』の墓石が並んでいた。

「セリ様……」

彼に似た王と会っていたからだろうか。ずっと足を向けることができなかったこの場所へ来ようと思ったのだ。

その時、墓石の前に立つティアの後ろに、羽音を響かせながら舞い降りた者がいた。

「ティア……どうしたの？」

彼はカランタ。金の髪に青い瞳、真っ白な翼を持つ天使だ。その前世はサティアの父で、バトラール王国の最後の王であるサティルだった。

ただし、そのことに気付いたことは本人にはまだ内緒にしている。今の彼は十八歳くらいの姿をしているので、ティアの知る父とは似ても似つかなかった。

ティアは振り返ることなく答える。

「不思議だったんだ。なんで王都の場所が、昔のバトラールの王都があった場所でも、ラピスタの王都があった場所でもないのかなって」

「……うん……」

ラピスタはここよりも北にあった。街道や国境への距離なんかを考えれば、この辺りに王都を持ってくるのが自然だろう。そうしなかった理由が、ティアにもようやく分かった。

「ここには、城があった……バトラールの城が。この木が生えてるのは、城の墓地だったはずだもの。母様のお墓があった場所だよね」

「っ……」

答えは返ってこなかった。けれど、それが答えだと確信する。

「セリ様は、ここを王家の墓として守ってくれたんだと思う。わざわざ王都をならして、ここを塀で囲って……あの人はそういう、優しい人だった」

「ティア……」

ティアは鞄《かばん》から一通の手紙を取り出した。それは、先日妖精王から『預かり物だ』と言って渡された物。セランディーオからの手紙だった。

手紙を開くと、仄《ほの》かに花の匂いがした。それが昔セランディーオに贈った精油の香りだと気付いた時、涙がこぼれた。あの人の気配を感じた気がした。

「本当に優しくて、私にはもったいない人だった。私が嫁《とつ》ぐ時にはもう妃《きさき》が二人いたし、子どももいた。だから、レナード兄様が私を国から逃がそうとしてあてがった相手だと思ってた」

けれど違ったらしい。セランディーオは本当にサティアを愛し、共に生きたいと思ってくれていたのだと、この手紙から知ることができた。二人の妃《きさき》も、子どもを作ることも、全てサティアを正妃として迎えるための条件だったのだ。

「妖精王から聞いたんだ。『ハイヒューマンは子どもができにくい』って。私が生まれたのは奇跡で、特別だったんだって。それを知ってても、セリ様は私を妃《きさき》にって望んでくれたんだって」

その手紙は、『旅立った魂はいつか再びこの地上に戻ってくる』という伝説を信じて託されたものだった。何千年も生きる妖精族ならば、いつかまたサティアに出会えるかもしれないと、彼は信じていたらしい。

ティアは月を見上げた。美しく淡い光を纏《まと》った大木が葉を輝かせるのが目に入った。この木は精霊樹《せいれいじゅ》と呼ばれるもの。精霊界と強く結びついた、強い力を持つ木だ。母マティアスの眠る場所には相応《ふさわ》しいものだ。地下深くに下ろした根は世界樹《せかいじゅ》にも繋がっている。

止めようと思っていた涙は、いつの間にか溢《あふ》れていた。

「ここの地下に、兄様達のお墓もあるんだって。ホント……っ、どこまで優しいんだろう。なんで忘れてくれなかったんだろうっ」

最期に死を選ぶような女を、どうして愛してくれたのだろう。

涙を流すティアを、いつの間にかカランタが後ろから抱きすくめていた。その痛みを一緒に分かち合うように。

ティアの手に握られた手紙の最後には、セランディーオの誓いの言葉が綴《つづ》られていた。

『正妃はただ一人。俺が心から愛したサティアだけ――だからいつまでも俺の隣の椅子は空けておくからな』

その言葉は今でも耳に残っているのだ。

◆　◆　◆

いつ眠りについたのか分からない。けれど、泣き疲れて目を閉じたのは覚えている。肩を抱く天使の温《ぬく》もりを、つい先ほどまで感じていた。

夢の気配がする。いつも過去を連れてくるその気配には抗《あらが》うことができない。


サティアが婚約者セランディーオの国ラピスタにやってきて三日。

先にいた妃達《きさき》とは上手くやれそうな気がした。険悪になることもなく、彼女達はまるで実の姉のようにサティアを受け入れてくれた。

退屈しないようにとドレスを見せてくれたり、髪をいじりに来たりする。子どもに本を読み聞かせてほしいとも言われた。

そうして過ごす平和な日々。けれど、サティアの心は穏やかではなかった。

「サティアさん？　何か悩みごと？」

「え……あ、すみません。話の途中で……」

今も二人の妃達《きさき》とお茶会をしていたのだ。それなのに、考え事をしていた。

「いいのよ。ねぇ、サティアさんは戦場にも出ていたのでしょう？　バトラールではいつも兵達に交じって訓練場で剣を振るっていたって、王に聞いたわ」

「王ったら、サティアさんのお話ばかりされるのよ？　おかげで私達、すっかりサティアさんのファンなの」

「セリ様……王が？」

彼女達はなぜか夫であるセランディーオのことを名前ではなく『王』と呼ぶ。母マティアスが父王のことを愛称で呼ぶので、それが普通だと思っていたサティアとしては違和感を覚えた。

「あら。サティアさんは名前で呼ばなくてはダメよ？」

「そうよ。きっと拗《す》ねてしまわれるわ」

「はぁ……」

意味がよく分からなかったが、サティアは今まで通り名前で呼べばいいらしい。

「それで、どうなさったの？」

「……お兄様が心配で……」

この婚約も唐突に決まったのだ。まるで時間がないと追い立てるかのようだった。

「そう……では、王に相談してみてはいかが？」

「きっと協力してくださるわ」

「でも、これはバトラールの問題ですし……もう少し考えてみます」

結局サティアがセランディーオに相談することはなかった。動くのは自分でなくてはならないと思ったからだ。

結婚の日取りが半月後に決まったその日。サティアはセランディーオの執務室を訪れた。

「どうかしたのか？」

「はい。結婚を取りやめていただきたい。私には、バトラールでやることがあります」

「っ……」

きっぱりと言い切ったサティアに、セランディーオは目を大きく見開いた。

「結婚が嫌なわけではありません。セリ様を嫌いなわけではない。ですが、私の心はまだあの国にあります。ですから、可能ならば国が落ち着くまで待っていただきたいのです。私が、この国を想えるだけの余裕を取り戻すまで。そうでなくては、王の妃《きさき》にはなれない。なるべきではない」

王の妃《きさき》とは王を支え、国を想う者だ。民を愛せなくてはならない。けれど、今のサティアにはその余裕がないのだ。

いつ民達が暴動を起こしてもおかしくないような緊張感がバトラールの国にはあった。ここに来る時も父王の瞳には光がなかった。その瞳は何も映していない。亡くした妻を思って心の中に閉じこもっている。それでは国はすぐに立ちゆかなくなるだろう。

「お兄様が……レナード兄様がおかしな顔をしていたのです。何かを決意したような……お兄様だけじゃない。お姉様達も……あの顔が忘れられないのです。何か良くないことが起きるような、そんな不安がここにある」

モヤモヤとしたはっきりしない感情を抱く胸を押さえる。レナードは何かを考えていた。それを実行するのに、サティアの存在は邪魔だったのかもしれない。けれど、行かなくてはと何かが訴えてくるのだ。

セランディーオは難しい顔でサティアを見つめていた。しかし、不意に肩の力を抜いて椅子から立ち上がると、サティアへ歩み寄ってくる。

「もう少しこちらを顧《かえり》みてほしいものだ。本当に君は真面目だな。いや、そこが良いと思うんだけど……ここへきてもまだ、レナード相手に嫉妬《しっと》するとはね……」

「セリ様？」

苦笑したセランディーオは優しくサティアを抱きしめる。大きな胸板が頬に当たった。

「行ってくるといい。君が納得できるように」

そこで懐《なつ》かしい花の香りに気付く。サティアが調合し、プレゼントした精油の香りだ。それがささくれ立った心を落ち着かせていく。目を閉じて、その温《ぬく》もりと香りに包まれた。

「ただ、これだけは覚えておいてくれ。正妃はただ一人。俺が心から愛するのは君だけ。だからいつまでも俺の隣の椅子は空けておくよ。帰ってくるのを待ってる……」

ゆっくりと体を離した時、目の前にあったのは、優しく微笑む彼の顔だった。無事を祈って額《ひたい》に口づけた後、クスリと笑うその顔が、サティアの胸に静かに焼き付いていった。

第二章　女神が守護する王女

フェルマー学園の高学部の生徒が暮らす、女子寮の一室。ここでヒュリア・ウィストが一人のメイドと生活していた。

「ヒュリア様。この後は街を視察されるのですよね。お供いたします」

一つ年上で、子どもの頃から姉妹のように育ったメイドのロイズは、ヒュリアが行くところならばどこまでもついていくと言って昔から譲《ゆず》らず、昨年まで通っていた他国の学《まな》び舎《や》にも当然のようについてきていた。今もヒュリアの制服を整え、胸元に外出用のブローチをつける。

「ロイズは心配性ね。この街は王都よりも安全だと言われているのよ？」

「素晴らしく気が利く上に、強い騎士団が守っているのですよね。何度か街で見ております」

学園街と呼ばれるこの街を守護しているのは、『紅翼《こうよく》の騎士団』と名乗る騎士団だ。冒険者達とも気さくな関係を築いており、それを最初に聞いた時は驚いたものだ。

どの国でも総じて騎士というものは、矜持《きょうじ》が高いだけの貴族の子息が大半を占めている。金やコネで腕の良い者に師事して推薦《すいせん》を受け、順当に騎士団へ入る。

そうしてできあがるのは、実力の伴《ともな》わない態度が大きいだけの騎士。生きるために、時に死を覚悟しながら戦う冒険者達を見習おうともしない。そんな愚か者達の集団だと二人は認識している。

しかし、それはこの国に来て一変した。

「さすがは、あの方のいる国ね」

ヒュリアが頬を紅潮させて『あの方』と呼ぶのは、婚約者であるこの国の第一王子レイナルートのことではない。

「フリーデルへ来て半年……ジルバール様に会えるのはいつになるのかしら……」

ヒュリアがこの国へ嫁《とつ》ぐことを決めた最大の理由がこれだった。王子には悪いが、数えるほどしか会ったことのない彼よりも、昔から憧れているジルバールの方に関心が向いてしまう。

そんな何気ない呟《つぶや》きにロイズも同意する。

「私もジルバール様には是非一目お会いできたらと思っております」

たった一人で、何百年という長い時間を、死に別れてしまった女神サティアを想いながら生きているというジルバール。はっきり言って、こんな話にトキメかない女はいないだろう。

初めてジルバールのことを知ったのはヒュリアが十歳になる頃だ。

ウィストはこの国の五分の一ほどしかない山間の小さな国で、目立った産業も観光地もない。ただ歴史だけは長く、フリーデル王国が建国する前から『聖ウィスト国』として存在し、神教会を中心に人々が集まってできた国だった。

今でも神教会の影響力は強く、司教達が国王に意見することもしばしばあった。貴族達も昔は司教であった者達ばかりだと聞けば、その実態は容易に推察することができるだろう。

神教会には『女神サティア』に関連した本が沢山ある。その中に、サティアを想いながら生きるジルバール・エルースのことを書いたものがあったのだ。

「あの方にお会いすることは、わたくしの悲願でもあります。そのためには、必ずやあの女の化けの皮を剥《は》がさなくてはなりません」

この国へ来た目的の一つは、ウィストで一年ほど前から女神サティアの生まれ変わりを名乗り、『神の王国』という怪しい者達と共に民を扇動《せんどう》している少女の正体を見極めることだ。その少女も同じ学《まな》び舎《や》へ編入すると聞き、これは好機だと感じていた。

「本物だとすれば、サティア様の存在を、ジルバール様が感知できないはずがありませんもの。しかも偽者とはいえ、あの方ではなく王子と一緒になろうなどとっ……納得いきませんわ！」

少々ズレているが、それがヒュリアの本音だった。これにロイズも賛同している。

「そうですっ。間違いなく偽者だと、自分で公表しているようなものです。なぜ、それが分からないのかっ。本当に愚かな者達です」

数年前から『神の王国』が国に入り込んできているのは知っていた。少しずつ違和感を覚えてはいたが、思想は自由だ。気にするほどのことでもないと思って見過ごしてきた。

しかし、遊学に出ているうちに国王である父の傍《そば》に、その中心人物である神子《みこ》と呼ばれる少女が立つようになっていた。

「お父様はあのままで大丈夫かしら」

ウィストには、幼い王子が一人いる。まだ五つになったばかりだが、王位継承権は第一位。父王もまだ四十代で、王子が成人するまでは問題なく在位することになる。だから、ヒュリアも結婚について悩む必要がなくなり、好きな勉学に気兼ねなく向き合えると安心していた。

そこに怪しげな者達が見え隠れするようになったのだ。半年ほど前から父王の様子もどこかおかしい。更にその怪しげな信仰組織に国を乗っ取られつつあるのだから、心穏やかではいられない。

「こんな時に婚約が決まるなんて」

ウィストには、女神の生まれた国との結びつきを強めたいという野心が根強くあった。機会があれば王女を売り込み、嫁がせようと考えていたのだ。

けれど、神教会の影響が強い国というのは政治的観点から見れば厄介なものだ。そんな背景もあり、今までは話さえ通すことができなかった。

しかし、唐突にそれが現実となったのだ。フリーデル王国の王が何を考えてこれを決めたのかヒュリアには分からなかった。

とはいえ、自分が嫁《とつ》ぐのはもう決定されている。それまでにウィスト国内に巣食った厄介者を追い出すには、サティアの生まれ変わりだとする少女の正体を暴くのが一番効果的だろう。

けれどロイズはそんなヒュリアの今後を危惧《きぐ》していた。

「国のことは、王妃様や大臣様達がなんとかもたせると約束してくださったではありませんか。それよりも、ヒュリア様のことが心配です。たった一人で国敵に立ち向かおうというのですから」

ヒュリアはたった一人で件《くだん》の少女と対峙《たいじ》し、その真偽を明らかにしなくてはならないのだ。仮にも相手は国を乗っ取ろうとしている者達の仲間。そんな大それたことをしようとする者が容易《たやす》く倒せるとは思えない。

けれどやらなくてはならない。国を正常化し、幼い弟が王位を継ぐまでの時間を稼ぐ。

何より、遊学で他国を見てきたヒュリアは、自国の異常さに気付いていた。神教会は大切なものではあるが、そのあり方がウィストでは少し違っている。それを正すべきだと思うのだ。

「ねぇ、ロイズ。サティア様は、なぜ国を滅ぼされたのでしょうね。あれほど愛してくださる方がいて、お母上譲《ゆず》りの力もあったというのに」

それは、今や誰も疑問に思っていない。サティアは断罪の女神。そう呼ばれるからには、国が悪かったのだと納得している。

けれどヒュリアは最近思うのだ。強い信念がなければ、王女の身でそれを決意することはできない。ならば、サティアはその時何を思ったのだろうと。

「この国にいれば分かるかしら。かつて、あの方々が生きたこの場所なら……」

ヒュリアはずっと考えている。見捨てきれない国の行く末をどうすればいいのかと。

そしてふと気付く。その答えを導いてくれそうな人物がいることに。

「『聖女』と呼ばれるヒュースリーさんなら、答えを知っているかしらね」

「ヒュースリー……確か、これから学外を案内してくださるご令嬢ですよね」

この後、待ち合わせている人物は、この国の神教会に認められ、真の『聖女』と呼び声高いティアラール・ヒュースリー伯爵令嬢。

「ええ。あのヒュースリーさんよ」

学園に編入したその日に見た光景と彼女が壇上《だんじょう》で口にした言葉は、今も鮮明に胸に残っている。

「あっ、あの生徒代表の挨拶《あいさつ》をしたっ。あの方が案内を⁉」

ロイズは驚いた後、緊張した面持《おもも》ちになる。それもそうだろう。成績は間違いなくトップ。学園長の覚えもめでたく、『聖女』と呼ばれることへの驕《おご》りも見せないのだ。

更にこの半年で、新入生達の意識をすっかり変えた。貴族というものがどうあるべきなのか、民や冒険者達を見下す彼らに優しく諭《さと》し、勉学の楽しさやその必要性を説《と》いてみせたらしい。

「思えば、この学園に来た当初から驚かされたわね。驕《おご》り高ぶった貴族らしい者が一人もいないんだもの」

「ええ……本当に貴族のご子息様達が通う場所なのかと、思わず街の方々に確認して回ってしまいました」

「あなた、そんなことをしていたの？」

身分による上下関係や政治的な柵《しがらみ》で萎縮《いしゅく》しながら生活するしかないというのが、貴族の通う学園での常識だ。

しかし、この学園にはそれがない。あるのは、目上の者に対する最低限の礼節だけ。感謝や謝罪をする時は身分が下の者にも頭を下げるが、上の者に必要以上におもねることはしない。それが自然にルールとして定着しているのだ。

それを築き上げたのがティアだと聞き、ヒュリアは大層驚いた。

「ふふっ、ようやく直接会って話せるのね」

「そうですね。一気にお会いしたくなってきました」

「では行きましょう。こちらがお願いする立場ですもの。お待たせするわけにはいかないわ」

「はいっ」

ヒュリアはロイズを連れてティアの待つ場所に向かった。

◆　◆　◆

ティアはヒュリアを伴《ともな》い、学園街を巡っていた。

「こちらの古書店は、掘り出し物が見つかるオススメの店です。三百年前の戦争より前の古書もありますし、伝記や各種図鑑も取り扱っていますよ」

大通りを中心に、ティアの行きつけの場所などを説明しながら回っていく。連れているのはロイズという一人のメイドだけだ。ただし、姿は現さないがシルもついてきている。

「古書もあるなんて素敵だわっ。あ、興奮してごめんなさい。本はとても好きなのよ。良い店を紹介してもらえて嬉しいわ」

遊学経験は伊達《だて》ではないようで、ヒュリアは博識だった。それを知ったからこそ、こんな店も紹介しているのだ。

この半年ほど、ヒュリアはフリーデル王国の歴史などを知るために、学園での授業後も図書館に通い詰めていた。腕の良い騎士達が巡回しているとはいえ、学外へ出ることを躊躇《ためら》っていたようだ。

彼女に騎士がついていたのは、この国へ送り届けられた時だけ。今や護衛と呼べるのはロイズの兄である従者だけらしい。ただし、実戦で役に立つほどのレベルではないという。

この国の騎士達を護衛として要請することもできる立場なのだが、いずれ王太子妃になれば、自由に動けなくなる。せめて今は街を身軽に見て回りたいと、護衛は頼まなかったらしい。

「ヒュリア様ならば、そう仰《おっしゃ》るだろうと思いました」

今回の外出は、ヒュリアが学内で根《こん》を詰めすぎていることを気にした、学園長や王の計《はか》らいによるものだ。

「次はどちらに向かいましょう。右手側には各ギルドが、左手側には騎士団の詰め所があります。直進した先は騎士学校と魔術師の養成学校です」

中央通りの店は、ほぼ全て見終わった。最新の流行に敏感な服屋。宝石店や雑貨屋に、美味《おい》しい食事処《しょくじどころ》。武具店や鍛冶屋《かじや》の場所も一応は紹介しておいた。

「で、では、左でお願いしますっ。この街にいる騎士達はとても優秀で、素晴らしい実力の持ち主ばかりだとお聞きしました。そんな彼らのいる場所を是非とも見ておきたいのです」

「っ……分かりました。では、行きましょう」

ティアは引きつりそうになる表情をなんとか誤魔化《ごまか》す。

ここにいる騎士達はティアを神聖視している。それは、今の伯爵令嬢然とした姿であっても変わらない。魔術で成長した『バトラール』の姿が一番嬉しいらしいが、わざわざそれに応《こた》えてやる義理はないだろう。

騎士団の詰め所は、貴族の大きな屋敷一つ分ほどの広さを有している。訓練場も含まれるので妥当《だとう》な広さだと言えた。

その訓練場は外から見ることもでき、異常なほど厳しい訓練を行《おこな》う騎士達のファンは多い。今も多くの人々が張りついて見守っていた。

「街の人々も訓練を見られるというのは面白いですね。なるほど。こうして常に見られているから、真剣に訓練なさっているということですか」

ヒュリアとロイズはしきりに頷《うなず》いている。しかし、実際はそんな理由ではない。

「いいえ。彼らは見られていてもそうでなくても訓練内容を変えたりしません。全員、強くなることに貪欲《どんよく》なのです。そのためには手を抜いたりしませんよ」

「何が彼らをそこまで駆り立てるのでしょう？」

「それは……」

ここで真実は話せない。ティアを女王のように崇《あが》めているなんてことも言えないが、ひたすら過酷な訓練を追い求めている変態達だとは口が裂けても言えない。

「いいえ、よく分かりました。彼らは騎士という立場にあぐらをかくことなく、国のため、己のために強くなろうとしているのですね」

「え、ええ。そうかもしれません……」

実態を知らない方が幸せだと結論付けたティアは、そのまま曖昧《あいまい》に笑顔で通すことに決めた。

しばらくヒュリアとロイズは訓練に見惚《みと》れていた。その間、ティアは密かに周りに目を光らせている。ティアに敵《かな》う者など存在しないとしても、ここには王太子妃となる人がいるのだ。そう思うと気は抜けなかった。

それが功を奏《そう》したと言うべきなのだろうか。

訓練場が見える場所から離れ、兵舎を一周してギルドの方へ向かおうとした時、きらりと光る何かが空に見えた。ティアはその不穏な気配と、それがまっすぐに向かってきていることに気付く。

「っ⁉　シル！」

「はっ」

ティアの呼び声に驚くことなく、瞬時にヒュリア達の前に現れたシルは、飛んできたそれを短剣で叩き落とした。

「なっ、なんです⁉」

ヒュリアは驚きの声を上げ、ロイズが反射的にヒュリアを守ろうと手を広げる。二人が揃《そろ》って目を向けたのは、地面に落ちた物体。それは、黒く光るナイフだった。

「いったいどこから？」

ロイズが声を抑えながらそんな呟《つぶや》きを漏らす。一方、ティアはシルへと声をかけた。

「シル、怪我はしてない？」

「はい……」

少々不満げな返事が返ってきた。マティアスさえ認めていた一族の末裔《まつえい》であるシルが、こんなことで怪我をするわけがない。しかし、叩き落とされて地面に転がるものが問題だった。

「ナイフごときって思うかもしれないけど、おかしな力を感じるんだよ。強い呪いの気配がする。だから毒と同じで、かすっただけでもマズいことになる」

「っ、呪い……」

警戒しながらも、シルはナイフを拾おうと手を伸ばす。それを見たティアは慌てて止めた。

「ダメっ。この手の物は、持つと意識をもっていかれる」

「なっ、ではどうすれば……」

このままここに放置するのは危険だろう。だが、触れることも叶わないとなれば、移動はさせられない。どうすべきかと思案していたら、不意にナイフが動いたように見えた。

「っ、まさか……」

ティアはとある可能性に思い当たり、慌ててヒュリアとロイズに指示を出す。

「走って」

「え……？」

「兵舎の方に走って！」

状況を理解できないヒュリア。しかし、メイドであるロイズは違った。主人の危機を感じ取り、ヒュリアを引っ張るようにして走り出す。

「ヒュリア様、急いでくださいっ」

「え、ええ」

二人が駆け出したのを確認すると、ティアも身を翻《ひるがえ》す。その時にはもう、カタカタと動き出したナイフが、宙に浮き上がろうとしていた。

「ティア様っ、どうされるのです？」

後ろを振り返りながら走るシルの問いかけに、ティアはナイフを目の端《はし》に捉《とら》えてから答える。

「落とす前、妙な動きをしたの。気のせいじゃなかったみたい。ほら、向きを変える」

「っ、何を狙って……」

落とされ、失敗した攻撃を再開させる術《すべ》など存在しない。できるとすれば、あらかじめ印をつけた目標物に向けて飛ぶようにすること。ならば、何に向けて飛んでいるのか。

ティアは魔術の流れを探った。兵舎の中に駆け込んでいくヒュリア。そこでまたナイフの向きが変わる。そして、ついにナイフが飛んできた。

「落とします！」

「触れないようにね」

追いついてきたナイフを撥《は》ね返すようにシルが叩き落とす。しかしそこへ、新たに三本のナイフが飛んできた。

それらが向かっていく方角を確認し、ティアは一気に加速する。そして兵舎に飛び込んだヒュリアのもとへ急いだ。

間違いなく、そこに向かってナイフは飛んできている。それが分かったのなら対処できる。

「ヒュリア様、失礼します！」

前を走っていたヒュリアとロイズを風の魔術で飛び越える。二人の斜め前方に向かい合う形で降り立つと、そこに剣が一本飛んできた。

「使ってください！」

剣を放り投げたのは紅翼《こうよく》の騎士の一人。ティアが何をするつもりなのか察したのかもしれない。相変わらず、おかしな特殊能力だ。だが、おかげで助かった。

「ありがと」

そう言うと、ティアはヒュリアに向けて駆け出す。

「なっ⁉」

突然向かってきたティアに、ヒュリアは目を大きく見開く。ロイズが反射的に庇《かば》おうとして前に出る寸前、ティアはヒュリアの胸元にあった赤いバラのブローチを弾《はじ》くように上空へ切り飛ばした。

それにナイフが突き刺さり、落ちていくのを感じながら、立ち止まれずにいたヒュリアとロイズの体を受け止める。

「っ、大丈夫ですか？」

「え、ええ……ごめんなさい、ティアさん」

「今のは一体……」

ティアより大きな二人を受け止めるのは難しく、身体強化をしていても少しばかりふらついてしまった。結果、そのまま三人で座り込むことになる。

そこへ、剣を放り投げた騎士が心配そうに覗《のぞ》き込んできた。

「無事ですか？」

「うん。剣ありがとね、ケイギル兄様」

「うっ……いや、役に立ったみたいで良かった……」

どういう表情をしたら良いのか分からないといった様子を見せるのは、ケイギル・ドーバン。ドーバン侯爵の次男で、キルシュの兄だ。

以前は白月《しらつき》の騎士団にいたのだが、一年ほど前、ティアによって色々と力が足りないことを自覚した彼は、このほど、紅翼《こうよく》の騎士団への異動を願ったのだ。

ティアには個人的にしごかれたということもあり、少々苦手意識が残っているらしい。盲目的にティアを崇拝《すうはい》している紅翼《こうよく》の騎士団の中で、まだ染まりきっていない彼は貴重だった。

「安全が確認できるまで、この人達を中で匿《かくま》ってもらえる？」

「はい。ではお二方、どうぞこちらへ……立てますか？」

二人は完全に腰が抜けているようだ。とはいえ、さすがに若い騎士が、妙齢《みょうれい》の女性を抱き上げるということはすべきでない。

そこでケイギルは、彼女達の父親ほどの年齢の騎士を呼んでくる。そうした細かい気遣いもできているようなので、ティアは二人を彼に任せ、件《くだん》のナイフの方へと意識を向けた。

そこへ周りを警戒していたシルが合流する。

「五本か。これで打ち止めかな。ブローチも粉々だね」

最終的に五本も殺到した黒いナイフが、ブローチを貫《つらぬ》き地面に突き刺さっていた。

「これを標的にしていたということですか」

「うん。まさかこんなことができるなんてね。解析するにも迂闊《うかつ》に触《さわ》れないし、まずはサク姐《ねえ》さんを呼んできてくれる？」

「承知しました」

異様に怪しく光るナイフを見つめたままのティア。それに一礼すると、シルは姿を消した。

サクヤは、シルに呼ばれて急いで駆けつけてくれた。学園の男性教師であるカグヤとしてではなく、冒険者スタイルのサクヤとして慣れ親しんだ女性の姿になっている。

「これが飛んできたの？　空から？」

「そう。障害物を避《よ》けるって意味では良い考えだよね」

もし街中《まちなか》を飛んできていたら、それは恐ろしいことになっただろう。けれど、空からならば、まっすぐに標的へと向かえる。

ティアは腕を組み、右手の指で顎《あご》を触《さわ》りながら、ナイフが飛んできた方向を見上げる。

「そのナイフ、変な術がかかってるよね」

「確かに、私も知らない術だわ。これって、使い魔にするための術式も入ってるわね」

「うん。それで向かう先を特定してたみたい」

普通、使い魔はゴーレムと呼ばれる土人形や、鳥の死骸なんかに魔石を仕込んで作る。

直接手紙や物を飛ばすことはできないのだが、それを魔導具にするとは考えたものだ。

「もしかして、魔族の……ジェルバとかいう奴の作？　あいつが近くにいるの？」

「試すにしても、直接行動するタイプじゃないよ」

表舞台に出てくるような、そんな行動力はないように思う。

「これにかかってる術を解明するにしても、ここに置いておくのはマズいわね」

「うん。だからサク姐《ねえ》さんを呼んだんだよ」

「あんた……覚えてたのね……」

サクヤがそう言って肩を落とす。

「最近気付いたんだよ。サク姐《ねえ》さんって、呪いのかかった物を平気で持ってたでしょ？　呪いって言っても、ただの魔術だけど」

触れただけで何かを切りたくて仕方がなくなるナイフや、自傷行為をしたくなるナイフ。今はシェリスが持っている、着た者をたちまち乙女にしてしまうドレスなどが『呪いの～』と呼ばれている。そんな物を持っても身につけてもサクヤは全く影響を受けないらしい。

「耐性があるのよ」

そう言って、サクヤは黒いナイフを何気なく手に取った。その姿が昔を思い起こさせる。

「サク姐《ねえ》さん……昔、そんなナイフ持ってたよね？」

「持ってるわよ？　ティアとカルとで出かけたじゃない。盗賊に取られたナイフを取り返しに」

「うん。忘れてないよ……」

幼かった頃の思い出は、どうにも苦いものが多い。

「どうしようかしらね？　これ」

耐性がないならば、これに触れるべきではない。そうなると、サクヤが持っているしかないが、それではナイフにかかった魔術を特定するのに時間がかかる。

「カル姐《ねえ》に連絡するよ。どのみち、ジェルバ絡《がら》みだったら報告しないといけないし、この手の魔術を調べるなら、魔族が一番でしょ？　時間が経つと魔術が特定しにくくなるしね」

魔導具ならば、その中に魔石がある。これに魔術を付与することで、誰が扱っても同じ魔術が発動するようになっているのだ。だが、今回のナイフには、直接魔術が付与されていた。魔石と違い、術式の痕跡は長く留《とど》まらない。

それでも魔族には、どのような魔術が発動されたか調査できる技術がある。例えば何かが燃えたとして、それが魔導具によるものか、魔術によるものかも分かるらしい。

「なら、すぐに連絡なさい。コレは屋敷に運んでおいてあげるわ」

サクヤがヒュースリー伯爵家の別邸にナイフを持っていく。ティアは、ヒュリアとロイズの様子を見るため、兵舎へと向かった。

そこで赤いバラのブローチは、ロイズの兄であるリールが仕入れてきたものだと知ったのだ。

◆　◆　◆

リールは、街を歩いていた。

「俺は騎士……騎士になるんだ。一生従者など、冗談じゃない」

ずっと騎士になりたいと思っていた。しかし、実力をつけようと剣を振るってはきたものの、騎士になれるような突出した力はなかった。とはいえ、このまま従者として生きることにはどうしても納得できない。

男であるリールは、妹のロイズと違い従者用の寮で生活をしているが、特にするべきことはない。よって、半年近く街をただフラフラとあてもなく歩き回る日常を送っている。

しかしこの日、リールは興奮していた。

「こんな生活も、もうすぐ終わる」

先ほど、とある計画を遂行《すいこう》した。やっとその機会が巡ってきたのだ。

「王女がブローチを着けるまで待てと言われたから待ったが……長かった」

神子《みこ》から授かった美しいバラのブローチ。せめて王女の命がまっすぐ天に召されるよう、そのブローチを着けた時に実行してほしいと主人に言われていた。何より、学園内では魔導具が自由に使えなかったのだ。

「騎士になるんだっ。あの方の特別な騎士に！」

リールは、仕えるべき主人を選ぶ権利は自分にあると思っている。

「あんな王女になど誰がっ」

ヒュリアとは性格的に合わない。はっきりとものを言い、強い信念を持つヒュリア。そんな彼女とそっくりで、リールを出来損《できそこ》ないだとでもいうように見下す妹。

そんな二人に使い潰されるべきではない。自分は特別で、仕えるならば女神の生まれ変わりだという少女であるべきだろう。そんな思いに取《と》り憑《つ》かれたのはいつだったか。

ウィストでは二年に一度、騎士になるための試験がある。

審査項目の半分は実力、残りの半分は人間性と血筋だ。リールは、どれも中途半端。実力が優《すぐ》れているわけでもなく、血筋も良いとは言えず、人間性については常に自信が持てないせいか、特に点数が低かった。当然ながら結果は不合格。

リールとロイズの両親は、早くに亡くなっていた。かつては子爵位を持つ家柄だったが、二代も前に没落している。頼れる親族もいなかったので、教会に引き取られて育てられた。

要領が良い妹のロイズは九歳になる頃、教会に通っていた当時八歳のヒュリアと知り合い、そのままリールが知らないうちにメイドになっていた。

幼い時分から、教会にただ世話になることに疑問を感じていたロイズは、七歳の時には既にメイド見習いとして伯爵家に通っていたのだ。

おかげでリールも夢であった騎士になるため、剣を教わる場所を紹介してもらえた。素質のあるなしにかかわらず、初めて自分から打ち込んだことだった。

しかし今回、騎士の試験に落ちたことで、いつもより卑屈《ひくつ》になっていた。このまま死んでもいいとさえ思っていたのだ。

夢が絶たれたと絶望するリールに手を差し伸べたのは、教会で出会った少女だった。彼女に名はなく『神子《みこ》』と名乗った。纏《まと》っているのは真っ白な法衣。金の縁《ふち》取《ど》りや飾り刺繍《ししゅう》はあるものの、女性である彼女が着ているのは、少し奇妙に感じる。

金の長い髪がその上を美しく滑《すべ》っており、色素の薄い灰色の瞳は儚《はかな》げに見えた。けれど、発せられた声ははっきりと響いた。

『あなたもフリーデルへ行かれるのですか？』

突然話しかけられて驚くリールに、彼女はうっとりと見惚《みと》れてしまうほど優しく微笑む。

『あなたは導かれているのです。間違いありません。私には分かります。あなたは最強の女騎士、アリア・マクレートの生まれ変わりなのですね』

さすがのリールも何を言われたのか理解できなかった。だが、神子《みこ》はなおも話し続ける。

『女神サティア様の生まれ変わりの方が今、フリーデルにおられます。きっと、魂が惹《ひ》かれ合っているのでしょう。あなたは、あの方の唯一の騎士でなくてはならないのですから』

それを聞いた時、鼓動が熱く、激しく脈打つのを感じた。

ずっと思っていたのだ。自分は何がなんでも騎士にならなくてはならないと。そんな焦るような思いを感じていたのだ。これがその理由だとリールは思った。

『この剣をあなたに。あと、こちらのブローチは私からヒュリア様へ。私からだと聞けば怒るかもしれませんから、あなたからのプレゼントとして渡してください』

渡されたのは一振りの剣。それと小さな箱に入った美しいバラのブローチだった。

そうして最後に、少女はこう言ったのだ。

『どうかサティア様のため、お力をお貸しください。あの方にも分かるでしょう。お会いしたなら、こう言うのです。「あなたの騎士であるために生まれたのだ」と』

その後、リールは神子《みこ》の使者だという青年と落ち合い、サティアの生まれ変わりであるローズ・リザラントに引き合わされた。その時それを口にしたら、ローズはこう返してきたのだ。

『私は、あなたを傍《そば》に置く王女が許せません。あなたは私の騎士。お願いアリア。私だけの騎士になって。そのためにこれを使いなさい』

渡されたのは数本の黒いナイフだった。それに触れた瞬間、どうすれば良いのか分かった。そして思ったのだ。ヒュリアを消せば、ローズだけの騎士になることができると。

『必ずやあなただけの騎士として、戻って参ります！』

これはアリア・マクレートの生まれ変わりとしての義務だ。それを遂行《すいこう》するためならば、ヒュリアなど必要ない。そんな考えがリールの心を占めていったのだ。

◆　◆　◆

ティアはリールについてヒュリアとロイズに尋ねていた。

信じられないという様子で青ざめるロイズ。実の兄がヒュリアを殺そうとしたかもしれないのだから、心穏やかではいられないだろう。一方、ヒュリアは冷静だった。

「私には、リールが自分の意思で私を狙ったとは思えません」

気弱なところのある物静かな青年なのだという。そんな彼が、こんな大それたことを計画するとは考えられないらしい。

「ひとまず、彼を捕らえます。その間、安全のため私の屋敷に移動していただけますか」

「え、ええ……でも、学園の方が安全なのでは？」

今までも学園にいれば安全だと言われていたし、何も問題はなかった。そこをわざわざティアの屋敷にと言われたので不思議に思ったのだろう。

「部屋に二人だけでは心細いでしょう。それに、私の屋敷は城より安全です」

「城より？」

「はい。城より」

笑顔で言い切ったティアに、ヒュリアもロイズも困惑する。しかし、ティアの見事な剣捌《けんさば》きと動きをその目で見た二人は、半信半疑ながらも頷《うなず》いた。

「すぐに迎えの馬車が来ますので、ここでお待ちください」

そう言ってティアは外に出る。そこにはシルが控えていた。

「ティア様、犯人を捕まえるならば、私が」

会話が聞こえていたのだろう。やる気満々の様子だ。

「うん。まずシルキーのところへ行ってリールの姿を確認してきて。その方が早い」

学園の地下で生きるシルキーのもとには、過去を映す特殊なクリスタルがある。世界樹から得たその恩恵を使えば、リールがナイフを放つ姿も見えるだろう。向かうべき場所も特定できるというものだ。何より、彼の顔を知ることができる。

「承知しました」

一礼すると、シルは素早く姿を消した。

そこに馬車がやってくる。御者席《ぎょしゃ》に座っていたのはキルシュだった。

「キルシュ。早かったね」

「ティアが出ていってすぐにラキアさんが用意していたんだ」

紅翼《こうよく》の騎士団よりも察しが良いのが、ヒュースリー伯爵家自慢のハイパーメイドであるラキアだ。既に未来予知の域にまで達している。

「助かるよ。そういえばキルシュ、まだ会ってないよね？」

「誰とだ？」

にやりと笑って、ティアは奥へと声をかける。

「ケイギル兄様～」

「ちょっ、あんまりその呼び方されると団長や先輩達に恨まれる……って、キルシュ!?」

「ケイ兄上っ!?」

兄弟の驚きの再会だった。

「何してるんですかっ、こんなところで！　ここは紅翼《こうよく》の……って、その制服っ……まさか兄上……まさか……よりにもよってティアの手下にっ」

全てを察したキルシュは絶望したように頭を抱えた。実はケイギルはまだ、父であるドーバン侯爵にも異動の件を話していなかったのだ。

「別にいいじゃん。ってか、手下じゃないから。まぁ、その話はこの後二人でゆっくりどうぞ。ってことで、ケイギル兄様。キルシュと一緒にヒュリア様達を屋敷まで護衛してね。その後も一応残っててもらえる？　団長さんには、借りるって言っておくから」

護衛がいるという体裁《ていさい》だけでも取《と》り繕《つくろ》っておいた方が二人も安心できるだろう。

「キルシュ、王女様を頼むね。ラキアちゃんなら全部分かってると思うから心配はしてないけど」

「ああ。道中だけは気を付けるよ。といっても、この馬車自体が滅茶苦茶《めちゃくちゃ》な代物《しろもの》だけどな」

神属性の魔術で作り上げたこの馬車には、様々な安全措置を施《ほどこ》してある。魔術の攻撃は全て撥《は》ね返し、物理攻撃も効かない。もちろん御者《ぎょしゃ》の安全も確保されているし、マテイが全力で牽《ひ》いても壊れない。見た目は四人乗りだが、十人は乗れるという代物《しろもの》だ。

「内装まであり得ない感じだからな……部外者に見せるのは気が引ける」

「そうかな？」

そこまで改造した馬車だ。乗っている間の心配がない分、移動中は暇だからと、中にはお茶やゲームができるテーブルまで設置してある。揺れを軽減する術も施《ほどこ》されているので、いつ出発し、到着したのか気付かないことも多い。こんな代物《しろもの》が世間に知られれば、きっと大騒ぎになるだろう。

「王女に知られて、後で困ることになっても知らないからな」

「量産はしませんって言っといて」

「ティアが造ったとは言わず、どこぞの遺跡で見つけましたと言うつもりだ」

「なるほど。キルシュは頭良いね」

「誰かさんのせいでこんな嘘ばかり考える羽目になるんだから、困ったものだ」

誤魔化《ごまか》しや言い訳が妙に上手くなるのは、ティアと関わる者の宿命らしかった。


リールを捕まえたという報《しら》せがきたのは、それから二時間後のことだ。

「地下牢に運びました」

「ありがとう。フィズさんも協力してくれたんだね」

報告に来たのはクィーグ部隊の頭領であるフィズ。黒く艶《つや》やかな長い髪と黒い瞳。彼女はシルの実の姉だった。

これまでも訓練のついでといって調査などに協力してくれていたが、数ヶ月前、妖精王のダンジョンでの事件の頃から、フィズをはじめとする一族の全員がティアのもとに集《つど》った。そうして、今まで以上に率先《そっせん》して協力してくれているのだ。

「礼には及びません。ティア様のお役に立つことこそが、我らクィーグ一族の本懐《ほんかい》。いかようにもお使いください」

「う、うん。頼もしい限りだね」

重すぎる忠誠心は、ティアも扱いに困る。彼らが優秀なおかげで、出番の減ったシルが少々機嫌が悪い気もする。

「シル。リールに会うからついてきてくれる？」

「はい……」

今回リールを捕まえたのもシルではなかったらしく、落ち込んでいるようだ。ちゃんと捕まったのだから、気にすることはないというのに。

シルに先導されて地下牢へ向かう。シルキーが管理する学園街の地下、そこに広がる通路の一つを進んだ先にある。

シルキーの許可なく近付くことはできないが、人一人が生活するには充分な設備が整っていた。食事は看守としてついてくれているクィーグの者が運んでおり、温かいベッドも完備されている。

「こちらです」

中にいたのは、ロイズに少し似た顔立ちの青年だった。

「あなたがリールね。さっそくだけど、なぜヒュリア様を狙ったのか話してくれる？」

何かを諦《あきら》めたように暗い表情を浮かべ、ベッドに腰掛けているリールは、上目遣いにただじっとティアを見つめていた。

「ヒュリア様は、あなたが自分の意思で実行したとは思えないそうなの。それに、あのナイフにかけられていた術は、人族には施《ほどこ》せないはずのもの。誰からあれを託されたの？」

「言う必要はない……」

「そう」

この頑《かたく》なな様子では話さないだろう。ティアも素直に話すとは最初から思っていない。だから、せめて一つだけは明らかにしたいと思った。

「シル、隣の彼を連れてきて」

指示を受けてシルが連れてきたのは、片腕のない一人の青年。

「っ!?　スィール様っ」

思わずといったように立ち上がり、声を上げたリール。

シルが連れてきたのは【神笛《しんてき》】の使い手だったスィールだ。今はトゥーレという名の彼は、ここで監視されながら療養している。

「君は……？」

「え……」

リールを覚えていない様子のトゥーレに、リールは困惑していた。

「もういいよ。トゥーレ、悪かったね」

「いえ」

そう言って退出する際、彼はティアに顔を向けた。

「あの、先日のお話なのですが、お願いしてもよろしいでしょうか？」

「うん。義手についての手配はできてる。剣の方も良い先生をつけるから、期待してて」

「はい。ありがとうございます」

丁寧に頭を下げたトゥーレは、割り当てられた部屋へ戻っていった。

「どういう……」

動揺を隠せない様子のリールにティアが説明する。

「彼は組織に切られたの。おかげで腕と記憶を失くした。記憶は少しずつ戻ってきているけど、断片的なものみたい。それより、あなたは彼を知ってるんだね。ということは『神の王国』との繋がりが少なからずあるということだ」

トゥーレには、ドワーフと魔族の技術の粋《すい》を結集させた義手を提供すると約束していた。組織からの脅威がなくなった暁《あかつき》には、夢であった剣士になりたいと言うので、その教師役をティアが紹介しようとも話していたのである。

「っ……卑怯《ひきょう》だぞ」

本当はスィールを知っているというだけでは証拠にならないが、今の一言で確認できた。

「ここでしばらく頭を冷やしなさい」

今は何を言っても無駄だろう。ティアは地下牢を出ていこうとする。

「っ、待てっ、僕は行かなければならないんだっ。あの方の騎士として認められるためにっ」

追いすがってくるリールを閉じ込め、ティアは通路を歩き出す。しかし、続くリールの言葉に再び足を止めることとなった。

「傍《そば》にいなきゃならないんだ！　僕はっ、アリア・マクレートの生まれ変わりなんだから！」

「っ!?」

思わず息を呑んだ。その後、じわじわと怒りが湧いてくる。

「ティア様？」

「っ……なんでもない。行こう」

シルに声をかけられたことで、理性を失《しっ》するギリギリで踏みとどまることができた。

無理やり足を動かし、その場を後にする。

予感はしていた。スィールの記憶を持つという青年もいたくらいなのだ。そうやって思い込まされている者が他にもいるかもしれない。

トゥーレは捕まえた当初、腕を失くしたこともあり、酷《ひど》い熱を出していた。聞き取りもできず、数日の間、生死の境《さかい》を彷徨《さまよ》っていたのだ。そうして、目を覚ました時には記憶を失っていた。

彼の場合は、扱っていた『神具《しんぐ》』の影響による記憶障害だろうと、カルツォーネやシエリスが見解を出した。カランタもその可能性を示唆《しさ》していたので、まず間違いない。

自分の名前も思い出せないという状態の彼に、ティアはトゥーレという名を与え、療養させることにした。記憶を失くしたとはいえ、命を危険に晒《さら》されたという意識はあるらしく、常に怯《おび》えた様子の彼を見かねてここへ移したのだ。

『神の王国』の者達も、自分達の事情を知っている彼を消そうとするかもしれない。ジエルバは危険を冒《おか》してでも彼を回収しようとしていたのだから、その可能性は充分にあった。

しばし考え込んでいたティアだったが、不意にシルの様子がおかしいことに気付いた。

「シル。どうかしたの？」

「……なぜ、あのような者達に、ティア様は慈悲《じひ》をお与えになるのですか？」

それは予想していなかった質問だ。だから、ティアは考えをまとめながら答えることにする。

「そうだねぇ……なんていうのか……あの組織のことだけじゃなくて『神具《しんぐ》』はもうこの世界にあってはいけない物だって感じてる。それをどうにかできるのは、どうも私だけらしくて、ならどうにかすべきだって思うんだ。けど、それと同時に、『神具《しんぐ》』に振り回されて本来の人生が送れなくなってる人達も助けるべきなのかなって、そんな気がするんだよね……」

「……」

それは、きっと神の『願い』。人々の願いと同様に、神からの強い思いもティアは感じるようになっていた。そして、それにはきっとジェルバを救うことも含まれるのだ。

「申し訳ありませんっ」

「どうしたの？」

唐突に頭を下げるシルに驚く。

「……私は、ティア様のシルとしては失格です……」

その時、ティアは思った。苦しそうで、悔しそうなその声を、いつだったか聞いたことがあると。

「クィーグ部隊におけるシルは、常にティア様の影となり、誰よりも傍《そば》でお考えを感じ取り、手足となるべき者です。ですが、私では力不足だと思い知りました」

決して顔を上げず、目を合わせようとしないシルを見て困惑する。

「力不足って、どういうこと？」

なぜだろう。胸がざわめく。何かを思い出しそうで思い出せないもどかしさに似ている。

「ティア様の意図も汲《く》めず、言われたことも満足にできない」

「そんなことないでしょ？　むしろ、便利に使いすぎてるって自覚あるよ？」

「もっと使っていただいて構いませんっ。今すぐサルバと王都を往復しろと言われれば、日が落ちる前に成《な》し遂《と》げてみせますっ。ティア様に楯突《たてつ》く組織を壊滅させろと仰《おっしゃ》るのなら、目障《めざわ》りだと一言くだされぱいい」

「それは……いくらなんでも……」

ないだろうと思う。そんな横暴な主人をやらせるつもりなのかと苦笑するしかない。

だが、なぜかそこでふと記憶が呼び起こされた。その熱い想いが、あの人と同じ熱を感じさせたのだ。

『自分が許せません……いつだってお傍《そば》にいて、少しでもサティア様のお力になりたいというのに……力が足りず、もどかしいっ』

前世の記憶に重なるように、シルが呟《つぶや》いた。

「自分が許せないのです……いつでもお傍《そば》にいて、ティア様の背負われている重荷を少しでも分けていただきたい。それなのに力が足りず、もどかしいのです……私には、どうしてそのようなお顔をされるのかも察せられない……っ」

傍《そば》にいたいと思ってくれていた。それがあの時も嬉しかった。

『私が頼りないから、サティア様はお一人でなんでも抱えてしまわれる……』

「私の力が足りぬばかりに、ティア様はお一人でなんでも抱えてしまわれる」

「……っ」

頭が痛い。記憶が急激に蘇《よみがえ》ってくる。

『置いていかないでください。追いつきますからっ。必ず、お傍《そば》に参りますっ』

「一人で先に行ってしまわないでくださいっ。今はまだ未熟でも、お傍《そば》にいたいのですっ」

「っ⁉」

ティアは頭を両手で押さえる。なぜだろう。大切な記憶のはずなのに、思い出したくないと思った。こんなことは今までなかったというのに。

「痛《つ》う……」

「ティア様⁉」

視界が狭くなり、立っているのかどうかも分からなくなっていく。

「ティア様っ！」

『サティア様っ！』

その声が現実のものなのかどうかも、もう分からなかった。

倒れる寸前、シルがティアを抱きとめる。そうして目に入ったのは、心配そうにティアを見つめるシルの瞳。その瞳を知っている。

暗くなっていく意識の中で、胸に渦巻《うずま》く感情をようやく知る。それは後悔だ。そう思った時、口をついて出ていた。

「アリア……っ」

その名前は、懐《なつ》かしい響きと感覚を伴《ともな》っていたのだ。

◆　◆　◆

それはサティアが十一歳を迎えた年だった。

先日、サティアは第六王妃であるライラの死を看取《みと》った。

三ヶ月前に亡くなった双子の弟妹《ていまい》、リュカとシェスカ。彼らの時も、最期まで傍《そば》にいて力を尽くした。それからずっと、時間があればライラのもとを訪れていたのだ。

「……ライラ様……」

この日、サティアは一人で庭の東屋《あずまや》にいた。

最後のひと月は、ほとんど目を開けることがなかった。しかし、最期の夜。目を覚ましたライラは、訪れていたサティアに微笑んだのだ。

『そのようなお顔……マティアス様に叱られましてよ……』

おかしそうに笑って、ライラは再び目を閉じた。そして、その目は二度と開かれることがなかった。

「叱られる……か」

確かに、情けない顔をしていた自覚はある。どうにもできない非力な自分が、悔しくもあったのだ。

こうやってふとした時に、大切な人々を亡くした悲しみを整理しようと、一人になって考える。自分がこれからどうあるべきなのかも。

「……母様……」

なんだかおかしいのだ。マティアスが亡くなってから、国の空気が変わった。サティアだけがそう感じているのか、それとも本当に変わっていこうとしているのかは分からない。それでも、世界が色褪《いろあ》せてしまったように感じてならないのだ。

「サティア様」

「アリア？」

サティアがいる東屋《あずまや》に、女騎士のアリアが駆けてきた。

「サティア様。あのっ……お伝えしたいことがあるのです。お時間、よろしいでしょうか」

「うん。久しぶりだね。アリア」

「あ、はい……」

「どうかしたの？」

アリアはここ数ヶ月、家の事情で城を空けていたらしい。しばらくその姿を見なかったのだ。

いつもなら、久しぶりに会えばキラキラと輝かんばかりの笑顔を見せてくれる。それは、サティアに会えた嬉しさからくるものなのだが、今日はなぜか表情が硬く、暗かった。

「それが……結婚することになりました」

「へ？　結婚？　アリアが？」

「はい……」

「えっと、おめでとう。びっくりした。お祝いしなくちゃね。何か欲しいものとかない？」

サティアはそれを聞いて驚きはしたが、良かったと笑みを向ける。しかし、相変わらずアリアの表情は暗かった。不思議に思ったサティアは首を傾《かし》げ、アリアの顔を覗《のぞ》き込む。

「アリア？」

俯《うつむ》いていたアリアと不意に目が合った。その瞳には、強い意思を感じる。ようやくらしくなったと安心していれば、震えるような声がアリアの口から出てきた。

「父や祖父から、結婚して子を産むようにと言われました。家を継ぐのは、私の血を引く者であるべきだと言うのです……」

「それは、アリアの実力を認めたってことだよね」

アリアは、女であるというだけで、家族から期待されることもなく、陰で努力を重ねるしかなかった。けれど、今では女騎士としてその実力も功績も認められている。努力が実を結んだのだとサティアも嬉しく思うのだが、アリアは全く嬉しそうに見えなかった。

「ここを離れなくてはならないのです……子を産み育てるとなれば、半年や一年では戻れないっ」

「アリア？」

悔しいと、その表情は物語っていた。せっかく手に入れた場所を離れなくてはならなくなる。それが、アリアには我慢ならなかったようだ。

「私は、サティア様のっ……」

唇を噛み、肩を怒《いか》らせて下を向くアリア。何がそんなに悔しいのか。

「ようやくお傍《そば》にいられると思ったのですっ。今の自分が許せません……いつだってお傍《そば》にいて、少しでもサティア様のお力になりたいというのに……力が足りず、もどかしいっ」

「アリア……でも、力があるから認められたんだよ。悪い話じゃないでしょう？　それに、騎士を辞めろとは言われてないんじゃない？」

「それは……はい……」

「なら、何年後かにまた戻ってくればいいよ」

女性として利用されているようにも思えるが、アリアの騎士としての生き方を否定されたわけではないのだ。それなら、また戻ってくればいい。

「ですが、数年は会うこともできないのです。ただでさえ、マティアス様も亡くなられ、サティア様がお辛い時に……私が頼りないから、サティア様はお一人でなんでも抱えてしまわれる……そうやって、また一人になってしまうのでしょう?」

「……アリア……」

膝《ひざ》をつき、その上で手をぎゅっと握るアリア。そうだ。ずっと気遣ってくれていた。こうして一人になっても、必ず近くで寄り添おうとしてくれていた。

「ありがとう、アリア。私は大丈夫。母様にも負けないくらい強くならなきゃ、この国を守れないもの。悲しんでばかりではいられないよ」

前を向かなくてはならない。今まではマティアスがいるからと手を出さずにいた国もある。そうした国への抑止力になるべきなのだ。

そんなサティアの考えを読んだのかもしれない。アリアは顔を上げると、必死に懇願《こんがん》してきた。

「無理に抱え込まないでくださいっ。もっと、騎士達を頼ってくださって構わないのです」

「ふふっ、分かってる。それでも、強くならなきゃならないと思うんだ」

「サティア様……」

この世界では、戦える者がいるかいないかで国の命運が変わる。力があるのなら、立ち止まってはいられない。

「ねぇ、知ってる？　人は死んだら、生まれ変わってくるんだって。この世界に、また生まれるの。それなら母様やライラ様、リュカやシェスカが生まれ変わった時のために、今よりもっと平和で綺麗な世界にしてあげたいじゃない」

東屋《あずまや》の屋根を避けて上を見上げれば、突き抜けるほどの青い空が目に映る。この青い空が、美しいと感じられる世界にしたい。穏やかで、争いの音など聞こえない。そんな国にしてあげたいと願う。

「サティア様っ……置いていかないでください。追いつきますからっ」

「アリア？」

泣きそうな顔で取りすがってくるアリアに、サティアは驚く。

「も、申し訳ありません……サティア様が、とても遠くに感じられて……」

アリアは、取り乱したことを恥ずかしがるかのように、また数歩下がる。

「なら、元気な赤ちゃんを産んで、また戻ってきてよ。一緒に、この国を守って」

「サティア様っ……はいっ。必ず、お傍《そば》に参りますっ」

嬉しそうに笑うアリアにつられ、サティアも微笑む。

後《のち》に、その約束が果たされなくなるとは、サティアにも予見することができなかった。

第三章　女神と思わぬ再会

地下通路で意識を手放したティアを抱きかかえ、シルは小学部の寮へと走った。

頼りになるのは、サクヤだと思ったのだ。

寮監であるサクヤの部屋は入ってすぐのところにある。誰かに見つかるようなヘマはしない。どれだけ焦っていても、どんな非常事態であっても、クィーグのナンバーを持つ者ならば可能だ。

シルは断りもなしに部屋へ飛び込んでから声をかけた。

「サクヤ様っ、ティア様がっ」

サクヤが同僚で元魔術師長のウルスヴァンとこの部屋にいることは、既に把握していた。

声を聞いたサクヤが壁の脇からひょっこりと顔を出す。

「シル君？　え、ティアっ⁉　どうしたの⁉」

「それが、突然頭を押さえて意識を手放されたのです」

「頭？　どこかで打ったとかじゃないのよね？」

サクヤは冷静にティアの頭を撫《な》で、額《ひたい》に触れる。

「熱もないわね……どうしてこんなことに……」

「その……ただ話をしていただけなのですが……」

「話？　とりあえず、そっちのベッドに寝かせてくれる？」

救急用のベッドを、ウルスヴァンが用意してくれていた。そこにティアを寝かせる。

いつもは怯《おび》えて距離を取るウルスヴァンも、意識のないティアの顔を心配そうに覗《のぞ》き込む。

「ティアさんが倒れるなんて……」

「あら、ティアだって人よ？　万能じゃないわ。ちゃんと弱いところだってあるのよ」

「そ、そうですよね。いくらアレでも、体は少女ですし……」

「……ウルったら……」

ウルスヴァンも内心動揺しているのだろう。きっと、何を言っているのか自分でも分かっていない。サクヤは呆れながらも、本当に熱がないかと額《ひたい》や頬《ほお》を触《さわ》るウルスヴァンに苦笑した。

「あの、ティア様は……」

「大丈夫よ。この子、自覚なく色々背負ってるから、ちょっと疲れたんでしょう。ティアのことは私が見てるから、シル君は仕事に戻りなさい。起きたらまた忙しく動き回るだろうし、今のうちに準備しておきなさいな」

「……分かりました……失礼いたします……」

後ろ髪を引かれながらも、シルは部屋を後にする。

残ったサクヤとウルスヴァンは、静かにティアを見つめていた。

しばらくすると、部屋に誰かが入ってくる気配がした。それが誰かを感じ取ったサクヤは振り返ることなく問いかける。

「あなたは、何か知らない？」

そう声をかけた相手は、窓から滑《すべ》り込んできたカランタだった。

「……ティアは、後悔してるんだ。彼女との……アリアとの約束を果たせなかったことを」

カランタはティアの力になるため、クィーグや魔族の者達と協力しながら『神の王国』について調査していた。そんな中、精霊達からティアが倒れたことを聞いて飛んできたのだ。

ここへ来る間に、どういう状況で、シルと何を話していたのかも聞いていた。

「アリア・マクレート……シルは、彼女の生まれ変わりなんだ」

「そう。記憶はないのに、想いはあの頃と変わらない。不思議だよね。またティアの傍《そば》に現れた。運命とかそういうの、ティアは嫌いみたいだけど、これぱっかりは運命だとしか思えない。アリアの最期の願いは『生まれ変わって今度こそ最後までサティア様の傍《そば》にいたい』だったから」

カランタは死した後、その光景を見ていた。それは自分への罰だった。自分の過《あやま》ちのせいで壊してしまった多くの人生を見届ける。

世界の記憶を通して、全てを知ること。それは、どれだけ罪深いことをしたのかを知り、償《つぐな》うための大切な儀式のようなものだ。そこで、アリアの最期とティアとの約束を知った。

「彼女は、ティアのもとに戻るつもりだった。ティアとも約束していたんだ……あと数日、ティアの決断が遅ければ、アリアは約束を果たし、ティアも命を落とさずに済んだかもしれない。あの結末を防げたかもしれなかった」

カランタは、もしかしたらと考えずにはいられなかった。自分が死ぬことは仕方のないこと。受け入れるべきことだった。しかし、ティアまで死ぬことはなかったとずっと思っていたのだ。

「あの女騎士の？」

「あなたは……」

サクヤは、辛そうに唇を噛み、拳《こぶし》を握るカランタに、どう声をかけたらよいのか悩んでいた。身を引き裂かれるような苦しみと辛さを、今でもカランタは引きずっているのだ。

これでは責められない。そうサクヤは思った。それでもカランタは続ける。

「彼女の最期は見ているのが辛かった。自分がもっと早く復帰できていれば、もう少し早く判断していたらって、ずっと後悔してたんだ。そうして毎日倒れるまで剣を振るって、目を覚ますと後悔の涙を流す……辛くて、辛くて……だんだんおかしくなっていったんだ……」

最期は憔悴《しょうすい》し、眠るように亡くなった。それでもその最期の時に、アリアは思い出したのだ。それは、約束を交わした日にティアから聞いた言葉。

『ねぇ、知ってる？　人は死んだら、生まれ変わってくるんだって。この世界に、また生まれるの』

だから最期にこう願ったのだ。

『生まれ変わったら、今度こそ最後までサティア様の傍《そば》にいたい……必ずお傍《そば》に参りますから、待っていてくださいね……』

その願いは叶った。クィーグ一族に生を受け、今シルとしてティアの傍《そば》にいるのだから。

「ティアは、シル君の想いを受けて、考えないようにしていたアリアとの約束を思い出した……」

自分の選択は間違っていなかった。そう証明しなくては、残してきた者達に申し訳が立たない。その一念を胸に潜《ひそ》ませ、新たな生を生きてきたティア。しかし、ここでアリアという無視できない存在を思い出してしまった。

彼女の強い想いだけは、過去の選択が間違いだったと思わせる。彼女を傷付けたと確信できてしまうからこそ、今まで考えようとしなかったのだ。

「ティアは今も考え続けているのね。どうすれば良かったのかを、あの道しかなかったと自分に言い聞かせながら。それで、耐えられなくなったのね。思い出しちゃったアリアちゃんの気持ちに」

「僕が一番悪いのに……僕が考えなきゃならないことだったのに……ごめんね、ティアっ」

カランタは、眠るティアの頬を撫《な》でる。全部背負わせてしまったことへの後悔を消すつもりはない。これは、ずっと己が背負うべきものだと思っているからだ。

「ティアさんは今、戦っていらっしゃるのですね……」

事情が分からないながらも、ウルスヴァンは悟っているようだ。

「そうね。まったく、もっと頼れって言ってるのに」

「強い方ですから」

「ええ。それに頑固なの」

「それも分かります」

二人は確信している。ティアが必ず自力で心の整理をつけて、目を覚ますということを。だから苦笑を浮かべながら、ティアの寝顔を見つめた。

カランタはティアの手を取り祈っていた。謝る機会が欲しい。だから目覚めてくれと願う。次に目が覚めたら何を言おうかと、三人はそれぞれ考えながら、その時を待つのだった。

◆◆◆

ティアは城の庭園にある東屋《あずまや》にいた。この場所が、城の中で一番好きな場所だ。感覚を広げれば、城の隅々《すみずみ》まで気配を読むことができる。兄や姉達が今どこにいるのか、すぐに探すことができた。異変があればそれもすぐに気付ける。だからとても安心できるのだ。

目を閉じて、静かに呼吸をすれば、庭園を抜ける風の音や、鳥達の声が聞こえる。

だが、今はそれを感じることができない。まるで絵画の中のような、無機質で静かな空間にいた。しばらく不安を感じながら、一人考え事をする。

「アリア……」

自分は間違ったのだろうか。アリアとの約束をあの時思い出していたら、違う結末になったかもしれない。彼女の子孫であるクロノスに出会った時にも一瞬、約束を思い出したのだ。けれど、気付かなかったふりをして、そこに蓋《ふた》をした。

アリアは子を産み育てられたのだなと思い、安心すると同時に、その後どうしたのかを想像すると辛かったからだ。それだけ、アリアの行動パターンがよく分かっていた。

確実に、サティアのいる場所へ戻ろうとしたはずだと。

消えていく王家を目《ま》の当たりにして、あの責任感が強く、優しいアリアが正気でいられただろうか。前世の友人達に再会し、泣かれるたびにアリアの顔がチラついた。

暗く沈んでいく心の痛みを感じて、小さく丸まっていると、突然後ろから声をかけられた。

「ティア、なんでこんなところで丸くなっている」

それは、もう聞けるはずのない懐《なつ》かしい声。

「っ……母様!?」

そこで目に入った自分の髪が、赤ではないことに気付く。

「あれ？」

自分はサティアではなくティアラールだ。ならばこの場所は一体なんなのか。

「ふっ、夢に決まってるだろ。その髪も悪くないな」

夢だと言うマティアスだが、いやにリアルで気味が悪い。

「おい。気味が悪いとか、母様に向かって失礼だろう」

「あ、えっと、ごめんなさい」

腕を組み、呆れるマティアスに、口に出しただろうかと思いながらも素直に謝っておく。

「今のお前と会うってのは少々おかしな感じだが、母様はなんでもありだ。気にするな」

「う、うん……大丈夫。そういう大雑把《おおざっぱ》なところ、母様としか思えないから」

「ははは、いかにもだな」

なぜだろう。胡散臭《うさんくさ》い話だが、どうしてか本物だとしか思えない。

「さて、時間は限られているからな。さっさとこちらの用件を済まそうか」

用件とはなんだろうか。そう首を傾《かし》げると、頭を片手で鷲掴《わしづか》みにされた。

「へっ？　いっ……痛い、イタイ！」

「はっはっはっ、良い刺激だろう。まったく、今更過去のことをグチグチと。前を見ろ、前をっ」

「いだいっ、痛いってっ」

豪快に笑いながらギリギリと締めつけてくる指に、本当にこれが夢なのかと混乱する。

「なっ、なんで夢なのに痛いのぉぉぉっ」

「難しいことは考えるな」

「うぅぅっ」

満足したのか、マティアスは最後にポンポンと頭を叩き、腰に両手を当てて笑った。

その笑みが懐《なつ》かしくて、嬉しくて、しばらく何も言えなかった。

ティアはギリギリと痛めつけられた頭を押さえ、涙目になってマティアスを見上げる。

「母様なんで？」

なぜマティアスはここにいるのか。なぜ自分はここにいるのか。分からないことだらけだ。

マティアスは苦笑しながら辺りを見回す。その懐《なつ》かしい情景を見つめ、口を開いた。

「ここは狭間《はざま》の空間に近い。私の意思と、お前の夢が混ざり合っている状態だ」

「……母様の意思……」

それを聞いて泣きそうになった。マティアスは、本当にマティアスなのだと感じたからだ。

同時にドキリとした。ティアが転生する前に目覚めた狭間《はざま》の空間。そこに、マティアスはまだいるのかと思ったのだ。その思いをマティアスも感じ取ったのだろう。

「そんな顔をするな。私はこの場所が結構気に入っている。漂《ただよ》うだけというのが面白い。退屈だと思ったら眠ればいいし、こうしてたまにお前の夢も覗《のぞ》けるからな」

「……へ？」

夢を覗《のぞ》けると言ったマティアスに、ティアは呆然とする。しかし、そんなティアのことなどお構いなしに、マティアスは続けた。

「ここ最近は、世界の記憶と同調して、お前にそれを見せたりな。サクヤとの思い出とか、『神具《しんぐ》』についてだとか。あ〜、あとは……」

「母様……それ最近じゃない……」

どうやら、妙にタイミング良く見ていた過去の夢達は、マティアスが見せていたらしい。それを知りティアは一瞬、意識が遠のいた。

「こらこら。まだ目を覚ますなよ。久しぶりだからな。もっと遊んでいけ。ほら、母と娘のコミュニケーションは大切だろう」

「もう充分なんじゃ？」

母からのコンタクトはずっと前からあったのだと思うと、もう今更必要ないような気がしてくる。

「そんな冷たいことを言うな。だが、それほどゆっくりさせるのも、なんだな。アイツも心配しているようだし」

マティアスは不意に空を見上げ、愛《いと》しげな笑みを浮かべる。しかし、すぐにいつもの含みのある笑みへと変え、まっすぐにティアを見て言った。

「とりあえず、これだけは言わねばと思っていたんだ。見つけた『神具《しんぐ》』は全て壊せ。鬱陶《うっとう》しいしな。それと、ジェルバのやつに一発かましてやってくれ」

「ジェルバに？」

「そうだ。今でこそ堕《お》ちてどうしようもないものに成り下がっているが、あれでも昔は頼りになる奴だったんだ。ここらで目を覚まさせてやってくれ」

そう言った時のマティアスの表情は、苦笑を浮かべるのに失敗したような微妙なものだった。

「それと、お前はお前の信じた道を進め。ただし、後悔なんぞするな。鬱陶《うっとう》しいだけだからな。本当にマズイ方へ転がったら、お前の何十倍も生きてる奴らが止めるさ。アイツも傍《そば》にいるしな」

アイツと言う時だけ瞳が和《やわ》らぐ。それを見て、ティアは思った。

「父様のこと?」

「あぁ。ようやく父親としての自覚が出てきたようだからな。百回に一回くらいは頼ってやれ」

それはほとんど頼れる機会がないなと肩を落とす。そこで、周りの情景が一瞬ブレる。

「そろそろか。色々言いたいことはあったが、そうだな……アリアのことだが、もうあまり気にするな。アリアは納得して最期を迎えた。家族に看取《みと》られて。まだ若かったが、あのままお前を想って生きる方が辛かっただろうしな」

「でもそれは……」

やはり、自分のせいで若くして死んでしまったのだ。それを知り、胸が苦しくなった。

それでも、マティアスは悲観するなと言う。

「あれは騎士だ。最期まで騎士であり続けた。お前のな。それが幸せでないはずがない。特殊なんだよあいつらは。家族も息子も、アリアが息を引き取った時、穏やかに笑ったよ」

「なんで……」

死を笑えるなどティアは信じられなかった。しかし、普通とは違うのだ。

「アリアはお前の騎士だ。騎士は主《あるじ》と共にあるもの――それがマクレート家の常識だ。だから『これでやっと主人のもとへ行けたな』ってな。主人に置いていかれた騎士にとっては、死こそが救いになるんだ。バカだろう？」

「バカ……だね……」

「だが、誇《ほこ》らしいだろう。それだけ想ってくれる騎士がいたというのは」

「うん……うん……そうだね……っ」

本当にバカで、愛《いと》おしい。どこまでも共にあろうとしてくれた。それが誇《ほこ》らしくて、嬉しい。

「想われていることに気付け。ついてきてくれている奴らを、ちゃんと見て大事にしろよ」

「うん……ありがとう、母様」

「ふんっ、礼など気持ち悪い。これからも見ているからな。私の娘なんだ。下を向くなよ」

そう言ったマティアスの姿が歪《ゆが》んだ。

「母様っ」

「そろそろ戻れ。あ～、ついでにこいつを連れていけ。きっと役に立つ。それと、あんまり周りの奴らに心労をかけさせるな。あと、アイツに伝えてくれ。『待っててやるから』ってな」

最後にマティアスは、光の玉を投げて寄越《よこ》した。

「母様っ！」

手を伸ばした先には何もない。静かに闇が下りてきて、ティアの意識は暗転した。


既に夜が明けていた。

ティアは結局、半日以上眠り続けていたのだ。

ベッドの横には、一晩中付き添っていたらしいカランタが眠っている。

目を開けたティアは、天井をしばらく眺めてから、周囲を見回す。そこが見慣れたサクヤの部屋だと確認し、ゆっくりと身を起こした。

すると、ベッドに伏せていたカランタも目を覚ます。

「ティア！　起きたん……っそ、その髪っ！」

「うん？」

何をそんなに驚いているのかと首を動かせば、ほどけた髪が肩口から落ちてくる。そこには、濃い茶色の癖《くせ》っ毛があるはずだった。

「えっ？」

思わず手で掴《つか》む。そうして、自分の髪だと確認するために引っ張った。

「痛っ……赤い。なんで？」

その髪は癖《くせ》っ毛のままだ。しかし、色は前世と同じ、鮮やかな赤だったのだ。

「ティア……」

少し癖《くせ》がある長めの赤い髪は、マティアスとそっくりだ。あの頃、母と違いストレートであることが少しばかり嫌だった。髪質は父似で、それでも色だけは母のものを受け継げたと誇《ほこ》らしかった。

ティアは自分の髪を指に絡《から》める。そこへ、サクヤとウルスヴァンが顔を覗《のぞ》かせた。

「ティア。目が覚めたの……っ、マティ⁉　じゃないわよね？　どうしたの、その髪！」

サクヤは一瞬、錯覚を起こす。マティアスと同じ、もう見るはずのない赤い髪だったからだ。

「分かんない。でも、夢で母様に会った」

ティアは髪をいじる手を下ろし、目を伏せる。まだ鮮やかに思い出せるのだ。瞳の色も、その楽しげな表情も、全部が懐《なつ》かしく胸を打つ。

「マティに……」

そう呟《つぶや》いたカランタの顔には、自分も会いたいと恋《こ》い焦《こ》がれる想いが表れていた。

部屋の入り口で立ち止まったままのサクヤも、複雑な表情を見せている。

口を開いたのは、髪色以外の異常はないかと心配そうに近付いてきたウルスヴァンだった。

「他に頭が痛いとかはないのですか？」

「う～ん。ギリギリやられた感覚は残ってるけど、大丈夫」

「ギリギリですか？」

珍しくウルスヴァンが近付いてきたなと、ティアは嬉しくなる。そこで、実践することにした。

「母様にこう……」

「ティ、ティアっ？」

ティアはカランタの頭を片手で掴《つか》むと、一気に力を込めた。

「ギリギリ～ぃって」

「っ、痛い、痛いっ！」

「痛いよね～。久しぶりにやられたよ」

「ちょっと、もうやめてぇぇぇっ」

完全に音《ね》を上げたカランタから手を離すと、彼は涙目になって突《つ》っ伏《ぷ》した。

「……大丈夫なようで良かったです……」

「なんで下がるの？」

ウルスヴァンは数歩どころか、部屋を出る勢いで後退《あとずさ》り、サクヤと並んでいた。そこでようやく頭の整理がついたらしいサクヤが、忠告しながら歩み寄ってくる。

「そういうことするから、ウルが怖がるんじゃない」

せっかく縮まった距離がまた開いてしまったではないかとティアを責める。

「だって、ウルさんが珍しく私に優しいから、嬉しくなっちゃって」

「あんた、やっぱり気に入ってるのね」

「うん」

「え？　気、気に入ってる……？」

素直に認めるティアに、ウルスヴァンの方が動揺していた。信じられないという表情でティアを見る。そんなことを言われた経験がなかったらしく、目が合うと恥ずかしそうに顔を伏せた。

ティアの傍《そば》まで来たサクヤは、そんなウルスヴァンを楽しげに手招きする。

「ほら、来なさいよ。ウルだって心配だったんでしょう？」

「そ、そうですけど……」

しどろもどろになりながらも、ウルスヴァンがゆっくりと近付いてきた。

「心配してくれたんだ。ありがとうね」

「い、いえ。ティアさんが倒れるなんて信じられなくて……それで……」

まだ目を合わせようとしないウルスヴァン。本気で心配してくれたのだとティアにも分かった。

自分を通り越して、微笑ましい一幕が繰り広げられていることに、カランタが不満を口にする。

「僕だってずっと心配してたのに……なんでギリギリってされないといけないの……」

涙目になって訴えるカランタに、ティアは笑みを向ける。

「お裾《すそ》分《わ》けだよ。母様のね」

「っ、マ、マティの……そ、そっか……うんっ、それなら良いかな」

頬を赤らめて嬉しそうに自分の頭を撫《な》でるカランタ。ティアは微妙な気持ちになる。

「良いのね……」

それはサクヤやウルスヴァンも同じだったらしい。ウルスヴァンに至っては、少しばかり顔色を悪くしていた。どうも、彼のトラウマとなった出来事の記憶に触れてしまったようだ。ティアに鞭《むち》打たれて喜ぶ……あの特殊な者達と同じに見えたのだろう。

気を取り直したサクヤがベッドの端《はし》に腰掛ける。そして、ティアの髪に触れながら尋ねた。

「それで？　マティに何を言われたの？」

「昔のことを今更グチグチ考えるなって怒られた」

「ふふっ、マティらしいわね」

優しく撫《な》でながらサクヤはクスクスと笑った。

「あと、周りにあんまり迷惑かけるなみたいなことも言われた」

「心配かけるなってことね。まったくだわ」

ただつらつらと思い出すまま口にするティアの言葉が、サクヤにはちゃんとマティアスの言葉として聞こえているようだ。

「ジェルバに一発かませってのもあった」

「それは素敵な任務ね。頑張りなさい」

「うん。あっ、カランタに伝言も頼まれた」

「なになにっ」

ふと思い出したティアは、飛びついてきたカランタにそれを告げる。

「『待っててやるから』だってさ。どこでだろうね？　狭間《はざま》の空間にいるとか言ってたけど」

空惚《そらとぼ》けたように教えてやれば、カランタはくしゃりと顔を歪《ゆが》めた。

「そっかっ。うんっ。そっかっ」

笑おうとしながら涙を堪《こら》える。そんな複雑な表情を隠すように、カランタはベッドに顔を伏せた。そこで何かがカランタの頭を突《つつ》いているのに気付く。

「うん？　毛玉……じゃないよね？　鳥？」

それは白銀に光る毛並みを持った小鳥だった。

「何これっ。かわいいわねっ」

サクヤが目を輝かせる。手のひらに乗るくらいの、まだ産毛《うぶげ》を生やした丸い小鳥。

《ぴぃ》

ティアに向けて鳴いたその小鳥は、トテトテと近寄ってくる。そして、ティアの人差し指の先をぱくりとくわえた。

「え……」

それを見たサクヤが立ち上がる。

「お腹空いてるんじゃない？　待ってて、確かパンが……」

餌《えさ》を探して部屋を出ていこうとするサクヤの服を、すかさずティアは掴《つか》む。その目は小鳥から離しておらず、くわえられた指もそのままだ。

「何よ、ティア」

「餌《えさ》はいらないと思う。この子、私の魔力を食べてる」

「……はぁ!?」

ティアはほんの少しだが、魔力を持っていかれていると感じていた。間違いなく、小鳥がそれを吸っている。まるでミルクを吸うかのように、指先から少量ずつ吸っていた。

「そういえばこの子……母様が最後に投げて寄越《よこ》した白い玉かも」

「魔力を餌《えさ》にする生き物なんて聞いたことないわよ？」

サクヤは驚愕《きょうがく》しながら、先ほどとは打って変わって恐る恐る眺めている。その隣には、いつの間にかウルスヴァンが顔を覗《のぞ》かせていた。

「なんだか神秘的な毛並みですね。触《さわ》っても大丈夫でしょうか」

「いいんじゃない？　害はなさそうだもん」

ティアは、触れている感じからそう判断した。悪いものではなさそうなのだ。これに安心したのか、ウルスヴァンは既に撫《な》でていた。

すると、頭を上げて呆然と見ていたカランタがその正体に気付いたらしい。

「これ……神使獣《しんしじゅう》だ……」

「何それ」

「天使はその任を解かれると、翼を消されて一度地上に降ろされるんだ。そこで、魂を現世に慣らすための旅に出る。その時、天使を守護するのがこの神使獣《しんしじゅう》。相棒で護衛みたいな感じかな。それで、最後は翼になって天に還《かえ》してくれるんだ」

神が与える天使のための護衛。天使は魂がむき出しの状態になっている。肉体は仮の物なので、とても脆《もろ》い。それを守るのが神使獣《しんしじゅう》の役目だという。

「けど、こんな白銀のは聞いたことがない」

「カランタのじゃないの？」

「うん。多分違う。僕はまだ任を解かれたわけじゃないもの。これは多分……」

カランタのものではないと聞いて、ティアには一人思い当たる人物がいた。きっと、カランタも同じ人を思い浮かべただろう。

「ジェルバ……」

《ぴぃ》

小さく呟《つぶや》いたその答えが正しいというように、小鳥が甲高《かんだか》く鳴いた。

「彼のところへ連れていけってことなんだね」

《ぴぃっ》

満足したのか、ようやく小鳥は指から離れ、ティアの体をよじ登る。そうして肩の上に落ち着くと、そこで目を閉じた。

「なんて自由な子……」

「ティアにはお似合いね。あんたほど自由な子はめったに存在しないもの」

「……」

何はともあれ、これから忙しくなりそうだ。

◆　◆　◆

多くの者が休息日となるこの日。ザランは協力者である青年と共に、王都から北へ馬車で丸三日ほどかかる場所に来ていた。とはいっても、ここへは一日で移動している。

その理由は同行する青年が連れている騎獣《きじゅう》にあった。

「やっぱ、空を飛ぶって便利だよな。障害物とかないし」

「そうですね。ただ、誤解を受けやすいので、町の上なんかは避けないといけませんけど」

「ワイバーンだもんな。けど、それはグリフォンや飛竜でも同じだぜ？」

ザランと青年が乗ってきたのは、これから向かう山にもいるはずのワイバーンだった。

「それにしても、驚いたぜ。あの大会以降はどうしてたんだ？」

「サルバを出てからは、こうして飛べることを生かして運び屋の仕事をしてました。どうにも、あれから戦ったりするのが怖くて……」

「あ～……まぁ、そりゃトラウマになるわな」

青年の名前はミック。ワイバーンの名はバンという。彼らは四年ほど前、ヒュースリー伯爵領の領都サルバで開催された武術大会に出場した。その時、ティアとマティに敗北していたのだ。

「分かってはいるんですけどね。あの女の子が特別に強かったんだって。連れているのはディストレアでしたし……それでもやっぱり、僕には戦ったりするのは無理かなって思ったんです」

あの戦いで、世界は広いのだと実感したらしい。

「その……悪かったな」

「なんでザランさんが謝るんです？」

「どうにも他人事とは思えなくてな。ティアのことは俺らサルバの冒険者の責任っていうか」

はっきりとは言えないが、どうしても申し訳ない気持ちが出てくるのだ。

「さてと、あの山だよな？」

「ええ。バン、どうだ？」

《グルル……》

バンは山を見ながら不安げに鳴く。その様子を見てミックも顔をしかめた。

「これは……既に何か仕掛けられているかもしれません」

「どういうことだ？」

「王都に行く前に、ワイバーンがいなくなったという山へ調査に入ったのですが……」

ミックは冒険者として活動してはいないが、ワイバーンを騎獣《きじゅう》としていることもあり、この件について協力を求められてきた。今回もその流れでザランに同行している。

先日もぬけの殻となった山の調査をするため、冒険者達と行動を共にしたのだが、その時に感じた魔力の気配にバンが怯《おび》えたという。

その後の調べによると、そこにはなんらかの魔術が発動した痕跡があったらしい。それは、バンがかつて瀕死《ひんし》となった時に感じたものに似ているようだ。

「状況は多分同じです。ただ、まだ発動して間もないのかもしれません。僕らが来たのは南からですし、ワイバーンの群れがウィストに向かえばかち合ったはずです」

「なるほど。なら急ごう」

ザランとミック、そしてバンは山へ向かって速度を上げたのだった。

◆　◆　◆

一方、ルクスは本命のクエストを無事に終えられたことで、内心ほっとしていた。

試験内容の一つは、今彼らがいる山の魔獣の生態調査だった。

ここには先日までワイバーンの巣があったのだが、そのワイバーン達がごっそり棲《す》み処《か》を移動したことで、生態系のバランスが崩れてしまった。残った魔獣達による激しい縄張り争いが起こり、力の弱い魔獣達は森から出て近くの村や町を襲ったらしい。

森の中の魔獣達も凶暴化していたので、それも合わせて討伐すべきと判断された。Bランク以上のパーティが四つ必要となる案件。しかし、Aランクの冒険者ならば一人と数人の支援者だけで済む。よって、これが試験のクエストとして採用されたのだ。

内容としては簡単な方だ。しかし、試験官兼支援者としてついてきている者達が問題だった。

「思ったんだが、身内が試験官で良いのか？」

「別に息子だからってだけで合格にしたりしねぇよ。それに、ちゃんとギルドの職員もついてきてんだ。不正したらバレんだろ」

そう答えたのは、隣で欠伸《あくび》をしながらのんびりと歩くルクスの父ゲイルだ。更に母のクレアとその仲間達もいる。

「ルクスはあたしに似て繊細なところがあるから、そういうことが気になるんだよ」

「お前が繊細⁉　どっちかってぇと大雑把《おおざっぱ》じゃねぇか」

すかさず返すゲイルに、クレアの拳《こぶし》が飛んできた。

「あんだってぇっ⁉　もう一度言ってみな、ゲイル！」

「うおっ！　ちょっ、クレアっ。アブねぇだろ！」

「避《よ》けんじゃないよ！」

「無茶言うなっ」

「……ここで夫婦喧嘩《ふうふげんか》とかヤメテくれよ……」

なぜこんな状況になっているのだろうかとルクスは頭を抱える。

「待てよ……これも試験なのか？　なら、動揺すまい」

きっと精神面の強さを見られているのだ。そうに決まっていると自分を納得させる。

しかし、これを聞いていたギルド職員が申し訳なさそうに耳打ちした。

「この状況は完全に無関係です。精神面の確認は、クエストだけで充分証明されますから」

「っ、そうですか。ところで、この人選は誰が？」

気を取り直してルクスが尋ねれば、ギルド職員は苦笑を浮かべた。

「なんでも、サルバのギルドマスターであるジルバール様の指示だとか」

「わざとかっ」

間違いない。自分がこうして動揺することも見越して人選したのだ。

「いいじゃんルクス君。クレアはさぁ、うちらの中で唯一、旦那に冒険者やることを止められてないんだ。それなのに、うちらに付き合って旦那に会わないようにしてたんだよ。こんなことでもないと、ずっと会えないままだったからねぇ」

クレアがリーダーを務めるパーティ『花風《はなかぜ》』には、鉄の掟《おきて》があった。それは『旦那に見つからないこと』だ。

彼女達は皆、冒険者になることを夫に反対されていた。子ども達が巣立ち、夫も仕事を辞めて家にいる。二人っきりでただ毎日を過ごす日々。そんな中、彼女達は気付いたのだ。

これまでずっと自分達は家を守ってきた。夫が家にいるのなら、留守を預かる必要もない。ならば、自分達だって外に出て良いはずだ。

そう思い立った彼女達は、第二の人生として夢だった冒険者になることを決めた。そうして、同じ志《こころざし》を持っている仲間とパーティを組むようになったのだ。

しかし、夫達はこれに反対した。自分達は家にいて、妻達が外へ出稼ぎに出ているというのは体裁《ていさい》が悪い。だからこそ、彼らは躍起《やっき》になって妻を連れ戻そうとする。それに捕まらないようにと鉄の掟《おきて》ができたのだ。その結果、以前ティアが言ったように『旦那達と世界を舞台に鬼ごっこ』しているのである。

「うちの旦那なんて頭固くてさぁ。話なんて聞きゃしないんだから」

「うちもそうだよ。『女は家にいるもの』って何さ。いつの時代の話だってんだよ」

「けどさぁ、実際のところ今会ったらどうなると思う？」

「そりゃあ……」

彼女達は顔を見合わせた後、声を揃《そろ》えて言った。

「「返り討ちにできるよね！」」

「……」

彼女達の夫は書記官や騎士だというから、返り討ちに遭うのは確実だろう。全員Bランクである今の彼女達には、天地がひっくり返っても勝てはしない。夫達に会ったことはなくても、心の底から同情してしまうルクスだった。

そんな姦《かしま》しい団体の一員として歩いていたルクスは、不意に視線を感じて立ち止まる。

「どうした、ルクス。……ん？」

ゲイルも一拍置いてそれに気付いた。

ルクスに向かってまっすぐに街道を歩いてくる男。年季の入った長いローブを風になびかせるその男は、腕や足に包帯を巻いているようだ。

しかし、怪我人というわけではないのは、その歩き方を見れば分かる。

「何者だ?」

訝《いぶか》しむゲイル。そこで男が動いた。一気に加速して迫ってきたのである。

「何っ⁉」

ゲイルが驚きの声を上げた時には、ルクスは後方へ飛ばされていた。

「ルクスっ!」

クレアが叫ぶ。

飛ばされたルクスは、反射的に剣を抜いていた。こうした不意打ちはティアとの組み手で嫌というほど経験している。おかげで膝《ひざ》をつくこともなく体勢を保つことができた。

しかし、ほっとしたのも束の間、男はルクスに追いすがっていた。その手には剣が握られている。太さはルクスの持つ剣と大差ないが、長身の男に相応《ふさわ》しい長さがあった。

「くっ、何をっ」

いきなり剣を振り下ろしてくる男。それをなんとかかわし、何度か剣を合わせる。その中でルクスは違和感を覚えていた。

「この動きっ」

距離を取り、息と体勢を整えながら肉迫《にくはく》する。そのリズムは身に覚えがあった。

「い、いい加減にしろっ！」

ルクスは魔力を剣に込める。すると剣が青く光り、斬撃《ざんげき》が男へと殺到した。それを剣で叩き伏せ、男は大きく飛《と》び退《の》いた。

「ティアや妖精王様と同じ？」

圧倒的な力量差。それを感じずにはいられない。けれど、こちらを殺そうとしているわけではない。試しているような、指導するような、そんな感じがしたのだ。

距離を取って見つめ合う。そこで、男の目が驚くように見開かれた。

「……コル……いや、すまなかった。ルヴィの使い手の力を確認したかったのだ……」

「ルヴィ？」

剣を収めた男を見て、悪い人ではないと感じ取ったルクスは、その言葉に素直に反応する。

「……魔剣ルヴィエスタギザント……英雄と呼ばれるコルヴェールの剣だ……」

「魔剣!?」

聞き捨てならない言葉だ。しかし、それを確認する前にゲイルがもっともな質問をした。

「で？　あんた誰だ？」

「……マートゥファル・マランド……妖精王にその剣を預かってもらうように取り計《はか》らった者だ……」

「マランド？　それに妖精王様の？」

そこへ、大きな羽音が近付いてくる。見上げると、黒い天馬が上空に確認できた。

「ファルっ！」

「……カル姐《ねえ》さん……」

空から降りてきたカルツォーネは、男をファルと呼んだのだ。

◆　◆　◆

ティアが倒れた次の日。特に体に異常はないのだが、たまには休息日らしく一日屋敷にいるようにとサクヤ達に言われていた。

しかし、そうもしていられないらしい。昼近くにカルツォーネから通信が入ったのだ。

『ティア、すぐに出られるかい？』

「どうしたの？　奴らに動きが？」

カルツォーネは現在、ジェルバ捕獲を名目として、魔族の諜報員達《ちょうほういん》をウィストに派遣している。彼らはクィーグ一族の者達と連携し、日々『神の王国』の情報を収集していた。だから、奴らに動きがあったのかとティアは身構えたのだ。

『いや。それが、ファルが妖精王のところへ立ち寄ったようなんだ』

「ファルって、ファル兄!?」

竜人族であるマートゥファル・マランド。竜人族に家名はないので、異種族の伴侶《はんりょ》を得た者は、その姓を名乗るのが一般的だ。彼ら竜人族はたった一人の番《つが》いと添い遂げる。故《ゆえ》に、異種族が相手で死に別れた場合も、生涯その姓で通すことになる。

「今はどこに!?」

ファル達竜人族は、三百年前の戦争より以前から里に籠《こ》もり、一切その姿を見せていなかった。それが唐突に出てきたというのは気がかりだ。

『ルクス君のところだ。魔剣ルヴィが彼を主《あるじ》に選んだと知って、会いに向かったらしい』

「ルクスなら、Aランクの認定試験を受けてるよ？」

『君、あれが魔剣だってルクス君に説明したかい？』

「……してない……気にすると思って」

魔剣だと聞けば、気負いすぎるだろうと配慮したのだ。何より、一般的にあの剣は『英雄コルヴェールの聖剣』と言われている。その実態が『魔剣』だと知らせるのは酷《こく》だろう。

『ファルは誤魔化《ごまか》したり嘘をついたりするのが苦手だからね。すぐにバレるよ？』

「……行ってくる」

『私も行くよ。ちょうど、ウィストに向かうつもりで出た所だったんだ。向こうで会おう』

真実を知ったら手放すとは思わないが、魔剣とはどういうものなのかを説明しておくべきだろう。ファルは説明には不向きだ。

ティアは出かける準備をする。すると、それにアデルとキルシュが気付いた。

「どこか行くの？」

「今日は大人しくするんじゃなかったのか？」

そこでティアは思い立った。

「二人も一緒に行こう」

小さな姿のマティと、あれから世話をすることになった神使獣《しんしじゅう》も一応連れていく。そしてフラムに乗り、三人でそこへ向かったのである。

ティア達が着いた時には、既にカルツォーネが合流していた。

フラムがそこへ舞い降りると、ギルドの職員らしき者達が一瞬驚きながらも誘導してくれる。

ティアはフラムの背から一足先に飛び降り、ファルに駆け寄った。

「ファル兄っ！」

「……サティア……か？」

「そうだよ、ファル兄。久しぶり」

笑って歩み寄ったティアをファルはゆっくりと抱きしめた。

「……心配した……会えて嬉しい……」

「ごめんなさい」

姿は変わってもサティアだとファルは確信を持っていた。だから、自然に再会を喜び合う。ファルにとってはサティアが地上から消えた空白の時間など関係ないようだ。

「紹介するね。学友のキルシュ・ドーバンとアデル・マランド。今フェルマー学園に通ってるの」

「……マランド……」

ファルがアデルを見て目を嬉しそうに細めたのが、フードを被っていても確認できた。

「ティア、ゆっくり話せるように【ゲルヴァローズ】を頼むよ」

「そうだね。みんなちょっと休んで」

カルツォーネの助言を受けたティアは、すぐに【ゲルヴァローズの欠片《かけら》】を取り出す。

ほどなく出現した立派な小屋に、ひっくり返ってしまったギルド職員達を担《かつ》ぎ込む。

クレアのパーティも驚いていたが、せっかくだから休ませてもらうと言って、提供された部屋に入っていった。どうやら気を遣ってくれたらしい。しかし、ゲイルだけは談話室に残っていた。

「俺は伯爵家代表ってことでよろしく」

「うん。それじゃあ、まずルクス、その剣についてなんだけど」

「あ、ああ……魔剣と言われたんだが？」

ルクスは魔剣と聞いてから、ずっと剣を観察していたようだ。

「その剣が力を発揮する時、黒に近い青色になるでしょ？　暗い海の青――古代語でセイルー。青い色の剣で青剣《せいけん》っていうのが、聖なる剣の聖剣って伝わっちゃったみたいなんだ」

英雄と呼ばれたコルヴェールのイメージも関係していたのだろう。

キルシュがなんとも言えない表情を見せる。

「魔剣のイメージはあまり良くないんだが……魔剣って、魔を宿す剣という意味だよな？」

戸惑いながら剣とルクスを交互に見る。ルクスを見る目には同情の色が窺《うかが》えた。

「イメージは確かに良くないけど、正確には魔力を秘めた剣って意味なんだ。どんな物だって使い手によって良くも悪くもなる。魔剣だからってそれ自体に問題があるわけじゃない」

聖剣も魔剣も実際はそう変わらない。どちらも大きな力を秘めている。

ティアはルクスの中に理解の色を見て取った。けれど慎重に話を進める。

「魔剣は主人を選ぶ。込められた魔力を制御できる人の手でしか、抜くことができないようになってる。魔剣にも色々あって、悪いイメージがついたのは、主人を選べなかったせい。魔剣に込められた魔力との相性が悪くて、制御できずに暴走した結果なんだ」

力に引《ひ》き摺《ず》られ、制御できないまま魔力を暴走させた多くの魔剣。それは主人が悪かっただけで、剣が悪いわけではない。元々、魔剣は持ち主となる者に合わせて作られた、その人だけのオリジナルの剣なのだ。それ以外の人とマッチングすることはそうそうない。

「それに、魔剣に比べて聖剣の方が扱いづらいっていうか、質《たち》が悪いよ？」

これに、ルクスが嫌な予感がすると顔をしかめた。

「聖剣は神属性の力を持ってる人にしか使えないし、ちょっと精神的に異常をきたすというか、戦うぞって衝動に駆られちゃうんだって。それも完全に魔力が底をついて、体力も尽きるまで全力出し切った結果、半月ぐらい意識不明になるっていうおまけ付き」

「おまけなのか!? それのどこが聖剣なんだ!?」

魔剣より最悪なのではないかと、ルクスだけでなくアデル達も青くなる。精神的に強いはずのゲイルまでもが表情を引きつらせていた。

「神教会が上手く使った結果だろうね。国を救うとか、そういう必要な時以外はしっかり封印して管理してるみたいだし？ 魔剣で良かったねっ」

「封印するほどの物って……」

そんな呟《つぶや》きが沈黙する室内に響いていた。

ルクスが心の底から安堵《あんど》しているように感じたのは、気のせいではないと思う。


軽く食事を取りながら、ファルについての話になった。

「ファル、いい加減フードを外したらどうだ？」

「……怖がらせる……」

「大丈夫だろう。何より、彼女は君の血を引いている」

カルツォーネに言われてファルがそちらへ目を向けると、アデルは笑みを見せながら前髪を掻き上げた。そこには、光を反射して美しく輝く鱗《うろこ》のような皮膚がある。それを確認したファルは目を見開いたようだった。

「昔は嫌でしたけど、今はあたしの誇《ほこ》りです」

「……そうか……」

その声には喜びが滲《にじ》んでいた。

ファルはフードを外し、鼻の下まで覆《おお》っていた襟《えり》を下ろす。すると、頬《ほお》の下の方から首にかけて、金に光る独特の皮膚が現れた。それは目の横や額《ひたい》にもある。

そして、何より特徴的なのがその瞳だ。縦長に見える瞳孔《どうこう》。丸い瞳は金色で縁取られていた。

「綺麗……あの、腕とかも皮膚の色が違うんですか？」

しばらくその瞳に見惚《みと》れたあと、アデルが布を巻きつけてある腕へと目を向けた。

「……ああ。だから、里を出る時はこうして隠す……」

エルフの特徴的な耳よりも、その光る皮膚は衆目《しゅうもく》を集めてしまう。その上、竜人族は長いこと里の外に出ていない。特に人族からすれば、未知の種族なのである。隠すのは当然の配慮と言えた。

「いいなぁ。あたしは額《ひたい》のところだけだから、腕とかにもあれば怪我しなくて済むのに」

「アデルっていつの間にそんな戦闘脳になったの？」

まるで『鱗《うろこ》が多ければ、もっと敵に突っ込んでいけるのに』と残念がっているように見える。そんなティアにキルシュが半眼《はんがん》を向けた。

「言っておくが、間違いなくティアが原因だからな？」

「う～ん……心当たりはあるねっ」

「少しは反省しろ！」

「あはは。でもキルシュ、強い女の子は嫌いじゃないよね？」

これに、キルシュはアデルを気にしながら動揺する。

「つ、強いと頼りになるしな……」

「えへへ。キルシュと一緒だとクエストも難しくないもんね。あたし達、良いコンビじゃない？」

「そっ、そうだなっ。良いコンビだ」

嬉しそうにするアデル。その隣で頬を赤くするキルシュ。そんな二人を微笑ましく見つめながらファルが教える。

「……それだけ額《ひたい》に出ているなら、背中の中心にもあるはずだ……心臓を守るために……」

心臓の裏側。そこに、特に強固で特別な皮膚があるらしい。中には胸の側にもある者もいるらしいが、前からの攻撃は防いで当たり前だと考える竜人族は、その皮膚をわざとそぎ落とす場合もあるという。

この情報に反応したのは、なぜかアデルではなくキルシュだった。

「そういえば、そんな感触があったような……」

触れたことがあるという発言に、ティアは目を瞬《しばたた》かせた。

「キルシュってば大胆だね」

「ん？　えっ、いやっ、違うぞ!?　たまたま触《さわ》っただけだっ」

「え～、キルシュのエッチ」

「違うって言ってるだろ！」

キルシュに他意がないのは分かっているが、一日一度はからかわないと気が済まないお年頃なのだ。一方、こんなやり取りにも慣れっ子であるアデルは呑気《のんき》に確認していた。

「あったっ。ホントだ。背中にあったっ」

すごい喜びようだ。よく今まで気付かなかったものだ。

この後、クレアのパーティメンバーやギルドの職員達にもファルを改めて紹介した。

その日の夜に、宿を取れる町まで行動を共にすると、ファルは一度カルツォーネと共に妖精王のところへ向かうというので別れる。ティア達も明日は授業があるので、先に帰ることになった。

「それじゃあ、ルクス。残りの試験も油断しないでね」

「ああ。ティアも寄り道するなよ？」

「分かってる。ちゃんと受かって帰ってきてね」

「もちろんだ」

そうしてルクスがAランクの冒険者として帰ってくるのを待つと約束したのだ。

第四章　女神の本性

ファルとの再会から二日が経った。彼は妖精王のところで世話になっているらしい。伯爵家別邸と繋がっているシルキーの地下通路を通って、いつでも会いに来てくれとは言ってある。

カルツォーネが聞いたところによると、ファルは人を探していたらしい。

『お兄さんの娘なんだって。戦争の前に人族との間にできた子どもで、その子が生まれてすぐに妻子を残して里に戻るしかなかったお兄さんは、その後、病気で倒れたらしい。今も病床《びょうしょう》で気にしている娘のことをファルが代わりに確認しに来たんだってさ』

竜人族は、種族間で争った戦争には参加しなかった。自分達の会得《えとく》してきた技や力は、人を殺すためのものではない。その矜持《きょうじ》を持って里に籠《こ》もったのだ。そうして戦争が終わったあとも、誰一人として里から出なかったらしい。

ひとたび修業を始めれば、何百年と山籠《やまご》もりすることもざらだという竜人族。強い相手を求めて彷徨《さまよ》うより、ひたすら己と向き合い、鍛《きた》えることに意味を見出《みいだ》している。

しかし、身内にはとことん優しい、愛情深い種族なのだ。

『お兄さんが娘を気にしているのは、死期が近いと悟ってのことみたいだからね。ファルも内心焦っているみたいだ』

これに、カルツォーネは協力するらしい。既に配下の諜報員《ちょうほういん》が情報を集めているとのことだ。ただし、今はウィストの調査もある。片手間になっているのは否《いな》めない。

『こっちの方に来たのは、サティアの生まれ変わりがいるって噂《うわさ》で聞いたからなんだってさ。まぁ、その噂《うわさ》は嘘だって教えておいた。君と先に会えて良かったね。あの偽者に会いに行ってたら、ちょっと大変なことになっていたと思うから』

サティアの生まれ変わりだと名乗っているローズ・リザラント。だがファルならば、きっと嘘だと見抜いただろう。更に少々きついお灸《きゅう》も据《す》えたはずだ。

何はともあれ、ファルの姪《めい》を探さなくてはならない。カルツォーネによれば、あれからすぐに該当する人物を特定できたらしい。

その人物はなんと『神の王国』の神子《みこ》だったのだ。

その日も午前中は平和に過ぎたのだが、午後の授業が少し問題だった。小学部と高学部でダンスの合同授業が行われたのだ。そこでティアは、初めてまともにローズの姿を確認した。

金に染まりきらない薄い茶色の髪に、気の強そうな瞳。身長は平均的で、体つきも特筆すべきところはない。本当に普通の少女だ。

しかし、その言動は目立っていた。

「男でしたら、もっとリードしてくださらなくては……頼りになりませんのね」

「……申し訳ない……」

自分がステップを外したのは、相手が上手くリードしてくれなかったからだと文句をつけている。

ローズはリザラント公爵の息女だが、正妻の子ではなくずっと市井《しせい》で暮らしていた。

しかし、どうやらそのことは知られていないらしく、公爵が表に出すことなく大切に育てた娘だと思われているようだ。

その高飛車な態度も、世間を知らない深窓《しんそう》の令嬢なのだと思わせる。どれだけ横柄《おうへい》な態度であっても、公爵の血が周りに文句を言わせない。

だが、ティアが苛立《いらだ》ったのはこの台詞《せりふ》だ。

「わたくしは、女神サティアの生まれ変わりだと教会に言われているのです。媚《こび》を売るなど、そういった腹黒い考えはすぐに分かりましてよ」

彼女は自分がサティアの生まれ変わりなのだと臆面《おくめん》もなく宣《のたま》うのだ。

「なんかイラッとする」

「落ち着け、アデル」

場の雰囲気は非常に悪く、温厚なアデルでさえも突撃しそうになっていた。

ティアが必死で己の感情を押し殺していれば、一人の青年が手を差し出してくる。

「ティア嬢。お相手願えるかい？」

「喜んで」

彼は代表会のメンバーの一人で、高学部三年の首席だ。だからというわけではないが、とても人気がある。広いホールの中心へと滑《すべ》るように歩いていくティア達。それを、多くの女生徒が羨《うらや》ましそうに見ていた。

「本当に私でよろしかったのですか？　お姉様方の熱い視線を感じますよ？」

あからさまではないが、妬《ねた》むような視線が方々《ほうぼう》から突き刺さるのを感じていた。

「それは嬉しいのだけれどね。私にはもう婚約者がいるんだよ」

「この学園の生徒ではないのですか？」

「あぁ。メイドなんだ。父上は、あまり地位などを気にされない方なのでね。助かったよ」

「それは、おめでとうございます。好いた方と結婚できるとは、幸運でしたね」

「本当だよ。おかげで、他の令嬢達の相手をする必要もないからね。君には申し訳ないが……」

どうやら、目をギラギラさせた女生徒達に狙われていたらしい。それで相手を決めかね、ティアを指名したのだ。

「いいえ。私も助かります」

「だが君のお相手は、ドーバンではないのかい？」

伯爵令嬢の相手は伯爵家の令息というのが一般的だが、ティアは色々と目立つ。釣り合う相手は侯爵家の子息であり、代表会でも一緒のキルシュだと思われている。

「キルシュには、もう心に決めた相手がいますので」

ちらりと視線を向けた先には、アデルと手を繋いでやってきたキルシュがいる。そのことで、青年も納得したようだ。

「そうか。では、君はどうする気だったんだい？」

「壁の花になるのも、一つの経験かと」

「ふっ、なるほど。だが、君には必要のない経験かもしれないな。男達が放っておかないだろう」

「では、気配を消す訓練でもしましょうか」

「ははっ、君は面白いな」

小声で会話するティア達は、にこやかに笑みを浮かべながら踊っている。どこからどう見ても仲睦《なかむつ》まじいカップルだ。

更に、ティアのダンスはとても美しく優雅だった。そんな様子を見て生徒達が囁《ささや》く。

「さすがは、聖女と呼ばれるヒュースリーだ」

「美しいわ……教会の方々もわざわざ見に来ていますものね」

そんな声を聞き、ローズは黙っていられなかったようだ。

「聖女ですって？」

自分よりも多くの視線を奪うティアをキツく睨《にら》む。

「私は女神なのよ？　聖女に負けるだなんてっ」

ローズは、ティアが踊る相手に目を向ける。高学部で最も人気のある青年。そんな彼の相手には、自分が相応《ふさわ》しいと思っていたのだ。

今に歯ぎしりでもしそうな表情のローズ。そこへ、ティアが踊る様《さま》を優しく見つめていたヒュリアが近付いてくる。

「ヒュースリーさんはダンスがお上手ね。リードも必要ないくらいだわ。それに、とても綺麗で人気もある……聖女と呼ばれるのも分かるわ」

「っ……」

わざとローズに聞こえるように言ったのだろう。ローズが目を向けると、ヒュリアも負けじと視線を向けていた。その目には敵意が籠《こ》もっている。

「この国で教会が認めているのは、聖女であるティアさんだけだそうですよ？　知っていまして？　あなたが女神の生まれ変わりなどとは、誰も信じていないそうですが？」

ヒュリアのあからさまな挑発にローズはカッとなった。

「なっ、私は神子《みこ》に認められてっ」

「その神子《みこ》というのも、怪しいものですね」

「っ、なんですって!?」

二人の間に空間ができる。そこにいた生徒達が、不穏な気配を感じて移動したのだ。

そこへ、横目でこの事態を見ていたティアが割り込んだ。

「どうされましたか？　ヒュリア様。いけませんよ。この授業は実際の舞踏会を想定したもの。どなたかと意見を交わす場合は、空気を乱さないように陰でやらなくては」

ティアはクスクスと笑って穏やかに指摘する。それに安心したのか、周りの生徒達も笑みを浮かべて授業へと戻っていく。

「そうね。授業中なのでしたわ……ごめんなさい……」

「いいえ。本当の舞踏会でもこのようなことはあるでしょうから、周りの方々にとっても良い経験になったでしょう」

「そうかしら……でも、そうね。舞踏会ではこんなこともあるわ」

どうやらヒュリアは舞踏会の経験があるようだ。

「実際に、こうして場の雰囲気を壊してしまう方もいたわ。けど、マナー違反よね」

「ええ。情報のやり取りには良い機会ですけれど、派手な言い争いは良くありませんね」

相手と敵対していることを知られないようにするのも重要だ。逆に舞踏会の場でそれを示すことで、あらゆる関係性を操作することもできる。貴族ならば、舞踏会を上手く使うべきなのだ。

王女であるヒュリアもそれは分かっていたはず。しかし、ローズの態度が許せなかったのだろう。ヒュリアにとって神子《みこ》や教会の者達は、国を乱す悪者なのだから。

「失礼……退席いたしますわ」

ヒュリアは深く反省していた。だが、それがローズには分からなかったらしい。

「さすがは王女様。自分を良く見せるやり方を知っていますのね」

まとまりかけていた状況で、そんな言葉が出るとは思わなかった。どうやらローズは空気を読むことも知らないらしい。

教師達が介入しようかと迷いを見せている。それを目で制したティアは、立ち止まったヒュリアを背で庇《かば》うように間に入った。だが、ティアが口を開く前に、周りの生徒達がローズを非難する。

「リザラントさん。それはヒュリア様に失礼です」

「そうですよ。ご自分は家柄を鼻にかけていらっしゃるのに、王女に敬意を示さないなんて」

「女神の生まれ変わりだと常々《つねづね》口にされますけど、そんな話、毎週教会に通っていても一度も聞きませんわ。嘘をつくのも大概になさったら？」

なんだか色々溜まっていたらしい。マズイ展開だ。教師達を止めたことをティアは少し後悔した。

「なんですって!?　あなた方、無礼にも程がありますわっ」

顔を真っ赤にしてローズが怒鳴る。完全にティアは蚊帳《かや》の外だった。しかし、ここで唐突に引っ張り出されてしまう。

「そこの聖女だとか言われている子どもだって、同じなのではなくてっ」

そのローズの発言に、周りは呆れた表情になる。一方、ティアは苛立《いらだ》ちのあまり顔を伏せ、思わず呟《つぶや》いてしまった。

「……一緒にすんじゃねぇよ……」

「あの、ヒュースリーさん？　何か仰《おっしゃ》いました？」

周りの上級生達に押され、ヒュリアのすぐ近くまで下がってきていたティア。そのため、呟《つぶや》きがヒュリアにも聞こえたようだ。

「いいえ？」

不安げなヒュリアを振り返り、とっておきの笑顔を向けておくティア。

しかし、それが気に障《さわ》ったのだろう。ローズがヒステリックに声をあげた。

「王女や先生方に媚《こび》を売るとは、なんて卑《いや》しいの。こんな子が聖女だなんて誰が言ったのよっ。あり得ないわ。私だって七つの時に聖女として教会に仕えたもの。私の方が聖女に相応《ふさわ》しいわっ」

これには、ほとんどの者が眉をひそめる。ティアがなぜ聖女と呼ばれるのか、その理由を大半の生徒が知っているのだ。

「良い子ぶって間に入って。その歳でこれだけ計算高いなんて恐ろしい……」

ティアは睨《にら》みつけられても顔色一つ変えない。ローズをただのヒステリックなお嬢様としか思えなかったからだ。

「誤解がないように言っておきますが、私は教会に仕えたことは一度もありません。それと、聖女だと公言した覚えもありません。教会が勝手に言っているだけです」

「なんですって……」

ティアはむしろ、教会が苦手だ。神を祀《まつ》ることにとやかく言う気はないが、傾倒《けいとう》しすぎるのもどうかと思う。神に全てを委《ゆだ》ねてしまう者。神の権威を利用する者。どちらも自分を見失っている。それがティアは嫌なのだ。

「なんて無礼なっ」

「は？」

予想外の言葉が返ってきたことに、思わず素が出てしまうほど驚いた。

「女神である私を前に、教会を否定するなんてっ」

「……否定した覚えはありませんが」

本心はその通りなのだが、そう言ったつもりはない。

「教会を利用しておきながら、それを無下《むげ》にするなど、失礼にも程がありますわっ」

「……どんな思考回路してんだよ……」

イラついた拍子に、本音が出てしまった。だが、ローズには聞こえなかったようだし、周りにいた生徒達もティアの言葉だとは思っていないようだ。

「あなたは、聖女失格ですっ」

「……なった覚えもねぇよ……」

「なんですって？」

今回も聞こえてはいないようだが、口が微《かす》かに動いたのは見えたらしい。ティアが改めて口を開こうとしたところで、今度は後ろからヒュリアの声が飛んできた。

「あなたの方が失礼ではありません？　だいたい、教会の方々がヒュースリーさんを聖女と呼んでいるのですから、あなたが否定したところで変わらないと思います」

冷静な意見だ。仮に父であるフィスタークや、シェリスが否定したとしても、教会はティアを聖女と呼ぶだろう。ティアが七歳の時の『祝福の儀』は、彼らにとってそれだけ大きな出来事だったのだ。もし、これを覆《くつがえ》すとすれば、天使カランタが彼らの前に降り立ち、ティアは聖女ではないと宣言するしかないだろう。

「なんてことを言うの⁉」

怒りで顔を真っ赤にするローズ。その視線を追って振り向けば、ヒュリアは冷静な表情ではあるが、冷めた目をしていた。

このままではラチがあかない。ティアは少し大きな声で告げる。

「では、教会に私は聖女ではないと伝えていただけますか？」

「なっ、も、もちろんですっ。私が言えば、彼らも目を覚ますでしょう」

どうぞご自由にと言いたくなる。しかし、これだけ女神女神と言われると腹が立つ。

そこへ突然、学園長のダンフェールが現れた。

どうやら、聖女がどうのとローズが言い出す辺りから観察していたようだ。

「何をしているのです？　先生方が困っておられますよ？」

そう言って近付いてくるダンフェールに、生徒達は道を空ける。

するとローズが気まずそうに答えた。

「そ、その子が余計なことを……」

王女と揉めていたことを知られたくないのか、ティアのせいにしようとする。しかし、ダンフェールはティアをよく知っている上に、全て見ていたのだ。誤魔化《ごまか》しなど利かない。

「ヒュースリーさんですか？　彼女が授業を乱すとは考えにくいのですけれどねぇ」

「なっ」

怯《ひる》むローズに、ティアはクスッと笑いそうになった。その時、隣に来たダンフェールの笑みがいつもと違うことに気付く。違和感の正体を探ろうとするティアだったが、その答えが出る前にダンフェールが特大の爆弾を投げ込んだ。

「それと、私にはあなたが女神サティア様だとは思えませんね」

「っ、何を仰《おっしゃ》るのっ⁉」

いきなり断言したダンフェール。彼が生徒の言葉を否定するのは珍しい。

「私の先祖であり、曾祖父《そうそふ》にあたる者が、サティア様を大変可愛がっていました。どんな方だったのかを私に話してくれたのですが、その印象とあなたは違いすぎます」

「……学園長……」

ここでティアは気付いた。ダンフェールは怒っているようなのだ。それは、彼の先祖であるファルが大切にしていたサティアを、ローズが貶《おとし》めていると感じたからだろう。実はダンフェールは、ティアの様子を確認するためにここへ来たのだ。その理由はファルにある。

今朝、ファルは人探しのためにシルキーのもとを訪れた。そして、ついでと言ってはなんだが、亡き妻が遺《のこ》したフェルマー学園にもやってきていたのだ。そこで子孫であるダンフェールと先ほどまで話をしていた。

ダンフェールは、今までのサクヤの様子やファルの話から、ティアが真にサティアの生まれ変わりなのだと察したようだ。そのティアの前で愚かなことを言うローズが許せなかったらしい。ただ、いつも冷静沈着で生徒思いのダンフェールらしくはない。

「っ、学園長がそんなことを言うなんて信じられないっ。生徒である私の存在を否定なさるのっ？」

　これは火に油を注《そそ》ぐようなものではないかとティアは心配になる。ダンフェールも立場上は言うべきでないと分かっていたはずだ。それでも言わずにはおれなかったのだろう。

　しかし、ダンフェールは長く生きているだけのことはある。普通なら熱くなりそうな場面でも、冷静さを失わない。

「そうではありません。サティア様の生まれ変わりだと公言するのはやめるべきだと忠告しているのです。あなたのためですよ？」

　そう言っても、ローズは険《けわ》しい顔のままだ。

「何を仰《おっしゃ》るの!?　私が女神サティアの生まれ変わりだと、教会が認めているのですよっ」

「それは嘘でしょう」

「なんですってっ！」

　学園長が相手だということを忘れているのだろうか。更にヒステリックに叫ぶローズ。

「少なくとも、この国の神教会は認めていませんよ。それに、生まれ変わったとしても魂で分かるのです。本当のサティア様を知る方達には。特にサルバにいる冒険者ギルドのマスターでしたら、あなたがサティア様ではないと証明できるでしょうね」

　確かに、シェリスにはティアがサティアだと言わずしても分かった。

「魂……そうね。魂で分かるはずだわ。そんなどこの誰かも分からない者より、教会が認めたのよ。私の魂が女神のものだと確信したの。神に仕えているからこそ、彼らには分かるのよ」

ローズは教会の言葉を疑っていない。違《たが》えるはずがないと思っているのと同時に、自分は女神なのだと心底思い込んでしまっているのだ。

「教会よりも、あの方《ほう》が確実だと思いますけれどねぇ」

「なぜそう言えるのです？」

鼻で笑うローズ。これに、今まで黙っていたヒュリアが反応した。

「それは、かつてサティア様を愛した方だからよ！」

ティアは苦笑するしかなかった。

一目でティアだと分かったのは、シェリスだけではない。だがヒュリアの言う通り、シェリスはティアへの想いがあったからこそ分かったのだろう。

大切に思っていなければ、きっと生まれ変わりであったとしても気付かない。会いたいという思い。会えたらという思いが、その人の気配を察知させるのではないかと思うのだ。

シェリスは特にそれが強かった。それでもティアが七歳を迎える頃まで気付かなかったのは、シェリスが我慢していたからだろう。

ティアはシェリスに、なぜ気付かなかったのかと聞いたことがある。その時、シェリスはこう言ったのだ。

『あなたの存在を感じてはいましたが、せめて『祝福の儀』を済ませてから会おうと思っていたのです。あなたと初めて出会った頃と同じ年齢になるまで待とうと……実際はあなたが近くに来た時点で、我慢できなくなりましたが』

世界樹に預言《よげん》されたとはいえ、本当にティアが前世の記憶を持っているのか、確信が持てなかったことも会わなかった理由らしい。

それでも、辛い日々を何百年と過ごしてきたシェリスにとっては、その存在をなんとなく感じられるだけでも満足できたようだ。約七年もの間、そうやって我慢できたのだから、もっと暴走を抑えてほしいとティアは切実に願う。

「あの方ならば、あなたを一目見て違うとお判《わか》りになるわっ。きっと気配だけでも判《わか》るのよ！」

その通りだ。ヒュリアはなぜかシェリスをよく分かっているらしい。

「そんな者がいるはずが……っ」

「あの方はエルフですからね。生きている時のサティア様を知っていらっしゃいますよ」

「エルフですって⁉　そんな化け物に確認させるとでも言うの⁉」

その表情はエルフを激しく嫌悪しているようだった。シェリスを知るティアはもちろん、直接会ったことはないダンフェールさえもピクリと頬を痙攣《けいれん》させた。

いい加減、一発張り倒してやろうかとティアが思い始めた時、シェリスを崇拝《すうはい》しているらしいヒュリアが先に怒りを爆発させた。

「あのように偉大な方をっ……、エルフの方々を化け物ですって⁉」

「ヒュリア様……？」

ティアが声をかけても、ヒュリアは一切反応しない。ローズをキッと睨《にら》みつけている。美人が怒りを露《あら》わにするとかなりの迫力がある。思わず一歩後退《あとずさ》ったローズは、表情を引きつらせていた。

その時、ティアはローズから魔力の波動を感じた気がした。

「あなたは、考えを改めるべきです！」

そう言って迫るヒュリア。だが、ここでローズは不敵に笑ってみせた。

「そうね……改めるべきだわ」

「なら、謝罪を……っ」

《グォォォッ》

唐突に、外から何かの鳴き声が響いてきた。

「この気配……ワイバーン？」

ティアは呟《つぶや》き、慌てて窓へ駆け寄る。目に飛び込んできたのは、学園の上空を飛ぶ三頭のワイバーンの姿だった。

鳴き声を聞いた生徒達から次々と悲鳴が上がる。その間にティアは学園街を含めた王都周辺の状況を探っていた。

背後では、教師達が怯《おび》える生徒達を宥《なだ》め、ダンスホールの中に留めてくれている。恐《きょう》慌《こう》状態になっている者もいるので、そのまま外へ出ていっては危ないのだ。

「ほら、私を非難するから神が怒っているのだわ」

ローズの悦《えつ》に入《い》ったような声が聞こえたが、誰もそれに反応してはいないようだ。

そこへアデルとキルシュが駆け寄ってくる。

「ティア、どうすればいい？」

「やれることがあるなら言ってくれ」

二人は冷静だった。これならば、問題なく対処できるだろう。

「ありがとう。学園長、ご相談があります」

ティアのその声を聞いて、ダンスホールが静まり返る。邪魔をしてはいけないとでも思ったのだろうか。ティアは不思議に感じながらも、近付いてきたダンフェールに状況を説明する。

「学園街の上空に五頭のワイバーンがいます」

それを聞いて教師や生徒達は息を呑む。だが、叫び出したり、逃げ出したりする者はいなかった。彼らに聞こえているということを知った上で、ティアは包み隠さず続ける。

「先ほど、守護者によって学園街全てを覆《おお》う結界が張られました。ワイバーンは降りてくることができません」

守護者と聞けば、小学部の一年生と今年編入してきたヒュリアとローズ以外は分かるはずだ。この学園街には、銀の守護者と呼ばれる者がいる。その正体はシルキーだ。

生徒達の大半が、ほっと胸を撫《な》で下ろす。

「ですが、あれらが去るのを待っていては、いつになるか分かりません。街の人達も安心できないでしょう。幸い学園街の周りにはあの五頭しかいないようです。あれらを討伐してしまえば問題はありません」

「では冒険者か紅翼《こうよく》の騎士団の方をお呼びすれば良いのですね？」

ダンフェールは頷《うなず》きながら算段をつける。しかし、ティアは否《いな》と答えた。

「いいえ。騎士団や冒険者の者達は今、街の人達のフォローに回っています。なので……」

そこでティアは言葉を切り、ポケットに入っていた紐で髪を束ねる。

「キルシュ、拡声と伝播《でんぱ》の魔術は使えるよね」

「あ、ああ。どうするんだ？」

「中学部の生徒が心配だから、学園長の声を伝えてほしいの。学園長、しばらく教室で待機するように伝えてください」

「え、ええ……分かりました」

ここにいる生徒達は大丈夫だが、中学部の生徒達は分からない。パニックを起こして外に出るのは危険だ。ワイバーンに攻撃されることはないが、逃げ出す先で思わぬ事故に遭う可能性がある。

「それと学園長、あれらを撃ち落とすなら校庭と闘技場、どちらが良いですか？」

「え？　それはまぁ、闘技場の方が……まさかっ」

この後に起きることを正確に察したダンフェールが、ぱくぱくと無意味に口を動かす。

それを見なかったことにして、ティアは最も足の速いアデルに指示を出した。

「アデル、シルキーのところへ行って、闘技場のところだけ結界を除くように伝えてきて」

「了解！」

それを聞いたアデルは、素早くホールを飛び出していった。

直後、シルが音もなく傍《かたわ》らに降り立つ。

「ティア様。こちらを」

彼が持ってきたのはティアの鞄《かばん》だ。紅翼《こうよく》の騎士達よりも察しが良いかもしれない。さすがはアリアの生まれ変わりだと賞賛したくなる。

ティアは手にした鞄《かばん》の中から愛用のハルバードを取り出した。

「ありがと。鞄《かばん》は預かっといて。それと……後は分かってるね?」

「はい。万事、抜かりなく」

ティアがローズへと一瞬視線を投げれば、シルは全てを察してくれる。ティアの考えが分からないと嘆《なげ》いた時の彼ではない。この間に、ローズが持っているらしい魔導具――ワイバーンを引きつけたそれを取り上げてもらう。

ティアは、ローズをも救う気でいるのだ。ただ断罪するだけではいけない。時間をかけてでも理解させるしかない。彼女も利用されているだけなのだから。

ちゃんと分かっているぞということだけは、彼女に伝えておきたい。これで、自分の行《おこな》いの愚かさに気付ければいいのだが。もし気付けないとしても、次の行動への抑止力にはなるだろう。

ただし、利用されているとはいっても、手を下しているのはローズ自身なのだ。やったことの反省はいずれしてもらうつもりだ。

「それじゃあ、さっさと狩りますか」

「ちょっ、ティアさんっ」

ダンフェールが呼び止めるが、ティアは構わず窓を開ける。そして、伯爵令嬢ティアラール・ヒュースリーのイメージを崩壊させた、意地の悪い笑顔で外に飛び出す。

「大丈夫ですよ、ちょっと五つ首を落とすだけだもの♪」

そのまま走り去っていくティアへ、すかさずダンフェールが言葉を返す。だが、それは心配とは無縁の言葉だった。

「絶対に校舎は破壊しないでくださいよ!?」

「あはは。信用ないなぁ。いっそ更地にしたら建て直しもしやすいよ？」

「建て直す予定なんてありません!!　本気で気を付けてください!!」

「はいは～い」

キルシュは心配そうに学園長を窺《うかが》い、ついでのように背後の生徒や教師達を確認した。呆然と口を開けたままの者や、顔を青ざめさせる者、意識を手放した者までいるようだ。全てティアの正体を知ったがための症状。それを見なかったことにして、キルシュは魔術の準備に入る。

大きな溜め息を一つついたダンフェールは、キルシュの魔術を使い、学園街全体へ聞こえるようにとヤケクソ気味に宣言した。

『私はフェルマー学園の学園長ダンフェール・マランドです。学園街におられます皆様にご連絡申し上げます。現在、学園街上空にはワイバーンが飛んでおりますが、街は結界によって守られております。無用な混乱や被害を避けるため、慌てずに室内で待機してください。間もなくワイバーンは討伐されますのでご安心を。繰り返します……』

まるで感情の乗らない淡々とした説明に、人々は逆に安心した。なんてことのないように聞こえたので、言われた通り室内でその時を待ったのだ。

この後、すぐにワイバーンが討伐されたという情報が入り、それをダンフェールが再び街全体に宣言した。


闘技場には、ティアによって首を落とされた五頭のワイバーンが積み重なっていた。これの解体は面倒だなと、ティアは腕を組んでどうすべきか悩む。

そこへ、教師カグヤの姿でサクヤがやってきた。

「ティア、ついにやってくれたね……」

「うん？　ああ、情報解禁のこと？」

サクヤが言うのはワイバーンを倒したことではなく、大勢の生徒や教師達の前で本性を出してしまったことだ。それをティアは『情報解禁』と表現した。

「ダンはもう遠いところを見てたし、生徒達も心ここにあらずって感じ。それでさっき決まったことだけど、明日は休校にするって。生徒はもちろん教師達も落ち着かせないといけないからね」

「それって、ちょっとは私のせい？」

「むしろ大半があんたのせいよ！」

思わず普段のおネエさん言葉になってしまうほど、サクヤにも余裕がなかった。

誰もがお手本のように思っていた伯爵令嬢ティアラールが、楽しそうにハルバードを振り回し、魔術を手軽に扱いながら、ワイバーンの首を次々と落としていく。それを学園の生徒や教師達は目撃してしまったのだ。それは、校舎内にいた中学部の生徒達も例外ではなかった。

ダンスホールには、外の光が充分に入るよう大きな窓が取り付けられている。そこから否《いや》が応《おう》でも見えてしまう。おかげで急遽《きゅうきょ》授業を取りやめ、自室待機となった現在、誰もが現実逃避を図ろうとしているらしい。

「あはは。弱いなぁ。これからの時代、もっと心を強く持たなきゃね」

「無茶言うんじゃないわよ。まだ子どもなのよ？」

「じゃあ、良い経験になったかな」

「……反省する気ゼロね……」

学園の関係者全員に少なからぬ心の傷を負わせたティアだが、全く反省していなかった。

「それより、またこんなことがあるといけないからね。ちょうど休校になったことだし、少し出かけてくるよ。これの処分、任せて良い？」

「ええ……回収屋の手配はダンがしてくれたわ。でも、どこに行くつもり？」

「ワイバーンの巣。ウィストの方に持っていかれてるって情報は前からあったんだけど、やっぱりこのままってわけにはいかないじゃない？　黙って戦力を補充するのは見過ごせないからね。王都のマスターがそっちに適任者を派遣してるって聞いたんだけど、精霊達に確認させたら、それがどうもサラちゃんみたいで。直接様子を見てくるよ。ルクスも帰ってきたみたいだし」

認定試験を終えたルクスが、こちらへ向かっている気配を感じていた。

「アデルとキルシュは置いていくよ。シル達と後は任せるね」

「分かったわ。気を付けて行ってらっしゃい」

サクヤに見送られ、ティアは学園を出る。屋敷でマティとフラム、それと神使獣《しんしじゅう》を連れて、更に戻ってきたルクスを強引に引っ張るようにして出発した。

◆　◆　◆

ザランとミックが共にワイバーンの巣の調査を始めて二日が経とうとしていた。現在二人は、その巣である山頂の様子を、木の陰に隠れて確認している。

「あの黒服達が犯人か」

「みたいですね……バン、大丈夫？」

《グル……》

黒いローブを纏《まと》った怪しげな者達が、弱った様子のワイバーン達を検分し、何やら作業をしていた。周りには赤く点滅を繰り返す水晶玉のようなものが置かれている。

そこから出ている何かが、肌を少しばかり震わせる。ザランは魔術のことはほとんど分からないが、ティアと関わってきたおかげで、それが魔導具だということは直感的に分かっていた。

「なんとかしてあれを壊せればいいんだが」

相手にしなくてはならない人数は二十に満たないが、もしワイバーン達が敵に回った場合、勝てる望みは薄い。

何せ、この巣は国内最大級のもの。そこに五十頭ではきかない数が集められている。いくらAランクのザランでも相手にするのは難しい。同行者がワイバーンの獣騎師だとしても無理がある。

「ええ。多分あの水晶玉が、ワイバーン達の正気を失わせているのでしょう。ああして弱らせた後、隷属《れいぞく》の首輪で操《あやつ》るというのが常套《じょうとう》手段のようですね」

ぐったりとしていたワイバーンの首に首輪が巻かれる。すると、興奮したように目を血走らせながらも黒いローブの者達の指示に従うのだ。

それを、このまま見ているだけというわけにもいかない。どうするべきかと考えるザラン。

「戦うにしても、こんな山の中じゃ思うように動けねぇ……あいつら、これからウィストの方に向かうんだよな？」

「ええ。今までの報告ではそうなっています」

「なら下で待とう。どっちにしろ、あの魔導具にお前のワイバーンを近付けるべきじゃねぇだろ？」

「はい……バン、まだ大丈夫か？」

《グゥ……っ》

バンが辛そうなのは、獣騎師の能力を持っていないザランにだって分かるのだ。

「なら、とりあえず山を下りるぞ。そんで、ウィストの方角で待ち構える。街道から少し離れたところに、開《ひら》けた場所があった。そこで奴らを迎え撃つ。どれだけ数を減らせるか分かんねぇけどな」

最悪、ワイバーンが制御を失って予想外の行動を起こす可能性もあるのだ。近くにいくつか村や町もある。そちらに行かれては事だろう。

「あれだけの数だ。覚悟はいるな」

いくらバンを連れていたとしても、ミックは戦力に数えることができない。実質、迎え撃てるのはザランしかいないが、一人では限度がある。

ザランは山を駆け下りながら、隣を走るミックに指示を出した。

「ここの領都にもBランクの冒険者ぐらいいるはずだ。あんたは、冒険者ギルドへ応援要請に行ってくれ。それまではなんとか俺が引きつける」

「本気ですか!?　あの数ですよ？　何より、あそこにはワイバーンだけじゃない」

怪しげな黒い集団もいるのだ。簡単にはいかないだろう。それでも、勝算があるとすれば、応援を呼ぶことだった。

「時間ぐらい稼ぐさ。それに、なんでかなんとかなりそうな気がしてんだ」

「それはどういう……」

この事態がティアにも関係することだとしたら、今の状況をなんらかの方法で知るだろう。ティアには精霊視力があり、精霊王達もついている。伝わらない方がおかしい。

「大丈夫だ。気になるんなら、なるべく早く応援を呼んできてくれや」

「っ、分かりました。お気を付けて！　バン、行くぞ」

《グルルっ》

ミックがバンに乗って飛び立っていく。本当にティアが来るのならば、応援を呼ぶ必要はないかもしれないが、これは保険だ。

「なんでだろうなぁ……来る気がするんだよな」

もう確信を持っていた。きっとティアは来る。だから、せめてそれまで耐えてみせよう。ティアに情けない姿は見せられない。そこまで考えて、ザランは苦笑した。

「あれの傍《そば》にいるってのは、相当大変なのかもな」

弱みを見せないように。頼ってもらえるように。常に意識していなくてはいけないのだ。ザランはルクスに尊敬の念を抱いた。

「頑張ってみるか」

程なくして予定の場所に辿《たど》り着くと、駆け下りてきた山を振り返る。鞄《かばん》からワイバーンを引きつけるために用意した物を取り出し、油断なく構えてその時を待つのだった。

◆　◆　◆

ティアとルクスは学園街から北の方へと、フラムに乗って空から移動していた。

「帰ってきて早々ごめんね？」

「いや、むしろ置いていかれてたらと思うと……泣けてくる」

「あはは。さすがに怒るかなって思ったんだよね～。良いタイミングで帰ってきてくれたよ」

そんな話をしながら、ティアは地上の気配を探る。目的とする山が見えてきたのは、学園街を出て数時間後のことだ。サルバほどではないが、かなり距離があった。

その時だった。遠くで爆音玉という魔獣対策用の爆弾の音が聞こえた。その方向へと目を向ければ、ワイバーンの群れが見えた。

弱い魔獣ならば、爆音によって逃げていく。だが、今回の目的は恐らく引きつけることだ。

「ティアっ、あそこ！　ザランさんだ」

ルクスがいち早く気付く。まだ距離があるので視認できないが、気配からして間違いないようだ。

《主《あるじ》、マティが先に行く！》

フラムの背からマティが躊躇《ちゅうちょ》なく飛び降りる。空中で本来の大きさに姿を変えた。

ザランがワイバーンに囲まれ、絶体絶命というところへマティが突っ込んでいく。そのままワイバーンをボールのように撥《は》ね飛ばすのが見えた。

「マティのやつ、何も考えてないだろ……」

「サラちゃんに夢中だからね」

ワイバーン相手に、あまりにも無謀だ。体当たりなど、野生の魔獣でもしないだろう。

しかし、マティはそれが最良の策であるかのように戦ってみせる。

そうして駆け戻ってきたマティだが、起き上がろうとするワイバーンへ再び突進していった。

楽しそうに二回目の体当たりを決めたマティ。それをザランが呆然と見つめていた。

「……マティ……」

思わずといったように呟《つぶや》く。そんなザランを、マティは嬉しそうに振り返る。

《お待たせサラちゃんっ。正義の味方っ、サラちゃん愛好会の副会長、マティ参上っ！》

「……」

いつからそんな会が発足《ほっそく》していたのだろう。マティが副会長ならば、会長は決まっている。

その気配をザランも感じたらしく、降り立ったティアへと視線を向けた。

「やっほ〜。会長のティアで〜す。待った？」

「待ってねぇよっ！」

反射的にザランが返してくる。その顔には、安堵《あんど》の色が見えた気がした。

「はいはい。嬉しいのは分かったから。そっちのワイバーンは、マティと二人で頼むね」

「嬉しくねぇっての！」

ツッコミながらも表情を引き締めると、ザランは起き上がったワイバーン達に目を向けた。

《行くよ、サラちゃんっ。あ、もしかしてこれって、初めての共同作業？》

「いや、作業って……それよか、お前が仕切るんかっ」

《やだな、サラちゃん。夫は妻を助けてリードするものでしょ？》

「おう、それが理想の夫婦……じゃねぇよっ！　誰が妻だ!!」

《大丈夫。まだ結婚してなくても両想いだもんね》

「その思考、どっかで捨ててこいっ！」

マティとザランは生き生きと言い合う。全く緊張感がなかった。

「ほら、マティ。あいつら大人しくさせたら好きなだけサラちゃんと遊んでいいから」

《わぁ～い。主《あるじ》の許可も取れたねっ。行くよっ》

「……もう、マジで疲れる……」

それでもザランはマティを無視したりしないのだから、大変律儀《りちぎ》な性格だ。そして更にいじられるというエンドレスループ。彼は魔の迷宮に足を踏み入れているようだ。

「さてと、隠れんぼはヤメテもらおうかな」

ティアの言葉を聞く前から、ザランも不思議に思っていた。今相手にしているのはワイバーンだけ。彼らが山の上で見た、黒いローブの者達の姿がないのだ。

だが、見えないだけで存在しているのはティアの気配察知能力で分かっている。何よりり、ワイバーンの飛び方に少々違和感があった。

「ルクス。あのワイバーン達の背中、人が乗ってそうな場所の辺りを、剣で切りつけてルクスが不審に思うのも仕方がない。そこを攻撃するならば、魔術を当てれば良いではないかと普通は考えるだろう。

「剣じゃなくちゃダメ。魔術だと撥《は》ね返されるかもしれないから。何事も確実に、物理攻撃で確認しないとね。ってことで、魔力の斬撃《ざんげき》を放つのもダメだからね？」

「分かった。それでも、あの高さまで飛ぶとなると、少しキツイな」

ティアを信頼しているルクスとしては、否《いな》やはない。しかし、ワイバーンが飛んでいるのは、通常の建物よりも遥かに高い位置だ。ルクスも風の魔術を使えばそこまで到達できるが、空を飛べるというわけではない。

仮に大ジャンプを決めても、狙うのはワイバーンの背中なのだ。剣が届かないだろう。

「分かってる。精霊ちゃん達、出番だよっ」

その声かけで精霊達が集まってくる。風の精霊と火の精霊だ。

《まかせて》

《こうげきかいし？》

《だいじゃんぷ～》

「え!?　おい!?　まさかっ」

ルクスの周りに精霊達が集まる。そして、その体を吹っ飛ばした。

《そぉれっ》

「おわっ!?」

軽くワイバーン達の上まで飛んでいったルクスは、なんとか一頭の背に降り立つ。そこで見えない何者かと接触した。それをティアは下から見ている。

ルクスはその後、姿を現した敵――黒い服の者達を地上に落とすと、近付いてきた他のワイバーンの背に飛び移っていった。

「うまくいきそうだね。あれ？　応援？」

振り返ると、ワイバーンに乗った青年に先導されて、数人の冒険者が駆けてくるのが見えた。

ティアの姿を確認してか、ワイバーンと青年が驚愕《きょうがく》の表情を浮かべる。若干《じゃっかん》怯《おび》えたように見えたのは気のせいではないかもしれない。

「えっ、どうしてここにっ!?」

そこで、遠くからマティの嬉々とした声が聞こえた。

《トカゲ！》

《グ、グルル……》

青年の乗ったワイバーンが、マティを見て瞳を潤《うる》ませる。それに首を傾《かし》げながら、ティアは彼らに指示を出した。

「うん？　誰だっけ？　まぁいいや。ちょうどよかった。あのワイバーン達を操《あやつ》ってる術者達を下に落とすから、捕まえておいてくれる？」

「え？」

青年がきょとんとするのも無理はない。ティアが指を差した先。そこへ、空から黒い服を着た者が落下してきたのだ。

「ワイバーンの相手は私達がするし、近くの集落の上空には結界を張ってあるから、あなた達は落ちたのを確保してね」

ティアはルクスが打ち上がった時とは違い、自身で魔術を組み上げると、空へ舞い上がった。

「えぇぇぇっ！」

冒険者達が驚く声を聞いたが、そんなもの気にも留めない。ティアは上手くワイバーンの頭を飛び越え、その背に向かって投擲《とうてき》用のナイフを投げた。そして、続けざまに棍《こん》棒《ぼう》を取り出し、大きく振りかぶってワイバーンの背中を殴る勢いで振り下ろす。

「ぐっ、ぐふっ！」

投擲《とうてき》用のナイフは何もないはずの空間に突き刺さった。棍棒《こんぼう》が何かを叩きつける感触もある。

すると、その部分の空間が歪《ゆが》み、人が落ちていく。

「ビンゴ♪」

ニヤリと笑ったティアは、棍棒《こんぼう》を軸に回転しながら飛び上がり、体を捻《ひね》って次のワイバーンへと狙いをつけた。

そのまま棍棒《こんぼう》を振り下ろし、見えない何かを叩くと、ワイバーンの背中へ着地する。

そして、そこにある何かを払い落とすように再び棍棒《こんぼう》を振るった。

「わぁぁぁっ！」

そんな声が下へと落下していく。見れば、黒いローブを着た者が三人、地上に向けて落下中だった。どうやら、ルクスがまた一人仕留めたようだ。

「精霊ちゃん」

《うけとめる～》

その者達は、地上にぶつかる直前でフワッと浮き上がり、死ぬことなく地面に転がされた。下で待ち受けていた冒険者達が彼らをすかさず取り囲む。

それを確認すると、ティアは呑気《のんき》にワイバーンの背中で状況を整理した。

「えっと、ルクスの方も上手くいってるみたいだね。けど、このワイバーン達の術は解けないか……あの首輪を外したとしても、元に戻るかどうか……ねぇ、カランタ。なんか良い案ある？」

上空へと声をかけた先にはカランタがいた。

「ティア……何も考えてなかったの？」

「うん。行き当たりばったり」

「……そういうところは良くないと思うよ……」

注意されてしまったが、それで今までなんとかなってきたので、あまり深く考えない。

「その子……神使獣《しんしじゅう》ならなんとかできるかも」

「この子が？」

《ぴぃっ》

ティアが腰に提《さ》げた袋。いつもフラムが入っている袋の中に、その小鳥は入っていた。

ちなみにフラムは現在、マティとザランのサポートに回っていた。

《ぴぃ、ぴぃ》

袋から飛び出した神使獣《しんしじゅう》は、その小さな翼を必死に動かしてワイバーンの前に飛び出す。今日までティアにくっついて、ひたすら魔力を補給していたのだ。

「ちょっと、食べられちゃうよっ？」

珍しくティアが慌てる。一方、カランタは逆に落ち着いていた。

「大丈夫だと思うよ。ほら」

その時、神使獣《しんしじゅう》が体を発光させる。強い光によって目が眩《くら》んだかのように、一瞬ワイバーンが体を震わせた後、ゆっくりと地上に降り立った。

《ぴぃ》

《グルルル》

お礼を言うように鳴いたワイバーンが、神使獣《しんしじゅう》を前に大人しくなる。

「マジで？　何これ」

実にあっさり事を解決してしまった神使獣《しんしじゅう》に、さすがのティアも驚いた。

「神使獣《しんしじゅう》には異常状態を打ち消す力があるんだ。毒とかも問題なく中和する。それが地上に降りた天使にとって一番危険だからね」

「はぁ……神って過保護だね」

こんなある意味最強な護衛をつけるなんて、太っ腹だなと感心してしまう。

《ぴぃっ》

「何？　全部やってくれるの？　気を付けてね？」

《ぴぃぃっ》

甲高《かんだか》く鳴いて答えた神使獣《しんしじゅう》は、使役者《しえきしゃ》のいなくなったワイバーンに向かって飛んでいく。

「こっちは僕が見てるから、ティアはあっちを」

「うん。よろしく」

それからしばらく連戦していたティア達は、いつの間にか街の近くに来ていた。早く片付けなければならない。

「これで八人目っ」

「うわぁぁぁっ」

なぎ払うようにして、また一人叩き落とす。

その声に驚いたのか、近くにいた一頭のワイバーンが逃げるようにこの場を離れていく。その際、他のワイバーンと接触してバランスを崩した。

そして、街の上部を覆《おお》うように展開されていたティアの結界に触れる。接触した場所にバチっと光が走った。それはワイバーンの体を一瞬で痺《しび》れさせ、その体が弾《はじ》かれるように落ちていく。これに怯《おび》えたワイバーンが、また別のワイバーンと接触して落下する。

「ありゃりゃ」

ティアが気まずい思いで眉を寄せると、近くに来たカランタが呆れたように告げた。

「大惨事じゃないか……」

「う～ん。何事も計画通りにはいかないよね」

「ティア。ルクス君に怒られるのは覚悟しといた方がいいよ」

「あ～……ルクス、今どこ？」

もはや探すのも恐ろしかった。


案の定、地上に下りたティアはルクスの説教を受けた。

これはもう、ルクスとティアのお約束みたいなものだろう。

この時には、ワイバーンを連れている青年が、いつかの武闘大会で相手をしたミックだということも教えられていた。

「あれにミック達が巻き込まれたらどうするつもりだったんだ！」

「そこは運じゃない？　ミッくんはラッキーボーイだと思うんだよね～。運を味方につけてる人は、何があっても大丈夫なんだよ」

「どんな理屈だ！」

あの結界に、ミックとバンが触れない保証はなかった。それについても反省しろと注意されているのだ。

「ルクスも大丈夫だったじゃん。よっ、ラッキーボーイ！」

「少しは反省しろ！」

ルクスは、巻き込まれたワイバーンの背に飛び乗ったところだったようで、落ちる寸前、咄嗟《とっさ》に近くにいたワイバーンの背に逃《のが》れたらしい。

本当に大惨事だった。

「……結界でワイバーンを落とすとか、お前はどんだけ凶暴なんだ？」

正座したティアの斜め前。ルクスの後ろから、ザランが呆れた顔を覗《のぞ》かせた。

「任せて。防衛戦も得意だよ」

説教の最中だというのに、ティアは親指を立ててウィンクしてみせた。

「『も』ってなんだよ。確かに、この国がどうにかなっても、伯爵んところだけは無傷で残りそうだな……」

「最強メンバーが揃《そろ》ってるからね。あと学園街の安全も保障するよ」

「そこは王都だろ。国を守る気ねぇの？」

屈《かが》み込んで、おかしなものでも見るようにティアを見つめるザラン。久しぶりに理解できないほどの強さを見たのだ。強いと知ってはいても、実際に見るのとでは大きく違う。

「王様に頼まれたらね。その場合は、サラちゃんも国防部隊のメンバーだから」

「なんでだよっ。俺はお前らみたいに人族を辞めてねぇよ」

ワイバーンを次々に落とすなど、普通は魔術師にもできることではないのだ。

「サラちゃん酷《ひど》い。マティのお嫁さんならメンバー入りして当然じゃん。心配しないで。花嫁修業すれば立派に仲間入りできるから」

「お嫁さんってそれ、お前が言ってんのかよ！」

マティの発言は、もちろん主人であるティアの影響なのだ。

《ねぇ、主《あるじ》っ。サラちゃんってば可愛いんだよ？　マティはこの小さい姿の方が良いって、震えながら抱っこしてくれるんだ》

実際は、本来の姿で体当たりしまくり、ワイバーンをなぎ倒していくマティが恐ろしかったがために出た言葉だ。

「おお！　ついに落とした⁉」

《サラちゃんは照れ屋さんだから》

「うんうん。素直になれなかったんだね」

「ルクス、説教時間は長めでもいいからな。俺は後片付け手伝ってくるわ」

「はい。お願いします」

「……あれ？」

マティも頑張れと言い残し、ザランと共に遠ざかっていく。かなり前からカランタはこの場を離れており、町から離れたこの場所には、仁王立ちしたルクスとその前に正座したティアだけとなる。

「え、えっと……二人っきりだね☆」

この言葉で、普段ならばルクスのペースを崩せるのだが、上から降り注《そそ》ぐ威圧感は変わらない。Aランクになったという自負は、ルクスの精神面をかなり強くしたようだ。

「誤魔化《ごまか》せると思うなよ。今日という今日は、しっかりと言っておく！」

「うぅ～……はい……」

こうして、ルクスのお説教は日が暮れる頃まで続けられたのだった。


お説教が終わったティア達は、カランタやザランのいる街の入り口近くに向かった。

「あいつら生きてる？」

切り替えの早いティアは、もうお説教されたことなど忘れている。

縄をかけられ、自傷行為ができないよう術をかけられた二十人ほどの男達。彼らはただ口を閉ざして俯《うつむ》いていた。

尋問を試《こころ》みていた冒険者達が、お手上げだと顔をしかめている。その隣で腕を組み、見守っていたザランも溜め息を漏らす。

「ダメだ。全然口を割らねぇ」

そこへティアが歩み寄り、にやりと笑う。

「まあ、簡単には無理だよね。仕方ない」

「お、おい、ティア？　どうするつもりだ？」

ザランは嫌な予感がしたのか、制止しようとティアへ手を伸ばす。しかし、その手が触れる前にティアは捕らえられた男達の前に歩み出て、一気に大量の魔力を放出した。

これには我関せずとしていた男達も驚いて顔を上げる。彼らは魔術の心得があるのだろう。そのおかげで、ティアの非常識さが一瞬で理解できてしまったのだ。

瞬間的に光に包まれたティアは、二十代くらいに成長した姿に変わった。この姿の時はバトラールと名乗っている。同時に服装も大人の姿に合うものに変えたので、その威圧感は倍増していた。

「さて、お前達。何が目的でここに来たのか、はっきりと説明してもらおうか」

「ぐっ……」

男達が思わず喉《のど》を鳴らしてしまうほど、ティアは遠慮なく彼らを威圧していた。

「お前達の後ろについている組織のことは、もう分かっているんだ。下手な隠し立てなど無意味だからな。よく考えてから口を開け」

「ひっ」

心臓が止まってしまうのではないかというほど青ざめ、土気色になる男達。

「ちょっとは手加減してやれよ？」

ルクスが遠慮がちに一応の注意をする。一方、ザランは口をあんぐりと開けて固まっていた。

「なっ、変身っ⁉」

混乱したような声を上げたのは、ザランの隣に来ていたミックだ。その声でザランが我に返る。

「ティアだよな……」

「ああ、ザランさんは初めてでしたか。細かいことは、気にするだけ損ですよ？　そこの君もな」

「はっ、あ、はい……むしろ妙に納得できたのですが、今のが本来の姿だったりは？」

「しないな」

「そうですか……」

ミックが口を閉じたところでザランが肩の力を抜く。そうして、いつも通りの様子に戻った。

「ティア。そいつら、息してないぞ」

「はぁ？　どんだけ肝っ玉が小さいんだよ。お前ら男だろっ！　シャキッとしろ！」

「鬼軍曹？」

「ザランさん。下手なことを言うと巻き込まれますよ」

「そりゃ、アブねぇな」

姿が変わってもこれがティアだと、ザランは受け止めたらしい。

「さっさと吐きな！」

こうしてこの後、男達は洗いざらい吐くことになる。ウィストとの関係も分かったため、王都に連行すると決まったのだった。

第五章　女神の威厳《いげん》

　ワイバーン襲来の騒動から、ひと月が過ぎた。本性を現したティアに、生徒や教師達は戸惑いを見せていたが、それも落ち着いてきている。むしろ、こんなおかしな現象が起きていた。

「ティアラール様っ。クッキーがお好きだと聞いて……焼いてみたのですっ。よろしければ受け取ってください！」

「ティア様。お薦《すす》めくださった本、面白かったです。また何か教えてくださいませんか？」

「今度のダンスの授業、是非お相手をさせてください！」

　など、ティアが廊下を歩いていても、教室で自習をしていても、やたらと声をかけられるのだ。

「なんで様付け？」

　不思議に思うティアに、アデルとキルシュが苦笑する。

「だって、ティアが本当のサティア様の生まれ変わりだって思われてるんだもん」

「何それ……」

　いつの間にそんな認識になったのか。それはキルシュが呆れながら説明してくれた。

「多くの生徒が、休息日に家に戻った際、ティアがワイバーンを一人で葬《ほうむ》ったという話をしたらしい。そのせいで、貴族達の中で密かに囁《ささや》かれていた『聖女ティアラールは女神サティアの生まれ変わりである』とかいう噂《うわさ》に信憑性《しんぴょうせい》が出たんだろう。神教会もこれを否定しなかったらしい。それで貴族達は、お前が女神サティア様だと思い込んだというわけだ」

　神教会は、ティアがサティアの生まれ変わりであると既に確信しているようだ。ティア自身が望まないことを理解してか、それを公《おおやけ》にしてはいない。だが、あえて否定も肯定もしなければ、こういう事態になるのは予想できたはずだ。いや、むしろ確信犯だろう。

　ティアが赤くなった髪をそのままにしていたのも問題だった。

「やってくれたわ。まったく……間違ってないから、なおさら質《たち》が悪い」

「ティア、何か言った？」

「ううん。面倒だなと思って」

　サティアの生まれ変わりだと知られるのは構わない。だが『女神』だと認識されるのは別だ。ティアの行動の裏に神の意思があると思われる。そうなれば、あまり私怨《しえん》で動くのも良くないだろう。

「行動が制限されるのは困るなぁ。そろそろ直接ウィストへ調べに行こうと思ってたのに」

今現在、ウィストでは魔族の諜報員《ちょうほういん》達と、クィーグの者達が調査を行《おこな》っている。『神の王国』の目的と、誰が敵で誰がそうではないのかを明らかにすること。もしも彼らとの戦いになった場合、無関係な一般人を巻き込まないようにするのだ。遺恨《いこん》は残すべきではない。

『女神』と認識されたティアが不用意に行動すれば、ウィストという国が悪なのだと思われ、そこに住まう人達への心証《しんしょう》も悪くなるだろう。

「そういえば、半月後にヒュリア様の婚約発表の舞踏会があるだろう？　それに生徒代表としてティアと出るように言われたのだが」

キルシュがチラリとアデルに目を向けてから、ティアへ確認する。

「うん。小学部の代表はヒュリア様のご指名だって。まあ、小学部の生徒は舞踏会を経験したこともないからね。せめてダンスに慣れた生徒をって意味らしいけど」

舞踏会には、中学部と高学部の代表もそれぞれペアで出席する。本来は代表会のメンバーのうち、各学部の最高学年の二人が出るはずだった。

だが、小学部の生徒達は、まだそれほどダンスの経験がないということもあり、ダンスの授業で適性を見られたらしい。更にヒュリアの希望もあり、ティアとキルシュが選ばれたのだ。

「今回は王太子殿下のご学友も多く出席されると聞いた。普通の舞踏会より出席者の年齢層は少し低くなるから、そう目立つこともないと思うが……」

「もしかして、もう私が出るって知られてる？」

「ああ。多分、生徒達の親は王女殿下と王太子殿下というより、お前を見に来るようなものだろうな。気を付けろよ」

「へぇ。なら、ペアを組むキルシュもマークされるかもね。そっちも気を付けてね？」

年齢的にもティアの将来の結婚相手ではないかと憶測を呼ぶのは間違いない。そうなると、派閥《はばつ》に取り込もうと考える馬鹿も近付いてくるだろう。そういう駆け引きも舞踏会では行《おこな》われるのだ。

「キルシュ、頑張ってね」

アデルの励ましを受けて、キルシュが慌てて弁明する。

「アデルっ。今回は指名されたからティアと行くが、次の舞踏会は一緒に行ってくれないかっ」

「うん。 いいよ? キルシュがあたしで良いなら」

「もちろんだ! むしろアデル以外は断るっ」

勢い込んで宣言するキルシュ。ここは教室の中なので、結構な数の生徒達がこちらを見ていた。しかし、キルシュもアデルも周りの様子には気付かないらしい。

ティアは少し身を引いて、微笑ましくそれを見守る。

「ありがとう。あたしもキルシュがいいな」

「っ、そうかっ。なら、約束だからなっ」

「うんっ」

最近はアデルもキルシュを意識するようになったらしい。少しはにかんだ顔はとても可愛らしかった。しかし、このまま蚊帳《かや》の外というのは少々悲しいので、ティアはいつも通りを心がける。

「ここで相手を宣言するとか、キルシュってば大胆」

「なっ、……はっ」

今更になってキルシュは教室の空気を理解した。アデルも真っ赤になって俯《うつむ》いている。

「大丈夫だよ。もうみんな分かってるから」

「うっ、くっ、お前全部知っててっ」

「うん。これが俗《ぞく》に言う公開処刑だね。平和で結構」

「～っ～っ、覚えてろよぉぉぉっ」

そう言ってキルシュは自分の教室へ戻っていった。

「カワイイなぁ」

「ティア……それ、キルシュに言ったらダメだからね？」

「分かってる♪」

何はともあれ、結果は上々だ。これでキルシュの好きな相手が誰なのかが広まる。陰で囁《ささや》かれていた『侯爵家の血筋であろうと、三男であるキルシュはティアラールの相手には相応《ふさわ》しくない』などという噂《うわさ》は消えるだろう。何よりアデルを傷付けずに済む。キルシュと舞踏会に行った先で要《い》らぬ誤解を受けることもなくなるはずだ。キルシュにとっては良いことだ。ティアの相手というのは、たとえ噂《うわさ》であっても危険なのだから。

「シェリーの耳に入ったらマズいもんね～。早いとこ対策できてよかったわ」

色々と難しい事情を抱えているティアなのだった。

ヒュリアは手紙を書いていた。手元には、母であるウィスト王妃からの手紙。

そこには、国の内情が細かく記《しる》されていた。

「もう帰ってきてはならない……戦争が起きる……」

ヒュリアへの手紙と同時に、フリーデルの王への手紙も出したという。それには、ヒュリアを頼むと書いたらしい。

「お母様……」

今回の結婚は、様々な人々の思惑によって成り立っていた。

王妃は、次第に病《や》んでいくウィスト国内から、王女だけでも逃がそうと考えた。結婚によってヒュリアをウィストから切り離すことができる。そう考えたのだ。

メイドのロイズが気遣わしげにヒュリアを見る。ヒュリアにはもう、ロイズしかいない。気心の知れた彼女の前でだけは弱音《よわね》を吐ける。

「私に国を捨てろと言うなんて……お母様は酷《ひど》いわ」

「ですがヒュリア様。もしもウィストがこのフリーデルへ攻め入ったとして、あの組織の力があっても敗北は確実です。どのみち、ウィストはただでは済みません」

国の規模を考えるまでもなくウィストは力で劣《おと》る。それは、この国へ来て自分の目で見たことで確信した。国に忠誠を誓う騎士達に、力ある多くの冒険者達。そして、極めつけが女神サティアの生まれ変わりと認識されているティアの存在だ。

「サティア様を敵に回すことになるのです。民がどちらについてくるかは明らかでしょう。何よりあの方の実力……並の兵士では太刀打ちできません。負けは見えています」

まだ『神の王国』に取り込まれていない王妃や協力者達は、必死に戦いを回避しようとしている。それができないのならば、せめてヒュリアだけは助けてほしいとフリーデル国王に申し出たという。

「そうね……けれど自国が亡《ほろ》ぶことを願う者などいないわ。サティア様もきっと、それを望みはしなかったでしょう。それでも受け入れなくてはならないなんて、辛いことね……」

ヒュリアは自分からも国王へ相談し、なんとか糸口を見つけると手紙に記《しる》す。諦《あきら》めるわけにはいかないのだ。自分は王女なのだから。

◆　◆　◆

慌ただしく半月が過ぎた。今日は婚約発表の舞踏会が行《おこな》われる。

そもそも、ヒュリアと王太子の婚約発表は、ヒュリアが卒業すると同時に為《な》されるはずだった。これを急いだ理由は恐らくウィストにある。

ティアは王宮の一室でドレスに着替えながら、クィーグ一族からの報告を聞いていた。

「それで、状況は？」

衝立《ついたて》の後ろで報告するのはシルだ。彼は本当によく働いている。いつの間にか近くにいて、ティアの意思を汲《く》んで動いてくれるのだ。

そこにアリアの存在を感じて、ティアは少しばかり感傷に浸《ひた》ることもあるが、本人のヤル気充分な様子を見るとなんだか安心できた。シルが今を幸せだと思ってくれているのならばそれでいい。今日もティアが欲しい情報を正確に伝えてくれていた。

「はい。ウィストでは数日前から王宮の方が慌ただしい様子。いよいよこちらへの侵攻が始まると予想されます。城に集まっていたワイバーン達も動き、昼頃に国境付近へと移動しました。もし国境を越えた場合、ファル様が対応してくださると連絡がありました」

ファルはここひと月ほど周辺諸国を回って、神子《みこ》の情報を集めていた。なぜ彼女が『神の王国』の神子《みこ》となったのか。その経緯も調べた上でなくては説得できないと考えたのだ。そして、ようやく全容を知り、接触するべく彼らが動く機会を待っていた。

「そう……狙うなら今日ということね。城の警備についてはどうなってる？」

騎士達の力の底上げは順調で、今やBランクの冒険者に匹敵《ひってき》……とまではいかないが、二人で一人前というくらいには力をつけていた。最近は若干《じゃっかん》、紅翼《こうよく》の騎士団の者達と同じ匂いを感じるのが気になるところではある。

「紅翼《こうよく》の騎士団の半分が王都周辺の警戒に当たっています。有志の冒険者達もこれに参加しており、学園街も合わせて警備は万全です」

何かと噂《うわさ》されていた『聖女ティアラール』が、ワイバーンをあっという間に仕留めた。そんな話が広がったせいで、冒険者達もティアとティアラールを同一人物だと認識してしまった。

神教会が密かに『彼女はサティア様の生まれ変わりであり、今は冒険者として楽しんでおられるのだ』という話も広めたため、それは急速に国中に広がっていったのだ。

今回、冒険者達が出張ってきているのは、王太子が婚約発表をするからではない。ティアが舞踏会に参加し、これを祝福するからだという。

「女神であるティア様が祝福するとなれば、敵はそれを疎《うと》ましく思うでしょう。彼らは未《いま》だ、ローズ・リザラントを女神だと言って憚《はばか》りません。その上、あの令嬢は王太子に相応《ふさわ》しいのは自分だと口にしているとか」

「まだ言ってたんだ。ローズについては監視させてるから大丈夫だと思うけど、怪しい動きをしたら遠慮なく取り押さえて。また妙な魔導具を使われたら面倒だわ」

今はまだローズを泳がせている。発言を聞くと苛立《いらだ》つし、行動にも注意が必要だが、何があってもティアはフォローするつもりでいた。それは因縁の相手である『神の王国』、ひいては『神具《しんぐ》』に関わらせてしまったことへの償《つぐな》いのつもりだ。

「はい。しかし……」

シルは言葉を濁《にご》す。ローズにつけている監視役の実力を計《はか》りかねており、不安なのだろう。そこへ、この部屋で着替えていたもう一人の女性が口を挟む。

「あの二人ならば、取り逃がすこともないはずです。その辺のメイドとは違います」

「そうだね。二人を信じよう。それでラキアちゃん、着られた？」

「はい……ですが、私などにエル様のお相手が務まるのでしょうか」

「ラキアちゃんったら。もう分かってるでしょ？　エル兄様がラキアちゃんが良いって言ってるの。その意味が分かんないほど鈍感じゃないよね？」

「っ……はい」

この舞踏会で、第二王子エルヴァストの相手として選ばれたのが、ヒュースリー伯爵家自慢のメイドのラキアだった。

ティアは半月前にエルヴァストから相談を受けており、密かにドレスの採寸にも協力した。そうして昨日、エルヴァストは自分のパートナーとして舞踏会に出てほしいと、ドレスを持ってラキアに会いに来たのだ。

「まだ時間はあるし、ちゃんと気持ちの整理をつけてね。ラキアちゃんの気持ちが最優先だから」

「と言われましても、私はメイドです。エル様とでは釣り合いが……」

ラキアがエルヴァストの気持ちに気付いていないわけがなかったのだ。しかし、身分の差があるという常識が邪魔して、素直に受け止めることができないでいた。プレゼントをもらっても、あくまで好意とは無関係のものだという態度を示した。ハイパーメイドであるラキアには、ポーカーフェイスなどお手の物だ。

だが先日、エルヴァストからはっきりと告白された。その偽《いつわ》りない気持ちを聞いて、ラキアも思うところがあったのだろう。ここ数日、色々と考えているようだった。

「それを言うなら、エル兄様のお母様もメイドだよ。それにねぇ、ラキアちゃんもエル兄様も私にとって大事な人なの。身分がどうのって言う奴らぐらい、黙らせるに決まってるでしょ？」

ティアには身分や常識など関係ない。そんなものなぎ倒して然《しか》るべきだと思っている。それがティアの大切に思っている人達に関わることならば、なおさらだ。

ティアはラキアのドレス姿をチェックし、自身の仕上がりも姿見でチェックすると、シルを伴《ともな》って扉の方へと歩き出す。

「ね？　ラキアちゃんの気持ち、ちゃんとエル兄様に伝えてね。迎えが来るまでここにいて、答えを出しておくように」

「え、ティア様⁉」

最後に振り返り、ウィンクを一つ。

「お先に。私のメイドなら、自分の気持ちに正直にね？」

「っ、はいっ」

ティアのメイドだという意識は強い。そのため反射的に返事をしたラキアに笑いながら、ティアは舞踏会の会場へ向かった。

王太子がヒュリアと婚約するということは既に発表されている。今回の舞踏会はヒュ

リアのお披露目的《ひろめ》な意味合いが大きい。

ウィストが怪しげな集団の巣窟《そうくつ》になっているという噂《うわさ》は、貴族達も把握している。そのため、ヒュリアを迎え入れることに難色を示す者も多かった。

しかし、それをサティアの生まれ変わりだと言われるティアが祝福するというのだ。おかげで現在は反対意見など綺麗になくなってしまった。この世界における神への強い信仰心が窺《うかが》える。

「早速《さっそく》注目されているぞ」

「キルシュもね。そういえば、アデルが王宮の奥で待機してるみたいだよ。何かあってもお姫様が助けに来てくれるから、安心してね☆」

お姫様ことアデルは現在、伯爵家別邸から王宮に戻った双子の王子と王女、カイラントとイルーシュのお守《も》り兼護衛として王宮に来ている。これをキルシュは知らなかった。

「お前……何かある前提か！」

「あると良いな～♪」

「期待するなっ」

そんな会話も和《なご》やかな笑顔のおかげで周りには聞こえていない。華やかな濃紺のドレスは、ティアの赤い髪によく似合っている。キルシュも青い服で合わせてくれていた。

「あっ、お兄様とお義姉様《ねえさま》」

「本当だ。そういえば、伯爵の代理だと言っていたな」

「うん。サガンの動きが気になるから、お父様は留守番だって」

ウィストと同じ隣国のサガンにも『神の王国』は入り込んでいる。今はウィストの動きの方が気になるが、油断はできない。

サガンとは他の領地を一つ挟んでいるとはいえ、ヒュースリー伯爵領が防衛の要《かなめ》となるのは明らかだ。そこで父フィスタークは領地に残り、舞踏会には代理として長男ベリアローズとその婚約者であるユフィアを出すことになったのだ。

ティアとキルシュはその二人に歩み寄る。

「お兄様、お義姉様《ねえ》。お久しぶりです」

「ティア。なんというか……相変わらず作っているな」

「酷《ひど》いですね。どこが作っていると?」

「言ってることと表情が合わないところとかかな」

「すごいですね、ティアさん。笑顔のまま怒るなんて、どうやるのです?」

「姉上、習得する必要はありませんから」

「そう?　でも便利そうだわ」

最近、ユフィアはティアの母シアンに似てきた。体力をつけるためか、少しずつ体術も習っているらしく、良い意味でも悪い意味でもヒュースリー伯爵家に染まってきている。

「そうだ、ティア。エルがラキアを誘ったと聞いたんだが」

「うん。もうすぐ来ると思うよ。ラキアちゃんもここまで来たら覚悟を決めるでしょ」

「退路を塞《ふさ》いだな？」

「もちろん。気付かれないように追い詰めるのは常套《じょうとう》手段だよ」

それはベリアローズも身に覚えがある。結果的には良かったものの、ユフィアとのことも、ティアに強引に決められたのだ。

「もう少し穏便《おんびん》にまとめられないのか？」

「それやると時間かかるじゃん。時短は必須だよ。ほら、そんなこと言ってる間にお出ましだね」

入り口からエルヴァストとラキアがやってきた。ラキアはメイドだが、こうした場での振る舞いやダンスもお手の物だ。今も第二王子のパートナーとして文句のつけようがなく、華やかで美しい装《よそお》いが会場の人々の目を釘付けにしていた。

「お待たせしましたティア様」

そう言うラキアの顔からは、既に迷いが消えている。

「うん。いい顔だね。やっぱりこういう明るい色が似合うよ。さすがはエル兄様の見立て」

明るい橙色《だいだい》のドレスが、普段は黒と白でまとめているラキアを年相応の少女らしく見せている。出会った当初の活発で笑顔が輝いていたラキアを思い出させた。

「ありがとう。ティアには色々協力してもらったしな」

「このタイミングで告白するとは予想外だったけどね」

すっきりとしたラキアの表情が、エルヴァストの思いを受け入れたことを物語っていた。ここ数日緊張していたエルヴァストも肩の力が抜けているように見える。

「これでクロちゃんに遠慮なくカル姐《ねえ》をけしかけられるかな」

「ティア様。兄にはなるべく時間をかけていただけますか？　鈍《にぶ》いというか、色恋とは無縁だと考えている節《ふし》がありますので」

「分かってる。カル姐《ねえ》は、エル兄様より長期戦を覚悟してるから問題ないよ」

「先にティアの方が相手を決めないとな」

「それは言わないで」

頭の痛い問題だが、ティアも分かっているのだ。

ここでようやく国王夫妻、そして王太子レイナルートとヒュリアが登場した。

主役であるレイナルートとヒュリアの挨拶《あいさつ》が終わると、ダンスが始まる。

まずは王太子達だ。それからエルヴァストとラキアが踊り、代表の生徒達が物怖《ものお》じしているのを感じてティアとキルシュ、ベリアローズとユフィアが踊り出す。

「ラキアちゃんってば完璧」

「ティア、その口調と表情を別々にするの、本当にどうやるんだ？」

「キルシュも踊りながらお喋《しゃべ》りなんて余裕じゃん」

「誰かさんに鍛《きた》えられたからな」

ティアもキルシュもまだ小学部に通う子どもで、夜会などに参加する機会はない。中学部の代表でもなかなか踊り出せずにいるのに、ティア達のダンスは堂《どう》に入《い》ったものだった。

三曲目に入っても周りの人々を魅了し続けている。それはベリアローズやエルヴァスト達もそうで、多くの人々の視線が注《そそ》がれていた。

「この曲が終わったら、王様のところに行くよ」

「分かった」

王太子とヒュリアへ挨拶《あいさつ》しに行く者達は多いが、王達の方はそれほどでもない。王の傍《そば》にはキルシュの父であるドーバン侯爵もいる。曲が終わると、ティア達はまっすぐにそちらへ向かった。

「お初にお目にかかります、国王陛下。ドーバン侯爵家三男、キルシュ・ドーバンと申します」

キルシュの挨拶《あいさつ》に王が笑みを見せる。

「おお。コリアートからよく話は聞いているよ。冒険者をしているそうだな」

「はい。友人達と共に、日々精進《しょうじん》しております」

「その実力、是非とも騎士として役立ててほしいものだが」

「もったいないお言葉。非才の身ではありますが、この国のため、今より一層努力して参ります」

そんな固い挨拶《あいさつ》を隣で聞きながら、ティアは苦笑していた。それは王も同じだったらしい。

「コリアートに負けず劣らずの真面目さだな。本当によく似ている。ところでティア、そなたの婚約者候補に彼は入らないのか？」

少し悪戯心《いたずらごころ》を覗《のぞ》かせる王。これにティアはクスリと笑う。

「ご存じでしょうに。侯爵家を潰したいので？」

周りに聞こえないように小さい声で言うが、傍《そば》にいるドーバン侯爵には聞こえていたらしい。わざとらしく咳払《せきばら》いしていた。そんな噂《うわさ》が本気で囁《ささや》かれるようになれば、間違いなく独占欲丸出しの某ギルドマスターに、キルシュ共々ドーバン侯爵家は消されるだろう。目障《めざわ》りの一言で終わる。

「ははっ。それは困る。冗談はこれくらいにして、その髪の色は本当に驚くほど赤いな。まるで本物のサティア様のようだ」

「これはハイヒューマン特有の色です。魔力が急激に増えると髪が焼けるんだとか」

「ハイヒューマン……種族が変わったと？」

「ええ。ギルドで判定してもらいました。おかげで寿命が延びたかもしれません。いよいよ人外認定されたって感じで嫌なんですけどね～」

赤く染まったその髪がハイヒューマンの証《あかし》だと知ったのは、シェリスの言葉からだった。前世では生まれた時から赤い髪を持っていたのでティアは知らなかったのだ。

シェリスの話によると、マティアスの髪は十歳頃から染まり始めたらしい。過去の記録でも、最初は普通の人族だった者が髪と瞳の色を変化させ、種族が変わったとあった。

「っ、なんだそれっ。僕も聞いてないぞっ」

キルシュが王の前であるということも忘れて迫ってくる。

「言ってなかった？　あ～、そういえば、サク姐《ねえ》さんとかにしか言ってないかも」

「お前なぁっ。ルクスさんには？」

「それは言った」

「……なら良い」

ルクスに言っていないというのはマズいとティアも思ったのだ。

「女神と同じ姿となったティアに、二人の婚約を祝ってもらえれば、影響力はかなりのものだな」

「それでヒュリア様が認められるなら喜んで」

王は立ち上がると、ティアの手を取る。そして、未《いま》だ人々が列をなすヒュリアと王太子のもとへ向かった。王が近付いたことで、周りにいた貴族達が距離を取る。

「ヒュリア王女、彼女のことは知っているかな」

「はい。ティアさんですね。学園でも良くしていただいております」

「そうか。ではティア」

王に促《うなが》され、ティアはヒュリアと王太子の前で礼をする。

「お二人のご婚約を心よりお祝い申し上げます」

「ありがとうございます」

「ありがとう」

この様子を見ていた貴族達が思わずというように手を叩く。たったこれだけで彼らはヒュリアを王太子の婚約者として認めたのだ。

「ではティア、せっかくだ。私と踊ろうか」

「ふふっ、喜んでお相手いたします、国王陛下」

これで役目は果たしたと、王はティアを伴《ともな》ってそのまま中央へ向かう。

「少し身長を誤魔化《ごまか》しましょうか？」

「いや、そのままで良い。娘と踊るようで嬉しいよ」

ゆっくりと踊り出したティアと王は、いつもの調子で話し始める。

「これでウィストに干渉《かんしょう》する理由を得たというわけですね」

「そうだ。いつまでも不穏分子をのさばらせておくわけにはいかん。それに、ヒュリアの母であるウィストの王妃は、我が妻と友人でな。ずっと気がかりだったのだ。私情で動いていたこと、非難してくれて構わんよ」

問題を抱えたウィストの王女であるヒュリアを、王がわざわざ迎え入れようとした事情がこれだ。ヒュリアを理由にウィストに干渉《かんしょう》し、問題を排除しようと考えていたのだ。

フリーデル王国にある神教会は『神の王国』の思想を退《しりぞ》けているが、人の流入は制限できない。民衆の中にあの思想が広がれば、彼らはこの国にも手を伸ばしてくるだろう。それだけは避けなくてはならない。

「正しい判断でしょう。それに、もしもあれらが私の敵として向かってきた場合、ウィストは崩壊する。私は手加減できないもの。こちらの情報によれば、ウィストの王はもう正気を失っているとか。だから、いずれ王様にはあの国を併合してもらいたいの」

王女であるヒュリアが王太子と結婚するのだ。国を統合したとしても不思議ではない状況になる。『神の王国』によって国の機能が低下しているウィストを救うには、もうそれしか方法がないのだ。

「そこまで考えていたか……分かった。だが、色々と協力してもらうことになるぞ」

「もちろん」

そこまで話した後は、笑みを浮かべながらダンスを楽しむ。王は前世で婚約者であったセランディーオによく似ている。なんだか本当に彼と踊っているようだ。あのまま彼の傍《そば》に残っていたなら、こんな国についての話もしたかもしれない。そんな感傷に浸《ひた》っていたティアだが、そこで、ふと気付いた。

「なんでだろう。王妃様がとっても嬉しそうに見てるんだけど？」

「女神の化身と言われる君と踊っているのだ。アレはサティア姫に心酔《しんすい》しているからな」

「……マジですか。どうりで熱い視線を感じると思った……」

本当にサティアの生まれ変わりだと知ったらどうなるのか。急に心配になるティアなのだった。


王とのダンスを終えると、エルヴァストがラキアを伴《ともな》って近付いてくる。

「エル。その女性が以前話していた相手か？」

「はい。彼女はラキア。私が妻にと望む女性です」

ラキアが静かに頭を下げる。珍しく緊張しているらしい。そこでティアがフォローする。

「彼女は側妃のエイミールさんと同じく、家令のリジットによって鍛《きた》えられた一流のメイドです。何より強いですよ。私の自慢のメイドですからね。いかがですか？」

「ふむ。あちらで王妃も交えて少し話をしようか」

「はい」

王は二人を連れて王族の席へと戻っていく。残されたティアのもとにキルシュがやってきた。

「まさか、王がティアと踊るとはな」

「私もびっくり。あの人、結構良い性格してるよ」

何よりあの顔がいけない。セランディーオに似た彼が、ティアは少しばかり苦手だ。

その時、目の端《はし》にローズの姿を捉《とら》えた。パートナーらしき者はおらず、一人で会場を出ていく。彼女は赤い派手なドレスを身に纏《まと》っているので、本来ならばとても目につくはずだ。しかし、今までなぜか意識に引っかからなかった。それが妙に気になる。

「キルシュ。今日、ローズ・リザラントを見た？」

「いや？　来ているのか？」

「うん。赤いドレスを着てる」

「赤？　気付かなかったな」

それを聞いてやはりと思った。もしかしたら、おかしな魔導具でも使っているのかもしれない。

「ちょっと、お兄様と合流したい」

「分かった。あそこだな」

そうして、ベリアローズとユフィアに合流しようとしたその時だった。城に張られていた結界が唐突に消失したのだ。

◆　◆　◆

ローズは存在を希薄にさせる魔導具の指輪をつけていた。真っ赤なドレスは、この会場の全ての人を注目させるのに充分なものだが、彼らの視線はヒュリアやティア達に向いている。それが魔導具のせいだと分かっていても酷《ひど》く苛立《いらだ》たしかった。

「なんなのよっ。私こそが女神だというのにっ」

ローズはこの場で再起の機会を窺《うかが》っていた。苛立《いらだ》ちをそのまま口にしてしまわなかったのも、この後で彼らが驚愕《きょうがく》し、慈悲《じひ》を乞《こ》うことが分かっているからだ。

「ふふっ。後悔するがいいわ。私を蔑《さげす》む愚か者どもに、神が鉄槌《てっつい》を下す！」

会場を出て廊下を走る。下町で生きてきたローズにとっては、ドレス姿だろうと走るのに問題はなかった。これが生まれつきの令嬢なら、無様に転んでいることだろう。

そうして、控え室の一つに入り込む。そこで、持っていた別の魔導具を発動させた。

これによって城の結界は消滅するのだ。

「これで王太子は私のものになる。そして、サティアである私が上に立つべき国が手に入るのよ。私に従う信徒達だけの国。いずれは全ての人族の国を併合し、神子《みこ》様と共に

『神具《しんぐ》』によって世界を統一する……ふふっ、あははっ。私を崇《あが》めない愚か者どもなど、いらないのよっ」

悦《えつ》に浸《ひた》るローズ。その様子を、二人のメイドが密かに見つめていた。

◆　◆　◆

城を覆《おお》う結界が消失したことに気付いたティアは、多くの侵入者の気配を感じ取った。

「キルシュっ、お兄様達と一緒に王様のところへ向かうよ！」

「分かった」

ティアは先んじて暗闇でも目が見える魔術を自身にかける。それと同時に、会場についていた魔術の灯《あか》りが全て消えた。これにキルシュは慌てることなく、先導するティアの気配を追ってくる。

ガシャンと、テラスに続く扉や窓が割れる音が大きく響いた。

会場を風が渦巻《うずま》く中、近衛《このえ》騎士のビアンと魔術師長のチェスカがやってくるのを感じる。

ティアはベリアローズとユフィアに駆け寄った。

「お兄様、お義姉様《ねえ》と一緒についてきて」

「ティアか。エルのところに行くんだな？」

「うん。みんな混乱してるから気を付けて」

やがてエルヴァストや王達と合流したティアは、安全な脱出経路を考えていた。すると異変を感じて飛び出してきたのだろう。エルヴァストの弟妹《ていまい》であるカイラントとイルーシュが現れたのだ。その後ろにはアデルもいた。

「「ねぇさまっ」」

「ごめん、ティア。二人がどうしても行くって」

「ううん。別々にいられるよりは良い」

心配そうに見上げてくる二人。低い位置にある二つの頭をそれぞれの手で撫《な》でる。

「でも、よくここまで来られたね」

「あぶなくないところ、わかる」

「ユメルおにいちゃんと、カヤルおにいちゃんにおしえてもらった」

「あの二人が……そうか」

これだとティアは思った。

「二人とも、安全な道が分かるんだね」

「「うんっ」」

「お父様とお母様、それにお兄様達を連れて奥へ行くのよ。それでもダメそうなら、あなた達がいた地下の部屋へ行きなさい。必ず迎えに行くわ」

「「はい！」」

二人は同じ双子ということで、ラキアの兄であるユメルとカヤルに懐《なつ》いていた。そこで遊びの一環として、ユメル達が自分達の技を教えていたらしい。

イルーシュとカイラントが先頭に立ち、王達の席の後ろから会場を出ていく。近衛《このえ》騎士団長のリュークもいるので心配はないだろう。

出ていく寸前で振り向いた国王夫妻と目が合う。それに頷《うなず》き、ティアは彼らを見送る。

ヒュリアを伴《ともな》ってついていくレイナルートも、少し振り向いたように見えた。しかし、自分がここにいてもなんの役にも立たないと分かったのだろう。何かを断ち切るように駆け出していった。

エルヴァストとラキアが、ティアを横目に王達を追う。しかし、最後にラキアは足を止めた。残りたいとその顔には書いてある。ラキアは戦力になるが、こちらよりも王達の方に必要だ。だからティアははっきりと告げた。

「そちらを頼む。無理はするな」

耳の良いラキアならば喧噪《けんそう》の中でもティアの声を聞き分けることができる。大きく頷《うなず》いたラキアは、ドレスを着ているとは思えない速さで消えていった。

「さすがラキアちゃん。あれなら戦闘でもそうそう遅れはとらない」

ラキアはこの少ない時間で、ドレスを着て動き回ることを覚えたようだった。

残されたアデルとキルシュは、ベリアローズとユフィアと共に、外へ逃げようとする貴族達を先導しようと離れていった。

そこへ、魔術師長のチェスカと近衛《このえ》騎士のビアンがやってくる。

「何が起きているのです？　結界が破られたというより、消えたのですが……」

「お嬢さん、これはいったい？」

「何かの魔導具が使われたんだと思う。直接乗り込んでくるっていうのは予想外だわ」

ローズが何かするとは思っていたが、敵の集団が王宮に乗り込んでくるとは考えていなかった。やるとしても王都を騒がせるだけ。それを警戒していたから、王都の周りを固めていたのだ。

「この分だと、既に王都に入り込んでいたのかもね」

悔しそうにするティアに、チェスカが確認する。

「予想できなかったと？」

「残念ながら。でもここは王宮。いくら奴らでも、そこを攻める意味が分からないはずはないよ。これじゃ潰してくれって言ってるようなもの……っ!?」

そう話していてティアは顔色を変える。月と星の明かりしかない今の会場でも、その青ざめた肌が見えるだろう。

「何か……?」

ビアンが不安げに尋ねる。しかし、ティアには聞こえていなかった。なぜなら、攻めてくる者達の中に、とある気配があったのだ。ティアは思わずその人の名前を呟《つぶや》いた。

「……カランタ……」

カランタは空を飛び建物を垂直に上《のぼ》る。会場の割れた窓の中心、そこに天使の影が浮かび上がった。

「な、なんだ、あれは……っ」

「天使様？　でも、黒い……」

出口に向かっていた多くの貴族達は目を疑った。

天使。正《まさ》しくその形をしている。しかし、その羽の色は白ではなく、黒いのだ。

「なんで……カランタ……っ」

ティアも驚愕《きょうがく》していた。真っ白だった羽は黒く、髪の色も力を感じない白に見える。

俯《うつむ》いたカランタの表情は窺《うかが》い知ることができないが、この場にいる誰もが感じたことだろう。禍々《まがまが》しい何かがカランタを包んでいると。それは恐怖となって貴族達を焦らせる。

そんな人の波に逆らうように、ティアは一歩ずつカランタへ近付いていく。

「ティア、ダメだっ」

カランタに無防備に近付こうとするティアを、人ごみを掻き分けてきたベリアローズが止める。

するとカランタはピクリと肩を震わせた後、虚《うつ》ろな瞳をティアに向けた。明るい月の光が逆光になり、はっきりとは見えないが、ティアが知るカランタの瞳ではないと感じた。

カランタは一つ羽ばたくと、会場の中へ入り、王が座っていた椅子にふわりと腰掛ける。外よりも暗い室内。それでも射し込む月の光が、カランタの横顔を浮かび上がらせた。

「っ!?」

カランタは笑っていた。暗く、嘲《あざけ》るような笑み。ティアはその表情を知っている。

カランタを見つめて動かないティアのもとへ、ベリアローズとユフィアが辿《たど》り着く。

「ティア。大丈夫か?」

「あの方は一体?」

二人の声は、どこか遠くから聞こえてくるようだ。先ほどから、ティアの鼓動は激しく体を揺らしている。まっすぐにカランタを見つめたティアは、不意に上げられた手に反応した。

「あっ」

カランタが左手を向けた先には、部屋を出ようとする人々が固まっていた。

ティアにはカランタが何をしようとしているのか、何が起こるのかが分かった。なぜなら前世で見たものと同じなのだ。あの時の、感情が消えた表情を忘れてはいない。

その魔術は全てを無に還《かえ》すもの。かつての父サティルが得意とした魔術。簡単に人の命を狩り取ることのできる強力な魔術だ。

今、この場で止められるのはティアだけだろう。騎士団長達はあの時、いくつもの障《しょう》壁《へき》を張ってその威力を削っていた。そう。削ることはできても、消すことはできない。

サティルがかつて、最強と呼ばれたマティアスの夫となるために考案し、多くの国の侵略を退《しりぞ》けた、唯一にして最強の魔術。

サティルが本気で他国を攻めようとすれば、簡単に消し去ることができただろう。阻《はば》める者はおらず、誰もがその力の前に消え去る。バトラール王国は、最大の強国と成り得たのだ。

そうならなかった理由は、サティルの人柄にあった。自分に厳しく、賢い王。ただバトラール王国の平穏だけを願った王。

その頃は気付かなかったけれど、きっと臆病だったのだ。カランタを見れば分かる。変わること、変えることを恐れた。だから、マティアスがいなくなって、おかしくなったのは明白だった。

それを止められない王家や重鎮《じゅうちん》達が責められるのは当然のこと。それでも、他国が表立って攻めようとしなかったのは、このサティルの力が失われたわけではないと知っていたからだ。

バトラール王国内で、サティルの悪魔のような力を知っているのは、ほんの一部の者だけだった。重鎮《じゅうちん》達と、魔術師長だったキルスロート。それに王妃、王子、王女、騎士団長達。あの時、その場にいて生き残った反乱軍の者達の証言が、後《のち》の世に本来のサティルよりも恐ろしく伝えることになったのだろう。

「やめて!!」

カランタに制止の声をかけるが、聞こえてはいないようだ。その魔法陣が見えたと同時に、ティアも魔術を発動させる。

「……消えろ……」

そう聞こえた気がした。放たれたのは、両腕で抱えることもできないような大きな玉だ。透明なのに空間が歪《ゆが》んでいるので、そこに玉があるのは分かる。圧倒的なまでに圧縮された力。それは床に触れるとそこを深く抉《えぐ》っていく。

見えないわけではない。だからティアは正確に、力を相殺《そうさい》する魔術を放った。

ぶつかり合った力は、空気の入った玉が破れるように突風を起こして消える。

ベリアローズがユフィアをとっさに抱き止めるのが見えた。

他の貴族達は爆発した場所が近かったせいで、床に転がされている。しかし、誰一人として消えることはなかったようだ。キルシュとアデルがそこで障壁《しょうへき》の魔術を展開していたのも良かった。

風がおさまると、貴族達はまた一気に出口へ殺到し、なんとか脱出していった。

この場に残ったのは、カランタとティアに、ベリアローズとユフィア。貴族達の脱出を見届けたビアンとチェスカ、それにアデルとキルシュだけ。

「ビアンさん、それと魔術師長。お兄様達を外へ」

ティアは二人にベリアローズ達を頼む。だが、ビアンが心配そうに尋ねてきた。

「お嬢さんはどうするんです？」

「明らかに様子がおかしいもの。あれを止めないと。昔から、これは私の役目みたいだから」

ティアはカランタに向かってゆっくりと歩き出す。とっておきの魔術を発動させながら、後ろにいるビアンに声をかけた。

「行って。誰かを傷付けさせるわけにはいかないの」

「分かりました。お気を付けて」

ビアンはチェスカと共に、ベリアローズやキルシュ達を連れていく。彼らが動き出した気配を感じながら、ティアは魔術を完成させた。魔法陣が足下から頭へと抜け、その姿が変わる。

「ティア？」

振り返ったベリアローズの呆然とした声が聞こえた。

ティアは笑って片手を振ってみせる。そして、カランタの表情を確認した。

「……っ」

時を止めたかのように、カランタはまっすぐにティアを見つめていた。だから、ティアはカランタのいる玉座へと続く階段の下まで来てから口を開いた。

「父様」

「サ……ティア……っ」

濃紺のドレスに、赤い髪。その髪はストレートで長く、瞳は切れ長。

そこにいたのは、紛《まぎ》れもなく十五歳のサティア・ミュア・バトラール。ティアが発動したのは、かつての姿に変えるための魔術だった。

姿を変えてすぐに会場の灯《あか》りを点ける。しかし、カランタの周りだけが依然として暗い。

「父様。どうなさったのですか？」

「サ……サティアっ」

平静を装《よそお》い、笑みを浮かべて、王女としてのサティアを体現する。正気に戻れと願いながら。

「誰がそのような姿にしたのです？」

カランタは黒い何かを体に纏《まと》わりつかせていた。それがなんなのかは、近付いてみないと分からない。ティアはカランタを刺激しないよう、ゆったりとした歩みで階段を上《のぼ》り始める。

「サティアっ……サティアっ、くっ」

唐突にカランタが頭を押さえ、椅子からずり落ちる。ティアは慌てて駆け寄った。

「父様っ！　これは……っ」

カランタへ手を差し伸べると、黒い何かが纏《まと》わりつく。そこから一気に体温と魔力を奪われた。

これ以上触れるのは躊躇《ためら》われる。その時、多くの何者かが部屋に雪崩《なだ》れ込んできた。

ティアは立ち上がって振り返る。そこにいたのは、黒装束《くろしょうぞく》に身を包んだ者が三十人強。

さっさと片付けようと考えたところで、脇腹に強い衝撃を受けた。

「っ？　父様？」

いつの間にか、その手には短剣の柄《つか》が握られている。膝立《ひざだ》ちになったカランタは、手にしている短剣をティアに刺したのだ。そこへ、会場の外で待機していたルクスが駆け込んできた。

「ティアっ⁉」

会場には多くの敵。そして、ティアと同じドレスを着た赤い髪の女性が、黒い羽を生やした何者かに刺されている。

女性がティアであることは、遠くても直感で分かったようだ。しかし、ルクスが駆け寄ることは黒装束《くろしょうぞく》の者達が許さない。

戦闘が始まった。その時、カランタに纏《まと》わりついていた黒いものが剥《は》がれていくのが目に入った。それは確かな気配となってカランタの後ろに集まり姿を顕現《けんげん》させる。

「っ、ジェルバっ！」

「腕の仕返しはさせてもらった」

　そう言われて気付く。ジェルバの左腕がなかったのだ。不死身のはずのジェルバも、女神であるティアにつけられた傷は治せないらしい。

　ジェルバを睨《にら》みつけていたティアは、カランタが震えているのに気付いた。

「あっ、あ……っ、サ、サティアっ……ぼ、僕がっ……っぁ」

　カランタは正気に戻ったのだろう。しかし、その手に刺さったままの短剣を握っていたことで、自分がティアを刺したのだと気付いてしまったのだ。

「父さ……っ」

「お前が殺したのだ。あの時も、お前が殺したのだろう?」

「ジェルバっ!!」

　ティアはジェルバの言葉を遮《さえぎ》るように叫んだ。ジェルバはカランタに揺さぶりをかけている。混乱するカランタには聞こえないはずなのに、その声ははっきりとカランタの耳に届いているようだ。

「違うっ！　聞いてっ、父様っ、私は死な──っ」

　ジェルバがカランタに黒い短剣を向けていた。それを見たティアは咄嗟《とっさ》に反撃するのではなく、カランタを抱き寄せて庇《かば》う。脇腹の傷のせいで体が思うように動かなくなっているのだ。

強い衝撃を覚悟した。しかし、そこへ生徒の引率役として来ていたサクヤが飛び込んできて、魔術でその短剣を弾《はじ》き飛ばす。

「ティアっ」

カグヤの姿をしたサクヤは黒装束《くろしょうぞく》の者達の間をかいくぐり、ティアのもとへ駆けつけた。

「このっ！」

サクヤが乱暴に剣でジェルバを攻め立てる。サクヤの武器は短剣より少しだけ長い剣で、近距離でしか使えない。普段は魔術による戦闘が主なので、これは護身用だ。

ジェルバは不敵に笑いながら、剣を巧みに避けている。何度も床を蹴って後退《あとずさ》り、そのまま外へ飛び出した。

「落ちた？」

サクヤがそう呟《つぶや》く。しかし、すぐに息を呑むことになった。

ジェルバが宙に浮いていた。その背には黒い片翼《かたよく》があり、瞳は妖《あや》しく光っていた。狂気に満ちたその目は愉快だとでも言いたげだ。

「きひっ。まぁいい。それが壊れるのは時間の問題だ。失望し、絶望し、世界を、運命を呪え！」

カランタは顔を上げ、呪詛《じゅそ》のような言葉を吐くジェルバの瞳を見ていた。震えるカランタを安心させるため、ティアは腕に力を込める。そして、ジェルバをキツく睨《にら》みつけた。

それに少しばかり怯《ひる》んだように見えたが、ジェルバはそのまま夜空へ消えていった。

サクヤは未《いま》だ交戦中のルクスを確認しながら、身を翻《ひるがえ》してティアのもとへ駆け寄る。

「怪我を見せて」

サクヤは怪我がある方に回り込んで、ナイフが刺さったままの脇腹を見る。

「抜かなくて正解だったわね。いくらあんたでも、出血で死ぬわ。抜くわよ」

「うん……くっ」

サクヤは一気にナイフを抜き取る。それから清浄の魔術で傷口を綺麗にして、治癒《ちゆ》魔術をかけた。ティアが自身でやるよりサクヤの方が確実だ。

「分かってると思うけど、血までは戻せないから少しの間フラつくわよ？」

「それくらいはいいよ。サク姐《ねえ》さん、カランタを見ててくれる？」

そう言って、ティアは全ての魔術を解く。少しでも体への負担を軽くするためだ。

いつの間にか、ベリアローズ達の護衛としてついてきたゲイルも駆けつけていた。制圧まで、それほど時間はかからないだろう。

しかし、城内を探ってみると、外に向かう貴族達が襲われているようだ。立ち上がり、リボンで髪を束ね直したティアに、サクヤが慌てる。

「ちょっ、その体でどこ行くつもりっ？」

「入り込んだ奴ら、全員叩き出さなきゃ休めないよ。それに、ここでへばってるところ見せたら、立ち直れなくなりそうだし」

ティアは俯《うつむ》いたままのカランタを見て言った。くすんだ白い髪と黒い翼。それを見るといつもの調子が出ない。少し気分を変えてくると言いたいのだ。

これには、サクヤも仕方がないと諦《あきら》めた。

「分かったわ。無理はしないで。彼は私が見てるから、安心してさっさと片付けていらっしゃい」

「うんっ。ルクス、ゲイルパパっ。ここは任せるよ！」

そう声を張り上げれば、ルクスが弾《はじ》かれたようにこちらを向く。その際、敵の剣撃を受け止めながら反射的に尋ねた。

「なっ、どこへ⁉」

さっきまで怪我をしていたティアを見ているのだ。さすがに心配なのだろう。それなのに、もうどこかへ行こうとしているのだから、気になるに決まっている。

しかし、ゲイルは違った。

「任せとけ！　おら、ルクス。男なら女が向かう場所なんて気にすんな。帰ってこなきゃ、迎えに行けばいいんだ。ちゃんと見送れ」

「くっ……、き、気を付けろよ！」

「は〜い」

悔しそうに葛藤《かっとう》しながらも、敵の相手をしだしたルクスに笑みをこぼす。そして、ティアは廊下へと飛び出した。


会場を出て貴族達が進む経路は三つ。奥に逃げ込むものと、二つが城の外へ脱出するものだ。

ベリアローズ達は、外に出る方を選んだらしい。ただ、そちらへ向かう貴族達の気配は途中で止まっている。恐らく、新たに押し入ろうとしている敵に阻《はば》まれているのだろう。

先ほどから気付いてはいたが、入り込んだ敵の数が多すぎる。どうして侵入されるまで、ティアの気配察知に引っかからなかったのかと不思議に思うほどだ。

だが、今はそれを考えている余裕はない。無理やり思考を中断し、再び城内の気配を探る。

どうやら、貴族達は戻ることもできず、固まっているように感じられた。一つの経路の敵はビアンとベリアローズ、もう一つはチェスカ率《ひき》いる魔術師や騎士達が相手をしているようだ。

ティアは敵を全て叩き出すと決めた。そうしなければ、王達の安全も確保できない。

「まずは奥からね」

そう言って駆け出すが、すぐにクラクラと揺れる頭に悩まされた。頭を抱え、壁にもたれかかる。

「参ったな……こんなことなら薬の類《たぐ》いを忍ばせておくんだった」

何かあっても魔術を使えばいいし、武器が必要ならその辺の騎士から借りようなどと思っていたのだ。さすがにドレスの下にアイテムボックスを仕込む頭はなかった。

どうも昔と違い、魔術に頼りすぎていたらしい。今の状態では魔術を使えたとしても、ろくに集中できないので、建物の中という限られた範囲内で使う危険は冒《おか》せない。

「持ってるのは……扇子《せんす》だけか。まぁ、充分かな」

ドレスに潜《ひそ》ませていたのは、せいぜい扇子《せんす》一つ。それでもティアならば武器にできる。扇子《せんす》では手に余るようなら、それこそ騎士の剣を借りれば良い。

ティアはいつもよりも息を乱しながら奥へ向かった。こちらに逃げ込んだ貴族達は、一つの部屋に籠城《ろうじょう》したらしい。その扉の前で三人の騎士が黒装束《くろしょうぞく》の者達と戦っていた。

敵の人数は二十人弱。ルクスと戦っていた者達を見て思ったが、彼らはなかなかの手練《てだ》れだ。それと戦っているのは、制服から見て近衛《このえ》騎士だろう。たった三人でよく持ちこたえている。彼らを鍛《きた》えておいて良かった。

ティアは息を整えると、一気に駆け出し、黒装束《くろしょうぞく》の者達を後ろから扇子《せんす》で張り倒した。

「っ⁉」

黒装束《くろしょうぞく》の者達は、悲鳴も上げずに頽《くずお》れる。

魔術の付与くらいならばできると踏んだティアは、扇子《せんす》に硬化の魔術を付与し、それで殴り飛ばしたのだ。

この魔術により、扇子《せんす》は鉄並みの威力を持つようになる。体を捻《ひね》り、肩のゴミを払うくらいの軽さで倒していく光景に、騎士達は呆然としていた。

全ての敵が床の上で沈黙すると、ティアは騎士達に声をかける。

「良く耐えたね。こいつら縛り上げておいて。西の出口の方に、紅翼《こうよく》の騎士団が向かってきてるから、中の人達はそっちから逃がすように。それと、剣貸して」

「は、はいっ、教官殿！　こちらをお使いください！」

騎士の一人が剣を差し出した。ここ数ヶ月で自分達を鍛《きた》えてくれたティアを『教官殿』と呼んで敬礼する。ある意味、彼らにとってティアは恐怖の対象だ。疲れていても背筋をきちんと正す。

「ありがと。気を付けて脱出させてね」

ティアは剣を受け取り、鞘《さや》から抜くと二度振ってみる。重さと長さ、取り回し具合を確認してから、外へ向かって駆け出した。

「先に脱出経路の確保かな。西側にはウルさんもいるのか。アデルとキルシュもそっちね」

城外からは紅翼《こうよく》の騎士団が向かっている。挟み撃ちで比較的早く道が空くだろう。ならば問題なのはベリアローズとビアンがいる方だと、そちらに向かうことにする。

その途中、窓ガラスの割れている場所があった。その傍《かたわ》らに二人の騎士が倒れている。

「奥に行った奴らにやられたのかな……この傷は不意打ちか。うん。なんとか息はあるね」

屈《かが》み込むようにして状態を確認すれば、息は辛《かろ》うじてあると分かった。しかし、体には深い切り傷が見える。もう一歩進んだ先には血溜まりだ。

「不意打ちなら仕方ない。傷だけでも塞《ふさ》いでやるか」

ティアはぐっと奥歯を噛みしめて、グルグルと目が回りそうな感覚に耐える。今は上手く巡らないだけで、魔力はあるのだ。それを無理やり活性化させて、治癒《ちゆ》魔術を発動させた。

「くっ、はぁ……きっつ。私もお人好《ひとよ》しよね」

そう言いはするが、ティアが味方を見捨てることなどあり得ないのだ。

息が落ち着いてからゆっくりと立ち上がる。すると、騎士達がうっすらと目を開けた。

「うっ……」

「あれ……」

「はいはい。死んでないよ～」

騎士達は混乱しているのか、固まったままだ。そこで彼らの剣が目に入る。

「あ、もう一本欲しいかも。どっちか剣貸して」

もう一本要《い》り用になると思い、ティアが手を差し出す。すると、二人は反射的に揃《そろ》って剣を外し、捧《ささ》げ持つように渡した。

「ど、どうぞ、教官殿！」

「お好きな方をお納めください。我々は他で調達できますのでっ」

「あ、なら二本とももらう。それじゃあ、無理はしないように」

そう注意すると、二人は目を丸くした。ティアから鬼のような訓練を受けてきたので、そんな言葉をもらえるとは想定していなかったのだ。

「どうかした？」

ティアが不思議に思っていれば、二人は根性で立ち上がり、綺麗な敬礼をした。

「いえ！　お心遣い痛み入ります！　自分は動けますので、これより参戦いたします！」

「自分も同じく！　微力ながら、お力になれるよう、一人でも多くの敵を倒してみせます！」

「そ、そう？　なら、頑張ってみてよ……」

「はっ！　ご期待に応《こた》えられるよう、精進いたします！」

「では、教官殿！　御前《ごぜん》、失礼いたします！」

ビシッと決めた二人は、血が足りないにもかかわらず、根性で窓から飛び出していった。

「……なんか、予想外な感じに育ったな……まぁ、いいか」

微妙な気持ちになったが、ティアは三本の剣を持って歩き出す。先ほどから独《ひと》り言《ごと》が多いのは、そうやって落ち着こうとしているからだ。

「ちょい慣れたかな。まだグラグラするけど」

治りはしないが、状態に慣れればティアは対策を考えられる。動き方を制限すれば、剣を振るうのも問題はないと判断した。

しばらく走ると、前方に通路を塞《ふさ》ぐ貴族達を発見した。その数歩後ろから、ティアは足に風の力を付与して飛び上がる。三本の剣を抱えたティアは、充分に高さを取ると、天井を蹴って貴族達の前にスタッと降り立った。

そこでは黒装束《くろしょうぞく》の者達が、ビアンや数人の護衛達と睨《にら》み合っていた。そんな両者の間に割り込んだ形だ。誰もが、突然舞い降りたドレスの少女に驚いた。

城内の灯《あか》りは全て消えているはずだが、この場だけは戦いのためか灯《あか》りが点いていた。ここにいる誰かが点けたのだろう。しかし、そのせいでティアの赤い髪はよく見えた。

そんなティアに、ベリアローズが声をかける。

「ティア？」

「遅くなってごめんね、お兄様。よかったらこれ使って」

振り向いて、剣を一本投げる。ここへは舞踏会のために来たのでベリアローズも丸腰だったと思い出し、あの瀕死《ひんし》の騎士達に追加で剣を要求したのだ。

ベリアローズは動揺しながらも剣を受け取る。武器が手に入ったことで少し安心したようだが、その剣を怪訝《けげん》そうに見つめた。

「この剣、騎士のだよな？　どうしたんだ？」

「倒れてた奴らから剥《は》ぎ取った」

「えっ、なっ」

何してるんだと言おうとした。しかし、ベリアローズはそれを口に出す寸前でやめる。いつもの冗談に、ベリアローズなら今回も盛大に引っかかるはずだった。調子を取り戻すためにも悪ふざけが必要だったのだが、続く言葉が聞こえてこない。

どうしたのかと思えば、ベリアローズの目はティアの腰辺りに向けられていた。そこには血のシミがあり、その中央に穴が空いている。

「怪我をしているのか？」

「あ〜、大丈夫。サク姐《ねえ》さんに治してもらったから」

つい正直に答えてしまった。ベリアローズがあまりにも心配そうに見つめてくるからだ。

やはり自分は調子が悪いのかもしれない。それを誤魔化《ごまか》すように、ビアンや護衛の者達が睨《にら》み合っている敵へと体を向けた。すると、確認するように、ベリアローズから硬い声がかけられる。

「本当に大丈夫なんだな？」

「うん。雑魚《ざこ》相手に遅れはとらないよ」

そう自信満々に宣言すると、ティアは床を力強く蹴った。一気にビアン達を追い越し、二本の剣を器用に使って、黒装束《くろしょうぞく》の者達を五人斬り伏せた。

「お、お嬢さん……」

ビアンが本気で呆れ返ったように声をかけてくる。それに答えるために後ろへ飛んで下がり、ティアは笑顔で振り返った。

「ビアンさん。さっさとこいつらどうにかしないと、エル兄様達のところへ行けないんだけど？」

「そ、そうですね。了解しました。この先にいる敵の人数って分かったりしますか？」

「うん。ざっと八十人ってとこ。半分ちょい倒すから、取りこぼした奴らはお願いね。道を作らないことにはどうにもならないもん」

脱出するにしても、そのための道を作らなくてはいけない。ティアが一気に突破口を開くつもりだ。

しかし、そこでベリアローズが声を大きくして尋ねた。

「ところで、このまま城から出ても良いのか？」

「良くないよ？　邪魔だから全部殲滅《せんめつ》してから動いてほしい。でも、頭の固い貴族の人達は納得しないでしょ？　まぁ、脱出と同時に殲滅《せんめつ》する気でいるから別に構わないけど」

安全を確保してから脱出してもらった方が良いに決まっている。しかし、一刻も早くこの場から逃げたいと思うのは、人として仕方のない感情だ。これを無理に抑え込もうとすれば、パニックになって予想外の行動を起こしかねない。それよりは、殲滅《せんめつ》しながらさっさと脱出させるのが正解かと考えたのだ。

奥に逃げ込んだ貴族達は、すぐには脱出しないだろう。扉の前にいたのは近衛《このえ》騎士達だ。こんな時の対応は頭にあるはず。それでも西へ行けと言ったのは、最終的な脱出経路の案内だ。こちら側は厩舎《きゅうしゃ》が遠いし、護衛の人数も西の方が圧倒的に多い。事態が収束するのは向こうの方が早いはずと思っての助言だった。

「けどねぇ、脱出したところでどこに行く気かな？　この状況だと、馬も馬車もすぐに用意できないし？　私的《わたし》には、逃げるって選択しか頭にないおバカさん達が裸足《はだし》で城から逃げ出すところを見て、笑ってやろうと思っててんだけどさ」

「お、お嬢さんっ、ぶっちゃけすぎですっ！」

「あははっ、自分達の連れてきた護衛とか、騎士や兵達を信頼せずに見捨てて出ていこうってんだから、そんなろくでなし共なんて、どうなってもいいよね♪」

「だから、ダダ漏れですってっ！」

ビアンが慌てるが、ティアは後ろにいる貴族達にも聞こえるように、ワザと大きな声で言っているのだ。その間も攻撃してきた黒装束《くろしょうぞく》の者達を二本の剣で適当にあしらっていた。

そんな様子を見て、貴族の一人が声を上げる。文句かと期待したのだが違った。

「……ティアラール・ヒュースリーさん？　ではないですか？」

「あっ、しまった」

そう言ったのはティアではなくベリアローズだ。よく見れば、学園の同級生や見たことのある卒業生達が交ざっている。

彼らも参加しているとは分かってはいたのだが、ベリアローズはユフィアと二人の世界を作っていたし、ティアはローズを警戒していた。そのため、今の今まで気付かなかったのだ。

「間違いない。髪の色は違うが……ティアラール嬢だ」

「ああ。ヒュースリーを兄と呼んでいるし、間違いないように思えるが……」

学園でのティアしか知らない彼らは、あっけらかんと貴族嫌いを告白するなど信じられないだろう。だが、ティアはこの際だと思った。

「あらら。先輩方がいたとは。都合が良いですね」

ティアは振り向きながら言った。もちろん、その間に隙《すき》ありと見て向かってくる者達など気配と反射だけで切り捨てていく。

「改めまして、ごきげんよう。先輩達を見殺しにはしたくありませんから、全て片付けるまでそこで大人しくお待ちいただけますか？　あ、そんなの聞けるかって仰《おっしゃ》る方は、どうぞ行ってくださって結構です。王都を脱出するまでに野垂《のた》れ死んだとしても、彼らの仲間に襲われたとしても、私は一切感知いたしませんので。そこのところはご了承くださいね」

「「「……」」」

辛辣《しんらつ》なティアの言葉に、貴族達は押し黙る。それを見かねてベリアローズが注意した。

「ティア。もう少し言い方というのがあるだろう」

「急いでるんで。こうやって話してるのも、はっきり言って時間の無駄なんです。それでも、ここで待機してほしいって納得してもらうために、努力してるんですよ？　入り込んだ敵の人数も多いし、この人達の安全を確保しないと王様のところにも行けないもの」

「イラついてるのか」

「せいか～い。ってことで、このまま一気に外まで出るから、残った奴らはビアンさん達と一緒に片付けといて。西の通路の方に、アデルとキルシュ、それとウルさんに、紅《こう》翼《よく》の奴らも向かってるから、ここが落ち着いたら応援よろしく」

言うだけ言って出ていこうとするティアに、ベリアローズは慌てる。

「ティアは外へ出た後、どうするんだっ？」

「言ったでしょ。王様のところ。嫌な予感がするんだよね～。でもとりあえず外にいるのを三分の二以上葬《ほうむ》ってからにする。お兄様の実力に期待してるよん☆」

「……努力する……」

自信がないだけで、ベリアローズが充分強いことはティアも分かっているのだ。


ティアは宣言通りに三分の二ほどを倒して城の外へ出ると、改めて気配を探った。黒装束《くろしょうぞく》の者達に近付いてみて感じたのだ。彼らの気配はとても希薄だと。気配を消しているというわけではない。生気が薄いと言ったら良いのだろうか。手練《てだ》れ揃《そろ》いで、近衛《このえ》騎士達も四苦八苦しているのに、瀕死《ひんし》の者に近い危うさが感じられた。おかげで、気配で彼らを区別することは簡単なのだが、どうにも気味が悪い。

「生きてる……んだよね？」

ティアは向かってくる者達を気絶させながら、既に死んでしまってはいないかと心配になった。そこへ風王《ふうおう》が舞い降り、ティアの疑問に答える。

《ティア様。彼らは魂が削り取られている状態のようです。生きる屍《しかばね》と言っても良いかと。何者かに精神を操《あやつ》られているようにも感じられます》

「操《あやつ》るって、【神笛《しんてき》】ぐらいしかできないよね？　でも、あれはもう壊したし……まさかジェルバが魔導具で？」

《類似《るいじ》の物を作り上げるだけの技量はあるかと、魔族の国でも噂《うわさ》されております》
「そうだったね……」
カルツォーネさえも認めた腕。魔工師としてのジェルバは、この世界一と言っても過言ではないのかもしれない。そんなジェルバならば、不可能だと言われた『神具《しんぐ》』の複製や、それに近い物を作り上げることも可能だろうと思えた。
「それに、堕天使《だてんし》……」
ティアは今のカランタと同じ気配をジェルバから感じたのだ。同じ天使でありながら、歪《ゆが》んだ存在となった不安定な気配。風王《ふうおう》は、ティアの独《ひと》り言《ごと》を聞いてそれを肯定する。
《前に妖精王に聞いたことがあります。天使は、憎しみの心を持つと翼が黒く染まるとか。地上の者を害したならば翼は折れ、二度と天に帰ることができなくなるのだそうです》
「翼が折れる？　だから片翼《かたよく》だったんだ」
ジェルバの背には、黒い片翼《かたよく》があった。大きいが、弱った翼だと感じた。
《天使は、地上の者達に影響を与えることはできても、害することはできないのだそうです。生きる者達に手を下してはならない。それが掟《おきて》。もし破れば、存在が危うくなるのだとか》
天使は神の使いだ。ならば天罰をも与えそうではあるが、それはない。神が地上の平穏を望み、そのために倒さなくてはならない者がいるとしても、天使は手を出せない。原則として、天使は神と地上にいる協力者との架《か》け橋《はし》なのだから。

「あいつは掟《おきて》を破っているってこと？」

《はい。片翼《かたよく》であったのがその証拠でしょう》

だとしたらジェルバは、何に負の感情を抱いているのだろうか。

《ティア様。私はジェルバの向かった方角を見て参ります》

「え、あ、無理しないでね。あいつの魔導具は厄介だから」

《承知いたしました》

そこで気付く。風王《ふうおう》が消えていった先。その方角にローズの気配があった。

「逃げられたね。けど、あの二人はついてる」

彼女はこの混乱の最中《さなか》に、上手く城を抜け出していたらしい。だが、そんなローズを追っている者達がいた。

「これは……うん。任せようか」

ティアがよく知る三人が追ってくれたようだ。それならばと、城の中へ意識を集中させる。

その間に、黒装束《くろしょうぞく》の男達はどんどん倒されていく。鍛《きた》えた騎士達の力もさることながら、二本の剣を巧みに操《あやつ》るティアになす術《すべ》もないようだ。

ティアは城の奥まで注意深く気配を読む。すると、人数が足りないことに気付いた。

「え？　イルちゃんと……」

思わず状況も忘れて呆然としてしまう。幸いティアの周りの敵は一掃できており、危険はない。

イルーシュと王太子のレイナルート。そして、レイナルートに伴《ともな》われていたはずのヒュリアが城のどこにもいなかった。

ティアは慌てて感覚を広げるが、どれだけ探索の範囲を広げても引っかからない。

「なんで……っ」

内心焦っていると、不意にシルが現れた。その体から血の匂いがする。

「ティア様っ、申し訳ありません……」

「シルっ。怪我してるの？」

ティアはシルの左腕を見た。その肩口から下にかけて血で赤く染まっていたのだ。

「遅れを取りました……」

「待ってて、いつもより少し時間がかかるけど」

ティアは慎重に魔力を練る。またグラグラと頭が揺れたが、そんなものは構わない。

シルの傷を塞《ふさ》ぐと、気付かれないように重い息を吐いた。

「っ……これでいい。それで何があったの？」

「ローズ・リザラントが動いたとの連絡があり、そちらへ向かったのですが、おかしな魔導具を持っていたのです。王達を追っていったので邪魔に入ったところ、直後に敵に割り込まれ……」

シルが姿を現したタイミングが悪かったかもしれないと言う。五人もの敵に立ちはだかられ、シルは動けなくなった。奥へ向かっていく王達を、更に三人の黒装束《くろしょうぞく》の者達と、横をすり抜けたローズが追っていったらしい。

その後、怪我を負いながらもなんとか敵を倒したシルは、急いで王達を追ったそうだ。

「ラキア様とエル様が向かっていった敵を倒したようなのですが、ローズ・リザラントにまで気が回らなかったのでしょう。魔導具が発動し、その光に当てられたイルーシュ様と王太子、それにウィストの王女が忽然《こつぜん》と消えたのです」

「消えた？」

ローズはその後、呆然とする一同の前を横切り、脱出していったという。なんともタフなお嬢様だ。

「追うのは、王達の安全を確認してからだと思い……護衛対象を攫《さら》われただけでなく、重要な情報を持つ者まで逃《のが》してしまいました……」

「いいよ。相手の魔導具は多分、ジェルバが作った物だもの。私でも遅れを取る。ローズの方はなんとかなると思うけど、イルちゃん達は……まさか、ウィストに移動させられたとか？」

そんなことができるだろうか。いや、できるかもしれない。

そこで、シルが何かに気付いたようだ。

「そういえば、あの者、なぜか床に投げつけた魔導具を、またわざわざ拾っていったのですが」

「ローズが？　分かった。さっさとここを終わらせて王様達のところへ行こう」

「はっ。承知いたしました」

シルは拳鍔《けんつば》と呼ばれる武器を装着し、残っている敵に鋭い視線を向ける。そうして、本格的に掃討《そうとう》を開始したのだ。

第六章　女神の仲間達

王宮が襲撃される少し前。ザランは、王宮には連れていけないからといって預けられたフラムと共に、王都の周りを警戒していた。

《キュゥ》

「どうした？」

フラムが注意するように声を上げ、空を見上げる。そこには、月明かりに照らされて舞い降りるグリフォンが見えた。

「サランっ？」

「え、マ、マスターっ⁉」

月光を受けて煌《きら》めく金の髪。透けるような美しい白い肌。黙っていれば見惚《みと》れてしまうサルバのギルドマスター、シェリス・フィスマがグリフォンに乗って現れたのだ。

ザランを本名のサランで呼ぶシェリスは、王都の方へ鋭い視線を向けたあと、背後を振り返る。

「良いところにいて助かりますよ。こちらです」

嫌な予感を覚えながらも、つられて目を向ければ、のしのしと歩く大きな黒い影が見えた。

「良いところって……マティ？」

「違います。彼はマティの育て……いえ、父親のトヤさんです」

「マティのっ!?」

それは、左目に大きな傷を持つディストレア。人懐《ひとなつ》っこいマティとは違い、畏怖《いふ》の念を抱かせた。

《ほぉ、良い気を纏《まと》っているな。それに……ラダ》

《キュ？》

トヤはザランの肩に止まるフラムを見つめて感慨深げに呟《つぶや》く。

「彼が案内します。私はまだ別に用がありますので」

《そうだったな。頼む》

「はい。ああ、ついでに実験しましょう。サランならばちょうどいいですね」

「じっ、実験っ？」

いつものことながら、不穏な言葉が聞こえたような気がする。ザランはごくりと喉《のど》を鳴らした。

「気にせず剣を貸しなさい。私は忙しいのです」

剣をさっさと出せとシェリスは言った。普通、実験と聞いて臆《おく》さない者はいないだろう。特にシェリスとティアは要注意だとザランはしっかり心に刻んでいる。しかし、目の前でこちらを見下ろすその顔は、今すぐにでもティアのところへ行きたいのだから時間を取らせるなと言わんばかりだ。

ザランはここ数年の経験から、こんな場合は拒否権などないのだとも理解している。素直に素早く剣を抜いて差し出すのが正解だ。

シェリスが刃の根元に何かを巻きつけると、剣が黒く染まった。

「これなら、天使であっても斬り捨てられるでしょう。『神具《しんぐ》』にも傷ぐらいつけることができるはずです。鬱陶《うっとう》しい気配があったら、叩き斬ってみてください」

剣を受け取り、それはそう悪くないと思ったところで落とすことを忘れないのがシェリスだ。

「ただ、味方は一応傷付けないように。自傷もやめた方が良いでしょうね。それなりに強い力ですから死にますよ。では、トヤさんを連れて王宮へ向かいなさい」

後半はともかく、かなりあっさりとした警告が聞こえたような気がした。

「あ、マ、マスターは?」

もっと説明が欲しいと思いながら尋ねれば、甘えるなと冷徹な視線を向けられる。そして、常に忘れることのない大事な警告を一つ。

「ティアの役に立たなければ、後でお仕置きです」

「っ、イエス、マスターっ!! 行ってらっしゃいましっ!」

愚問だったとヒヤヒヤしながら、空へ舞い上がっていくシェリスを見送るザラン。

「ヤ、ヤベェ……マジでもう、ティア禁断症状出てんじゃん。心臓に悪《わり》ぃ……」

気分が悪くなりそうなくらい早鐘《はやがね》を打っていた。おかげで、自分の剣の不穏な気配も気にならない。ザランは直感で動く。無意識のうちに、危険な剣のことなど忘れていた。

《さて、我が子のところへ案内してもらおうか。乗るが良い》

「え、はい。けど先導した方が……」

《問題ない。我ほど長く生きておれば、乗り手の意思を読み取るくらい造作もない。行くぞ》

「はいっ。お願いします」

夜であることと、騎士がひっきりなしに駆けていくので、通りに出てくるような者はない。そのおかげで存分に駆けることができた。

城にあっという間に辿《たど》り着く。そこで、馬車が勢いよく飛び出していくのを見た。

「なんだ？」

結構な速さだった。それに、馬車を牽《ひ》いていた馬の姿が歪《ゆが》んで見えた。

《ふむ。生きているものではないな》

気にはなったが、それよりも王宮の様子が問題だ。覗《のぞ》き込むと中は混沌《こんとん》としていた。

「賊《ぞく》か？　何人入り込んでやがる？」

黒い装束《しょうぞく》に身を包んだ怪しげな者達が、他の馬車を壊していた。その一方では騎士達と争ってもいる。まず間違いなく、悪者だろうと確信する。

ザランは手近にいた者を、鞘《さや》に入ったままの剣で殴り飛ばした。あまり剣に触《さわ》らない方が良いらしいので、気を付けることにする。

剣を振り回しながら道を切り開いていくと、そこにマティが駆けてきた。

《サラちゃんっ！　変な馬車って……えっ、誰それ!?》

マティが急ブレーキをかけながら止まり、途中で話を切り替える。

「お前の父ちゃんだとよ」

《えぇぇえっ!!》

相変わらず人間くさい反応をするなとザランは感心する。そこへ、ヒュースリー伯爵家の執事見習いをしている双子がやってきた。

「「ザランさんっ」」

「お、ユメル、カヤル？」

二人は慌てた様子で駆け寄ってくる。

「「おかしな馬車を見ませんでしたか⁉」」

「ん？　見たぞ？　マティ並みに無茶な速さで走ってく馬車だろ？」

《マティ並みなんて嘘だよっ。マティに追いつけるもんかっ》

「お、おう……それで、その馬車がどうしたんだ？」

「「アリシアとベティが危ない！」」

「あのメイド達が？」

話を聞くと、どうやら飛び出していった馬車の中にアリシアとベティがいたようだ。

《では乗れ》

「「え？」」

そこで双子はようやくトヤに気付いた。

《ザランとやらはラダ……そのドラゴンに乗ってついてくるが良い。我が子よ。その少年達のどちらかを乗せよ。我と併走できるだろう？》

《うん。できるよっ。ユメル乗って。カヤルはパパに》

驚いてはいたものの、マティは既にトヤの存在を受け入れていた。それぞれの背に二人が飛び乗ったところで、すかさず駆け出す。それをザランが本来の大きさになったフラムに乗って追う。

「あれは馬じゃなかった。何者だ？」

下に向かって確認すれば、ユメルが答える。

「分かりません。けど、ティア様がマークしていた方だったんです」

色々理解できない状況だが、捕まえてみればなんとかなるだろうとザランは頭を切り替えた。

ザラン達は王都を出てひた走る。そして、ようやく馬車が見えた。

「追いついた」

だが、その馬車の速度は異常だった。その上、何かで吹き飛んだのか、屋根がないように見える。

そんな馬車の上空には、夜の闇に溶けそうな黒い翼を片方だけ持つ何者かがいた。それを見て、ザランは体中の血が沸き上がるように感じた。

「あれは……天使……」

そう口にすると、背中の剣を抜く。黒い闇が纏《まと》わりついた剣。それを天使に向ける。

「ザランさん。あの天使をお願いします」

「僕らはベティ達を」

ザランに否《いな》やはなかった。その天使が危険な存在だと何かが告げている。

天使が馬車に向かって何かをしようとする。それを阻止するため、双子が魔力を練り出した。

ザランの行動は大半がその場の勢いと勘だ。それに合わせてフラムが飛ぶ。

「頼むぜフラム」

《グルルっ》

双子の放った魔術が天使の前で衝突し、爆発する。

よろめき、高度を落とした天使目がけて剣を構え、ザランはフラムから飛び降りた。

森の中へと天使を叩き落とす。それを追っていけば、天使がフラフラと立ち上がっていた。それには片腕がなく、翼も欠けている。大事なものが半分欠けたその姿は痛々しくも見えた。

「お前は、何者だ？」

そう聞くのは奇妙なこと。ザランは、ティアの傍《そば》にいた天使を知っている。目の前にいる者の色は黒いし、雰囲気も異常だが、天使という生き物で間違いないはずだ。

「くくっ、その剣……」

夜の闇の中では分からなかったが、剣が触れたらしい天使のもう片方の腕に、黒い染みが広がっている。しかし、ニタリと唇を引き伸ばした天使は地を蹴り、また空に浮き上がった。

ザランが剣を構えたまま舌打ちすれば、突然、天使が表情を消す。それがとても奇妙に見えた。

「私を裁《さば》くのはお前ではない……」

天使は一度何かを感じ取るように目を閉じる。そして天を仰《あお》ぐと高く舞い上がっていった。

「行っちまった……」

呆然としながらも、ザランは剣を鞘《さや》に収め、馬車が走っていった方へ歩いていく。

森を抜けると、小さくなったフラムが肩に舞い降りてきた。

《キュっ》

馬車は遥か先まで行ってしまったらしく、更には夜だ。その姿を見ることはできなかった。しかし、まっすぐに向かっていったならば、だいたいの位置は分かる。

ザランは再び大きくなったフラムに飛び乗る。

「確か、あっちに大きな森があるからな。突っ込んでなきゃいいが」

少々心配しながら、ザランはユメル、カヤルの行った方へ向かったのだった。

◆　◆　◆

ローズは熱を持つ魔導具を落とさぬように、強く握りしめながら身軽に王宮を駆けた。

そんな中、過去の辛かった日々を思い返すのは、大きなことを成したがためだろう。

幼いころは貧しく、丸一日を空腹のまま過ごすことも珍しくなく、時には盗みを働いた。

七つの時、聖女として教会に認められ、教会で穏やかな日々を送ったが、任期が明けて戻ると弱り切った母が家にいた。神など信じないとローズは思った。自分は聖女として選ばれたのに、神は母を助けてはくれなかったのだ。父の存在も知らず、毎日駆けずり回って働くなど、聖女である自分がするべき生活ではない。そんな思いで凝《こ》り固まっていた時、神子《みこ》に出会った。

『神はあなたに試練を与えたのです。かつて聖女として生きたあなただからこそ、与えられた試練なのです。大丈夫。じきに祝福が与えられるでしょう。そして、あなたは真の聖女となる』

そうなのかと、すんなり言葉が入ってきた。自分が今苦しいのは、その試練の最中だからだ。自分は神に試されている。ここで生き延びること。それが本当の聖女となるための道。

神子《みこ》の言葉通り、母は穏やかな最期を迎えた。そう、ここで死したのは悪いことではない。母は充分苦しんだ。もう生きられる時間には限りがあったのだから。

そして、リザラント家に迎えられた。自分は本来いるべき場所へと帰り着くことができた。何不自由のない生活。それこそ、神から認められた者であるという証《あかし》だと思った。

『あなたには使命があるのです。神の望む世界を実現するという使命が。あなたは真の聖女。女神サティア様の生まれ変わり。お分かりになるでしょう？　神が何をお望みか』

自分には分かる。神子《みこ》が言う世界を実現しなくてはならないと。

「ふふっ、人族こそ神に愛され、神の力を使うことを許された、唯一の種族なのよっ」

その魔導具を使うことができる者は今、ローズの手の中にいる。

「聖女であり、サティアの生まれ変わりである私と神子《みこ》の邪魔をする者は、許さない」

ローズは狂気を秘めた笑みを浮かべながら、用意している馬車へ飛び乗った。

「出しなさい」

御者《ぎょしゃ》は神子《みこ》のもとに集《つど》った戦士の一人。黒い装束《しょうぞく》を着ていて、その顔は目だけしか窺《うかが》い知ることができない。素顔を知るのは、神だけなのだそうだ。

「お待ちくださいっ」

走り出そうとした馬車に、慌てて飛び乗ってきた者達がいた。それは最近になってローズ付きになった二人の若いメイドだ。彼女達は父の友人の紹介で、無下《むげ》にはできなかった。元騎士団長であったその友人の関係者だけあり、護衛としての力もある。

彼女達は馬車に入り込むと、ローズに尋ねた。

「どこへ行かれるおつもりですか」

「一体、何を考えているのです」

ほぼ同時に問いかけられ、ローズは眉根を寄せる。

馬車は勢いを上げていく。二人のメイドと睨《にら》み合ったまま、ローズは笑みを浮かべた。

「神子《みこ》様のもとへ帰るのよ。この国での役目も終わったもの」

そう言って、ローズは手にしている魔導具を見せる。

「役目……では、なおのこと、このままお帰しすることはできません」

「盗んだ物なら返してもらうわ」

二人はそれが重要な物だと感じた。それを奪おうと、狭い馬車の中で身構えた時、大きな衝撃が馬車を襲う。次いで馬車の天井が吹き飛んだ。

見上げると、月を背にして黒い片翼《かたよく》の何者かがニヤリと笑っていた。

「天使様っ」

ローズには、それが組織を守護する天使だと分かった。迎えに来たのだと喜びの声を上げる。

しかし、天使がローズの方に手をかざすと、持っていた魔導具が浮かび上がり、そちらへ引き寄せられていく。それは卵の形に似ていた。普通の卵よりほんの一回り大きいそれが、天使の手に収まる。すると、天使はローズに笑みを見せながら告げた。

「これでお前の役目は終わりだ」

「はいっ。これで神子《みこ》様のもとに……」

「いや。必要ない。もう手駒もそれほど必要ないのだ。ご苦労だった」

「え……だって……わ、私は女神サティアの生まれ変わりなのですよ！」

「残念だがそれはない。だが、気持ち良かっただろう？　唯一の存在だと言われるのは」

「っ、そんな⁉　だってっ」

天使という存在に言われたことで、それを否定できず、ローズは椅子にへたり込む。

メイド二人は天使をキッと睨《にら》みつけていた。ニヤニヤと笑う様子に苛立《いらだ》ちを覚えるが、手を出してくるそぶりは見えない。そこで二人は気付いた。

「ベティ、おかしいわ」

「ええ。この馬車……速度を上げてる」

こんな速度で走ったことなどない。馬が、これほどの速度で馬車を牽《ひ》けるはずがない。

「アリシアっ、御者《ぎょしゃ》の気配がない」

「なんですって⁉」

アリシアは椅子の上に乗り、屋根から頭を出して御者席《ぎょしゃせき》を覗《のぞ》き込んだ。

「いないわ。それにっ、馬じゃない！」

車に繋がれていたのは、黒いフットウルフらしき魔獣。らしきとしか言えないのは、真っ黒な上に、時折その姿が影のように揺らぐからだ。生き物ではないとアリシアは判断する。

「このままじゃ……っ」

速度はどんどん上がっていく。馬車の扉も、いつの間にか風圧で飛ばされていた。馬車が壊れるのも時間の問題。これ以上に速度を上げていけば、車輪ももたないだろう。

片腕で目を庇《かば》いながら前を見る。そこに見えるのは黒々とした森だった。大きなその森までは、まだ距離があるとはいえ、それほど悠長にしてはいられない。

アリシアは記憶を探りながらどんな森かを思い出す。王都近くの森に、馬車が通れるような道などないはずだ。この速度で森に突っ込めば、命はない。

焦るアリシア達を、天使が嘲笑《あざわら》う。それが我慢ならなくて、ベティが声を張り上げた。

「あなたが天使ですって？　そのような醜《みにく》い黒い翼では、何か罪を犯したようではありませんか」

天使の表情に変化はないように見える。

ベティの前では、自分は用済みなのだということにショックを受けたローズが頭を抱え、足下の一点を見ながら震えていた。

一方、アリシアは、獣と馬車を繋ぐ綱をなんとか切れないかと思案し、持っていた小さなナイフを投げる。獣に当たらぬように、綱だけを狙った。しかし、激しく波打つそれが、ナイフを弾《はじ》き返してしまう。それでもなんとかなるのではないかと、魔術で威力を増したナイフを投げ続ける。

それを見た天使は獣を睨《にら》みつけるように視線を送った。すると、獣が激しく蛇行《だこう》し始める。

「きゃっ」

ベティは悲鳴を上げながらも、受け身も取ろうとしない無気力なローズを抱え込む。

アリシアは必死で壁につかまり、いつ終わるとも知れない揺れに耐えていた。

森が近付き、どうすればいいのかと途方に暮れている時だった。

「アリシアっ！」

「ベティっ！」

似ているが、それぞれ響きが微妙に異なる声。それが誰の声なのか、二人には分かる。

振り向くと、馬車の後方に黒い影が二つ見えた。同時に天使に向かって魔術が放たれる。

追いつくのは無理だろうと思っていたのだが、二人はグングンと迫ってきた。アリシアは驚き、馬車の壁を伝《つた》って後方へと移動する。椅子の上に立ち、近付いてくる彼らを正面から捉《とら》えた。そして、先ほど聞いた声が空耳ではないことを確信し、少しだけ涙を滲《にじ》ませる。

「ベティ、来たわっ、ユメルとカヤル、それにマティさんだわ」

「っ、なんとかなるかな」

「どうかしらね。こんな時に来るなんて反則だわ」

「そうね」

アリシアとベティはクスクスと笑った。その間に、双子が馬車の両側につける。なくなった扉と、いつの間にか消えていた窓からその顔が見えた。

扉の方にいるのはユメルだ。彼はマティに乗っている。

「綱を切るから、二人とも床に伏せてて。なるべく中央に固まってね」

「え、ええ。でも、切れるの？」

アリシアが尋ねると、ユメルは笑顔を向けて、常には身につけていないはずの剣を見せる。

「僕ら、これでもマクレートの血を引いてるからさ。カヤルっ、やるよ！」

ユメルは、反対側のカヤルに合図し、馬車を追い越していく。

それを見たアリシアとベティは頷《うなず》き合い、ローズを両側から抱え込んで、床の中央に伏せた。

重心が偏《かたよ》れば、切り離された時にバランスを崩す。これだけスピードが出ているのだ。下手をしたら外に放り出されかねない。

馬車の外ではユメルとカヤルもようやく互いの姿を確認することができた。

二人は剣を構える。馬車の右側のユメルは右利きなので、身を乗り出さなくては届かない。それでもそれを器用にやってみせる。

そして頷《うなず》き合うと、ユメルがタイミングを知らせる。どこでどういう合図をするのか、二人には説明なんていらない。それは双子の特権だ。心配しなくても今回もぴったり合う。

「さんっ、にぃっ、いちっ」

「「はぁっ！」」

その直後、馬車が大きく揺れた。しかし、同時に左右の綱を切ったおかげで、回転することはない。更に、ユメルとカヤルが両側から風の魔術で馬車を押さえたので、横転することもなかった。

徐々に速度は緩《ゆる》み、森に到達する前に完全に停車したのだった。

第七章　女神の最後の戦い

ティアは王宮をあらかた掃除し終わった後、王達の待つ部屋へ急いだ。乱れた髪のリボンを解《ほど》いてから部屋に入ると、最初に駆け寄ってきたのはカイラントだった。

「ねえさまっ！　イルがっ」

ティアは泣きながら抱きついてきたカイラントの頭を優しく撫《な》でる。

「うん。大丈夫。ちゃんと迎えに行くからね」

涙を流すカイラントを抱きしめたまま、ティアは顔を王達の方へと向けた。

二つ向かい合わせに置かれているソファの片方には、カランタが寝かされている。その前に女性の姿になったサクヤが座り込んで、カランタの額《ひたい》に浮かんだ汗を布で拭《ふ》き取ってくれていた。

王と王妃はそこから少し離れたソファに腰掛けている。だが、ティアが感じ取っていた通り、そこに王太子の姿はない。一緒にいたはずのヒュリアもいなかった。

エルヴァストの母エイミールがいつまでもティアから離れないカイラントを預かりに

来る。そっと引き剥《は》がし、王と王妃のもとへ連れていった。

その後ろの壁に寄りかかり、硬い表情で立っているのはエルヴァストだ。ラキアはそれをどうすべきかと考えている様子だ。

エルヴァストから数歩離れたところにいるルクスとゲイルは、先に合流していたベリアローズとユフィアの傍《そば》に立ち尽くしている。

皆の視線が自分に向けられる前に、ティアはまずエルヴァストへ声をかけた。

「エル兄様。もう少し肩の力を抜いて。いざという時は、王太子がそれと対《つい》の指輪を発動させる。その時に精魂尽き果てていたら元も子もないでしょう？」

「うっ」

エルヴァストは自身の指にはまっている『身代わりの指輪』を見た。それが発動すれば彼と王太子の居場所を入れ替えることができる。エルヴァストは一人で敵地に乗り込むことになるのだ。

そこに、ウルスヴァンとアデル、キルシュがやってくる。それを横目で確認して続けた。

「もしそうなっても今のエル兄様に、助けが来るまで待っていろとか、大人しくそのまま捕まれなんて言わないよ。思いっきり暴れちゃって。それが開戦の合図。あいつらが巣食っている国ごと潰してやろう」

反省はさせなくてはならない。染まってしまった思想を打ち砕くには、ある程度の衝撃が必要だろう。これだけ大事《おおごと》になってしまった以上、密かに片を付けるなんてことは不可能なのだから。

ニヤリと好戦的に笑うティア。それを見て、エルヴァストは喉《のど》を鳴らして笑う。

「くくっ、ははっ、そうだな。国一つくらい、ティアとなら潰せそうだ」

すっかりいつものエルヴァストに戻っていた。そのおかげで、部屋に満ちていた悲壮感は一気に払拭《ふっしょく》されたようだった。

すると、ラキアが一歩前に出てティアへと願い出る。

「ティア様。わたくしも共に行くことをお許しいただけますか？」

「いいよ。ラキアちゃんなら大歓迎」

「ありがとうございますっ」

「ラキア……」

エルヴァストが少し驚いたようにラキアを見る。ラキアはエルヴァストを振り返って告げた。

「共に歩むと決めました。その覚悟を示させていただきます。未来の夫を守れないようでは、ヒュースリー伯爵家の家臣の一人として主《あるじ》に顔向けできません」

「そ、そうか……いや、そうだな。ありがとう」

いい雰囲気だ。この非常事態でも甘い雰囲気が出せるのは、ヒュースリー伯爵家に関係する者の特性なのかもしれない。それを、ここにいるもうひと組のカップルが証明していた。

「ユフィ。私も行くから、ここで待っていてくれるか？」

「はい。お待ちいたします。一日だけで構いません？」

「え、一日……わ、分かった。それ以上は待たせないよ」

「ええ。お気を付けてくださいね」

ユフィアはちゃんと自分の意見も言えるようになった。それは喜ばしいことなのだが、笑顔で無茶を言うのはシアンに似たのかもしれないと、少々不安になる時がある。

「私も行きます。今はただの教師ですから、教え子を助けに行くのに問題はありません」

「あたしもっ。エル兄さんを助けるよっ」

「アデルが行くなら僕も行くからな」

ウルスヴァン、アデル、キルシュが名乗りを上げた。ルクスとゲイルは当然ついてくると分かっているので確認は必要なかった。

ティアはサクヤの方に歩み寄る。それから、カランタの隣に膝《ひざ》をついた。

「ずっとうなされてるわ」

サクヤは一瞬、ティアの刺された脇腹を見た。今は治っているそこに、血の染みがある。濃紺のドレスなので分かりにくいが、近付けばよく見えた。

「髪の色は、確か薄い茶色……だったかな。瞳の色も茶色だった……」

そんなティアの独白を、なんのことだろうと思いながらも皆が口を閉ざしていた。

「母様が言ってた。バカみたいに素直なところがあるって」

そう話せば、ようやく気付く者が出始める。

「ねぇ、サク姐《ねえ》さん。カランタってさ、古代語でなんだっけ」

サクヤは苦笑するティアの顔とカランタを見比べながらその答えを探した。

「えっと……確か『愚者《ぐしゃ》』」

「そう……本当にバカだよね……」

ティアは目を閉じる。かつての姿を幻視するように。そして、ふっと笑った。

「母様が死ぬ時ね。最期に言ったの。兄様達には『あまり無理するな』。姉様達には『強くなれ』。王妃達には『悲しむな』。弟妹《ていまい》達には『元気にな』って言ったのに、私には『サティルを頼む』だけだったの」

「……」

「普通、もっとこう、他にあるじゃん。なんでよりにもよって私にって、意味分かんなかった」

王であるサティルを頼むと、兄達に言うのなら分かる。もしくは、他の王妃達に言うべきだろう。だが、なぜかサティアに言ったのだ。それしか思い浮かばなかったのだろうかと少し悲しくなった。

「父様は、私の赤い髪と瞳を見ると、母様を思い出す。そうすると、おかしくなるの。母様の死を一番認めなかったのが父様だったから。だから、母様から任されていても、近くに寄るのは良くないって言ってね。兄様達や大臣のじぃちゃん達は、私を父様から遠ざけるようになった。それがいけなかったのかな……」

「サティア……」

サクヤが思わずサティアと呼んだ。

ティアは不意に立ち上がる。ちょうどそこにシェリスと、ローズを連行してきたユメル、カヤル、ザラン、そしてメイド二人も扉を開けて入ってきた。

だが、ティアは彼らに目もくれず、反対側の窓に向かって声をかける。

「ねぇ、母様」

そう言うと、大きな出窓が開き、その人は足音を立てずに部屋に入ってきた。

「えっ……マ……っ」

サクヤがハッとする。扉の前で立ち止まったシェリスも目を見開いていた。

《なんだよ。もっと喜んでくれないのか？》

そう鮮やかに笑ったのは、冒険者姿のマティアスだった。

緩《ゆる》いウェーブがかかった赤い髪は、今のティアの髪にそっくりだ。昔は、そんな髪になりたいと憧れていた。今、ティアが少し伸ばしているのは、それがあったからかもしれない。だが、今更ながらに気付いた。マティアスのようにはなれないと。

今、窓をバックに立っているマティアスは、ずっと見惚《みと》れていられるくらい美しい。自信に満ちた笑み。立ち方。瞳の輝き。そのどれもが美しく、異彩を放っている。精霊王達のように少し光を纏《まと》っているが、そのせいだけではないだろう。

《どうした。何を惚《ほう》けている。とっくに気付いてたんだろう？》

そう言われて、ティアはふっと肩の力を抜く。そして、予感はあったと答えた。

「うん。なんかビビっときてたから」

《はっはっはっ。さすがは私の娘だな》

『さすがは私の娘』と言われてしまうと、返す言葉などティアの中には存在しない。誇《ほこ》らしく思うその気持ちは今でも変わらなかったようだ。

さえた。
「マティ……」
サクヤが呆然と呟《つぶや》く。だが思わず呼んでしまったというように、ハッとして口元を押さえた。
《なんだよ、その顔。サクヤらしくないな。歳を取ると涙もろくなると聞いたことがあるが、あれは本当か？》
「なんの確認よっ、マティのバカっ！　何ひょっこり出てきてんのよっ」
《次は怒るのか？　忙《せわ》しないヤツだなぁ》
「もうっ、変わんないわね」
《当たり前だ。死んでからは成長しないぞ。あ、アレな。あの『バカは死んだら治る』ってやつは嘘だ。状態は維持されるからな。死んでも治らん》
「……母様……」
絶好調なマティアスが次に笑顔を向けたのは王と王妃だった。その間できょとんとしているのは、泣き疲れて目をこすっていたカイラントだ。
《名乗るのが遅れてすまない。私はマティアス・ディストレア。アレのかつての母だ》
アレと言われても、ティアはなんだか嬉しかった。頬《ほお》が熱くなるのを感じるのだ。
更にマティアスは続ける。王相手にズバズバと。そこはティアと同じだ。

《本当にあいつによく似ている。その顔で良かったなぁ。ティアも無下《むげ》にしにくいはずだ》
「か、母様！」
何を言ってくれているのだとティアは焦る。間違いなく今、シェリスの顔がピクリと反応した。
《レナードが『ティアが結婚するならこいつだ』って肖像画を持って部屋に飛び込んできたのはいつだったか。向こうもティアに惚れてたらしくてなぁ。『王になるからその時は妃《きさき》に迎えたい』って手紙がくるし、その後レナードも『あいつが王になったら良いですよね』って確認しに来るし、あれは笑ったなぁ》
そう言いながら、ザランをチラリと見たように思えた。
《まぁ、むしろレナードのやつは、ティアを嫁に出したくなかったんだろうけどな。それで隣国の親友の王子にっていう必死さはなぁ。うん。愛されてたな》
「兄様……」
あの異常な愛情はシェリスのそれに匹敵《ひってき》するものだったのかと、今更ながらに気付かされてしまった。嫁《とつ》いだ後は、兄妹であっても気軽に会うことは叶わない。だが、親友の妻ならば状況が変わってくる。手紙のやり取りも、会うことも、周りはとやかく言えないだろう。ある意味、親友を利用したのだ。

そこでビクっとする。シェリスが目を細めてティアを見ていた。鋭いシェリスが、今の会話で気付かないはずがない。目を向けるのが怖いが、ティアが見ないようにしていると気付くのにも時間はかからないだろう。

永遠とも言える長い葛藤《かっとう》。しかし、対応したのは軽い感じのマティアスだった。

《そうだった。シェリー、悪かったなぁ。お前にティアを任せようと思ったんだが、なんていうか、私も一途《いちず》な青年の想いには弱くてなぁ。だが、予定では、ティアの残りの百年はお前に任せるつもりだったんだ。どのみち、それまではお前が里から出られなかっただろう？》

それを聞いて、シェリスの雰囲気が柔らかくなる。

「え、ええ。その方が年齢的にも釣り合いますし、周りからも文句が出なかったでしょう」

《だよなぁ。やっぱ、嫁の歳も三桁《さんけた》は必須だったろ。お前のところにいる頭の固い爺《じい》さん達は曲者《くせもの》だったからなぁ。今回もそれでどうだ？》

「ティアの百歳の誕生日にというのは良いかもしれませんね。あと九十年ほどですか……大丈夫です。問題なく待てます」

「ま……じで……？」

どうやら納得したらしい。びっくりするほどシェリスは生き生きとしている。何百年も若返ったような、そんな何かが滲《にじ》み出ているように感じられた。
ティアは動揺を隠して続きを促《うなが》す。
「そ、それより母様。何しにわざわざ出てきたの？」
《ああ、忘れていた。久しぶりに人と話せるから嬉しくてな。コレに活《かつ》を入れに来たんだった》
そう言って、マティアスは未《いま》だうなされている様子のカランタを見て近付いていく。
《おい。起きろ》
今までも起きそうになかったのだから、少しばかり無理があるだろう。最愛の妻マティアスの声であっても届かない。
《う〜む。叩き起こそうにも、こちらからは触《さわ》れんしなぁ》
どうやら、マティアスは物理的な干渉《かんしょう》ができないらしい。そう思って改めてマティアスを見てみれば、確かに若干《じゃっかん》宙に浮いているように見えた。
《ティア》
「はいっ」
少し苛《いら》ついた時の声も久しぶりに聞いた。それには、ティアであっても反射的に反応してしまう。

《起こしてくれ。抉《えぐ》るようにな》

「え、抉《えぐ》っ……ラジャ！」

キリッと敬礼を決めたティアは、カランタの前へ進み出る。慌てたのはサクヤだ。

「ちょっ、ちょっと、何よっ『抉《えぐ》るように』って」

これにマティアスが当たり前のことのように答える。

《それくらいでなければ、正気に戻らん。強い衝撃も時として必要な処置だ》

「それ、よく分かんないっ」

昔からではあるが、マティアスの言う常識は理解できないことが多い。

《そうか？　どのみち、起きてもらわなくては話ができんからな。ティア、やれ》

「は〜い」

ティアはドレスの裾《すそ》を持ち、左足を高く振り上げた。その白い足が見えたかと思った時には、それは過《あやま》たずカランタの腹に振り下ろされていたのだ。

「グフっ⁉」

体を横にして折り曲げた体勢で転げ落ち、咳《せ》き込むカランタ。どうやら目が覚めたらしい。

《起きたな》

近くで見ていたサクヤだけでなく、ほとんどの者が唖然としていた。大して表情に出ていないのはティアとシェリスくらいだった。

一方、マティアスはうんうんと頷《うなず》いて満足そうだ。

《うむ。さすがは私の娘だ。しっかり抉《えぐ》ったな。有言実行でなくてはいかん》

マティアスに褒《ほ》められたと、ティアは満面の笑みを見せた。

「角度もイイ感じだったでしょっ。骨にダメージがギリギリいかない程度に抑えたんだからっ」

《そうだな。ちょうどよく抉《えぐ》る感じだ》

カランタが痛みによる悶絶《もんぜつ》から回復し、身を起こして呆然とマティアスを見つめる。

「マティ？」

マティアスもまっすぐにカランタを見る。そして、久しぶりに会う友人のような気安さで片手を上げてニカッと笑ったのだ。

《よぉ》

「っ……マティっ……」

正気に戻ったカランタは涙を滲《にじ》ませ、唐突に立ち上がると、マティアスへ飛びついていく。

「マティっ」
《あ、気を付けろよ？》
「えっ、うわっ、へぷふッ!?」
マティアスの忠告も虚しく、カランタはマティアスの体をすり抜けて床にダイブした。
《顔からいったな。大丈夫か？》
「うぅ……」
手をつくという咄嗟《とっさ》の行動もできないほど驚いたようだ。カランタは鼻を押さえて起き上がる。
《まったく、やはり死んでもその鈍臭《どんくさ》いのは治らなかったな》
「うっ。そ、そんなことは……」
《別に悪いとは言ってないぞ？　その方がお前らしい》
「本当っ!?　なら、鈍臭《どんくさ》いままでいいや」
《うむ》
「……」
なんだろう。なんだか身近にこんな感じの夫婦がいるような気がしてならない。少々鬱陶《うっとう》しかったりする時もあるが、『ラブラブ夫婦』には慣れている。

そうしていたら、カランタの体に変化が起きた。

「あ、翼がっ」

背中に現れていた羽が、ゆっくりと白に戻っていく。髪も、毛先から金色へと変わっていった。

まだ光を纏《まと》ってはいないが、黒に蝕《むしば》まれていたカランタという存在が元に戻っていく。

《お、なんとかなったな》

「え、あれ？　僕……」

キョトンとするその表情はもう、ティアの知るカランタでしかなかった。床に座り込み、マティアスを見上げるカランタ。それを面白そうに見下ろすマティアス。しばらく誰も何も言わずに時間が過ぎる。

夫婦の再会だ。言葉も出ないほどの感動がそこにはあるのだろうと思い、見守っていたのだが、どうやら違ったらしい。

《やっぱ、ちんちくりんだな》

「ううっ、そうやって言わないでって」

《あっはっはっ、ほんとお前、若い頃は頼りない感じだったもんなぁ。戦場でピーピー泣くし》

「わ、忘れてって言ったじゃんっ」

《悪いなぁ。記憶力は良い方なんだ》

もはやいじめているようにしか見えない。涙目で見上げるカランタと、それを見ながら笑うマティアスの図は、どう見ても夫婦の再会などとは思えなかった。

「……母様、絶好調だね……」

《さてと、サティで遊ぶのはこれくらいにして。シェリー》

「っ、はい」

突然呼ばれて、さすがのシェリスもたじたじだ。

《見つけたんだろ？》

「はぁ。やっぱり、あれは夢ではなかったのですね……」

《夢だったぞ？　ちょい邪魔しただけだ》

「……そうですか……」

こうして見ると、シェリスは少しマティアスが苦手なのかもしれない。

「何したの？」

ティアは聞かずにはいられない。するとマティアスがあっさり白状する。

《お前の時と同じだ。ちょい夢に入り込んでな》

「へぇ……」

あれはびっくりした。勝手なことを一方的に言われたり、頼まれたりもするので、二度目は遠慮したい。それをシェリスにまでやってのけるマティアスは、やはり最強だと思う。

「それで？　私じゃなく、変態エルフに何を頼んだのよ」

「サ、サク姐《ねえ》さん？」

怒っているというか、嫉妬《しっと》している。そんなサクヤも、マティアスにかかれば大人しくなる。

《サクヤは、言わなくても分かるだろう？》

「っ、う、うん……そ、そうね」

照れくさそうに笑うサクヤを見て微妙な顔をしながらも、シェリスがこちらへ歩いてきた。

「これですよね」

シェリスがマティアスに差し出すように見せたのは、長さの違う二本の剣。

それはティアも知っている。マティアスが持っていた武器だ。そういえば、マティアスが死んでから、一度も見ていなかった。

《お、いい感じだな。あいつに預けて正解だった》
「あいつ？」
いつ誰に預けたのか。まだマティアスが動けていた時は、部屋に立てかけてあったはずだ。
《ああ。大精霊王だ》
「え……」
大精霊王をあいつ呼ばわりしたマティアスにもびっくりだが、気軽に預けたというのにもっと驚く。
《死んだら回収してくれと言っておいたんだ。上手く皆の気を逸《そ》らして持っていったようだな》
大精霊王ならば、そんなことも可能なのかもしれない。何せあの風王《ふうおう》達を束ねる王なのだから。
《ティア》
「うん？」
呼ばれただろうかと顔を上げる。
《それを持て。使えるだろう？　私の娘だしな》

「使……うん」
だから、それを言われると弱いのだ。ティアは思わず苦笑した。
シェリスから二本の剣を受け取る。一瞬、ズシリと重みを感じた。しかし、それが気のせいだったかのように、次第に軽く持ちやすくなった。
《お前を使い手として認めたな。それは『スィーリン』。古代語で『女王』という意味だ》
「スィーリン……」
《とはいえ、お前はもう王女ではないし、国に縛られることもない。目の前に立ちはだかる奴らを切り捨て続けるのは、あまり良いものではないしな。そうなる必要もない。お前の意思でそれを振るえ》
マティアスの瞳は透けた体と違い、はっきりと見えた。そこには、マティアスが母として伝えたかった何かが感じられた気がした。
「うん。ありがとう、母様」
《ふっ、今のお前なら心配ないだろう》
そう言って軽やかに笑うマティアスにつられて、ティアも笑みを浮かべたのだった。

◆　◆　◆

「っ……」

レイナルートは頬に冷たさを感じて目を開けようとする。だが、それができずにいた。

実際、感じているのは床の冷たさだ。しかし、それが床かどうかも分からなかった。

どうやら上下の感覚が狂っているようだ。自分の体が今どうなっているのか咄嗟《とっさ》に分からなかった。

混乱しているレイナルートの耳に入ってきたのは、男の声。少々興奮した落ち着きのないものだ。

「ひひっ、成功……成功だ！　素晴らしい！　どうだっ、私にかかれば【ゲルヴァローズの遺石《いせき》】を完璧に解析し、こうして応用することもできる！」

何を言っているのか、レイナルートには聞こえていても理解することができなかった。

それほど混乱していたのだ。そして、また違う男の声が聞こえてくる。

「ですが、弱っています。これではすぐに使えない」

その男の声は事務的で、最初に聞こえた狂ったような声とはまた違った異常さを感じた。確実に言えることは一つ。彼らは自分を人として認識していない。

そこで手に触れていた何かが動いた。

「おやおや、お姫様。お兄様よりもお早いお目覚めだ」

「ここは？　レイにぃさまっ。おきて、ここは……っ」

イルーシュの声が、ここは良くないところだと囁《ささや》く。

「くひっ。なかなか、しっかりした子どもだ。先に妹の方で試したらどうだ？」

まずいと感じたレイナルートは、無理やり目を開けようとする。しかし、上手く力が入らない。

「う……」

今度は近くでヒュリアの声が聞こえた。

「おねえさんっ」

イルーシュが動いたようだ。風を感じたということは、感覚が戻ってきたのだろう。

それでも、どうやって目を開けるのだったか分からない。

その間に物静かな方の男が忌々《いまいま》しげに言った。

「王女まで一緒とはな」

その響きにヒヤリとして、ようやく目が開いた。そうして見えた場所は、とても薄暗かった。

月は中天を過ぎた頃。室内であるのは分かる。仄《ほの》かな灯《あか》りが二つだけ。これでは小さな部屋なのか大きな部屋なのかも分からない。

「落ち着いておられるのか、状況を理解されていないのか、どちらかな？」

ふざけた口調で問いかけてくる人物。その人を見て呆然とした。片方の瞳が金に光っていたのだ。

不思議な瞳だった。その瞳に引力があるかのように、意識が吸い寄せられる。しかし、次第に胸にざわめきを感じるようになった。

そんなレイナルートの視界を不意に誰かが遮《さえぎ》る。それが誰なのか理解するのに時間がかかった。

「ヒュリア嬢……」

絞り出すようにその名を呼んだ。するとヒュリアは、ほんの少しレイナルートに顔を向ける。だが、すぐに真剣な顔で目の前の男達を睨《にら》みつけ、声を荒らげた。

「どういうおつもりですっ」

ヒュリアがそれを尋ねたのは、落ち着いているように見える男の方だった。

「確か、ライダロフといいましたわね。あの人が連れてきた従者でしょう」

男は何も喋《しゃべ》らない。それを肯定と受け取ってヒュリアは続ける。

「このようなことをしてどうなるのか、あなたは理解しているのですかっ」

レイナルートは、ヒュリアの背中を呆然と見つめていた。本気で怒っていると分かったからだ。

「フリーデルに宣戦布告したようなもの！　それも、王の傍《そば》にいるあの人の従者が加担したなど、国の総意だと受け取られても仕方のないこと。事の重大さが分かっているのですかっ！」

今の話から、この事態がウィストに関係ある者の仕業《しわざ》であることが分かった。問い詰めるヒュリア。しかし、それに答えたのは、薄灯《うすあか》りの差し込む扉から入ってきた小柄な女性だった。

「分かっておりますよ」

年齢はヒュリアと同じか、それよりも下といったところだろうか。白く美しい法衣。薄暗い室内でもそれは発光しているかのようだった。長い白銀の髪を肩に流し、手には長い杖を持っている。

「あなたっ。どこまで国を……王を愚弄《ぐろう》するつもりですっ！」

そう叫ぶヒュリアを、レイナルートは未《いま》だ床から身を起こしただけの状態で見上げていた。だからこそ見えた。自分の国を思い、間違いに気付いてもそれを正す力がないことに苛立《いらだ》つ背中。大切な国と父王を貶《おとし》める相手に向ける憎しみ。

それでも手を出せないことの悔しさが、唇を噛み血を滲《にじ》ませる彼女から見て取れる。そして、睨《にら》みつける目からは涙が溢《あふ》れて床に落ちてきた。

「ヒユリ……っ」

気安く声をかけられない。ヒュリアは王女だ。その気持ちが、王子であるレイナルートには痛いほど分かってしまった。怒りと憎しみに染まりきってしまう前に、留め置かなくてはと思った。

「ヒュリアっ」

レイナルートは立ち上がり、今にも飛びかかっていきそうになるヒュリアを後ろから抱きしめた。

分かっているからと、自分だけは味方だからと伝えたかった。

「大丈夫だ。このままにはさせない。きっと女神は見ている。君の悔しさも憎いと思う気持ちも、全て伝わっている」

「っ……うっ、ふっ……っ」

声を押し殺すヒュリア。ずっと辛かったはずだ。劣勢のまま、堪《こら》えてきたのだろう。

相手は王を味方につけてしまったのだ。これでは、大きな声で反論することも叶わない。

「絶対にっ、絶対に許してはいけないのっ」

「分かっている」

レイナルートは腕を緩《ゆる》めると、彼女が両手で覆《おお》っている顔を自分の胸に押しつけた。

これ以上、敵にその涙を見せないよう、今度はレイナルートが彼らを睨《にら》みつける。すると、白い女が不愉快そうに顔をしかめたのが分かった。薄暗いこの部屋に、目が慣れてきたらしい。レイナルートは女に向かって静かに告げた。

「あなたは後悔するだろう」

「それは予言ですか？　一国の王子が、そのような脅しをするとは」

「脅しではない。今に、女神は降臨される。剣を持ち、愚かなあなた方を断罪する」

「女神を騙《かた》る者こそ愚かです」

女はどこまでも冷静だ。呆れているようにさえ見えた。

反論すべく、また口を開こうとしたレイナルートだったが、そんなレイナルートの前にイルーシュが滑《すべ》り込む。そして、幼いイルーシュの言葉とは思えないものが、その口から飛び出した。

「女神を怒らせて、ただで済むはずがないだろう」

「イルーシュ？」

どことなく雰囲気もこれまでとは違うように思えた。イルーシュは、なおも続ける。

「正しいか正しくないかは人が決めることだ。だからお前達が間違っているとは言えない。だが、お前達はティアの名を利用した。それをティアが黙って見過ごすわけがない。潰されるぞ。お前達がこれまで積み上げてきた何もかもを、あれは叩き潰しに来る」

「何を言って……」

白い女は不気味なものを見るような目でイルーシュを見つめている。

レイナルートも、二人の男達も固まっていた。そこで、唐突にイルーシュが振り返り、ニコリと笑ってレイナルートの手を取る。

「イルーシュ⁉」

引っ張られるまま部屋の隅《すみ》へ向かう。壁に突き当たる前に、イルーシュは敵の方を見て言った。

「ちゃんとチュウイ？　えっと……あっ、チュウコクしたからね？」

そう言うのと同時に、逆の手に握っていたらしい何かを壁に投げつけた。すると、壁が壊れたようで、同時に白い煙が広がる。

「にぃさま、ねぇさまこっち」

「ちょっ、イルーシュ⁉」

「っ……」

イルーシュはレイナルートの手を引いたまま駆け出す。レイナルートもヒュリアの手を握ってそれに続いた。

白い煙に視界を塞《ふさ》がれたまま走るのはとても恐ろしかった。せめてヒュリアには自分が走った場所を通ってもらおうと、背中にぴったりとつかせる。必然的に一列に並んで進むことになった。

煙がいつまで経っても晴れない。一体どうなっているんだと考えている間に、やっと煙のある場所を抜けた。だが、イルーシュは迷わず進んでいく。

「イルーシュ、どこへ行くんだ」

「だいじょうぶ。こっちだっておしえてくれてる」

「教えてくれてるって……一体誰が？　それに、さっきの物は……」

そうして辿《たど》り着いたのは、恐らくメイドが休むための小さな部屋だろう。

「ここまでくれば……はぁ……はぁ……にいさまたち、だいじょうぶ？」

「っ……だ、大丈夫っ、ですっ」

ヒュリアは完全に息が切れていた。レイナルート自身もすぐには喋《しゃべ》れないほどだ。

「イルっ……シュ……っ、ここからどうするつもりなんだ……っ」

ただ闇雲《やみくも》に走っていただけかもしれない。逃げられたのは良かったが、きっと奴らが探している。この後、簡単には部屋を出られないだろう。

「にいさまがコウタイすればなんとかなるよ」

「交代？」

「そっ。そのユビワで、エルにいさまとチェ～ンジぃ」

「ちぇんっ、じぃ？」

そこで、またイルーシュの口調が変わる。

「交代だ。その指輪は力ある者と繋がっている。急げ。生き延びるために使え」

「あ、あなたは？」

明らかにイルーシュではない者の気配を感じた。レイナルートの問いかけに、その人が答える。

「私はレナード。女神サティアの兄だ。少しこの子の体を借りた。君達が閉じ込められた空間と、私が眠っていた空間が交わったのだ」

彼が言うには、そこは世界の狭間《はざま》の空間だという。イルーシュやレイナルートの記憶に触れ、手を貸そうと思ったらしい。折しも、天使であるジェルバが手を加えたことでそこと繋がったのだ。

「急げ。大丈夫だ。もう助けはすぐ傍《そば》まで来ている。エルにいさまと、ねえさまがきてオワリ～」

話している途中で口調が元に戻った。

「……そ、そうか……」

確かに、エルヴァストならば、少々兵士の数が多くても問題ないだろう。自分とは違う。力の差は歴然だ。交代すれば、ヒュリアも助けることができる。

そこでレイナルートはヒュリアを振り返った。

「残念だが、助かる道はそれしかないな……ヒュリア嬢」

「はい」

手を貸したい。純粋に力になりたい。助けたいと思う。そして、今取るべき最善の策は自分がここにいることではない。だが、これだけは伝えたいと思った。

「必ず迎えに来ます」

「レイナルート様……はい。お待ちしております」

ヒュリアはレイナルートの目をまっすぐに見て言った。それが、涙が出そうなくらい嬉しかった。

「ええ。待っていてください。イル、頼むな」

「うん。まかせて」

そうして、ついに指輪を発動させたのだ。


レイナルートは、誰かが体を揺り起こす感覚で目を覚ました。

「レイナルート様っ」

「レイにいさまっ」

最初は、ヒュリアとイルーシュだと思った。だが、声が出るようになる頃には視界もはっきりとして、それが二人ではないのだと知る。

「お怪我はございませんか?」

「あ、ああ……ここは?」

「ばしゃのなかだよ。イルをたすけにいくんだっ」

目の前にいたのはカイラントと、数時間前に紹介されたエルヴァストの婚約者ラキアだった。

次に目に入ったのは、不安げに外を見るウルスヴァン。彼には幼い頃に世話になった。レイナルートにとっては尊敬する教師の一人だ。

レイナルートの視線に気付き、ウルスヴァンはかつてと同じ穏やかな笑みを浮かべる。

「ご気分はいかがです？」

「大丈夫です……」

とは言え、まだ頭がはっきりとしていない。馬車の中だというのに、広すぎるのも混乱の元だ。

周りを見回すと、他に一人の少女と、舞踏会でティアのパートナーだった少年が乗っていた。二人とも動きやすそうな服を着ている。そして少女の方が、唐突に薬の瓶を差し出した。

「これ、飲んで」

「これは？」

レイナルートはこんな風に無遠慮に薬を渡された経験はない。それも、薬師《くすし》以外の者からだ。判断がつかず、ウルスヴァンの方を見る。するとウルスヴァンは、その少女に注意した。

「いけませんよ、アデルさん。相手はその辺の冒険者ではありません」

「そっか。エル兄さんのお兄さんだからってダメなんだ……ごめんなさい」

レイナルートは子どもをいじめているような気持ちになった。

「いや、心配してくれたんだな。エルなら飲むのか？」

「うん。これ、エル兄さんのお気に入り。ティア特製のドリンクだから。魔術酔いしてるみたいだし、寝不足とかにも効くんだよ」

「そうか……もらってもいいかい？」

「どうぞ」

ウルスヴァンが何も言わないのだから、危険な物であるはずはない。それにエルヴァストを兄と慕《した》っている少女がくれたものだ。悪いものではないだろう。そう考えて、一気にあおった。

「っ……刺激的な味だ……」

「目が覚めるでしょ？」

「そ、そうだな。頭がスッキリした」

そう答える端《はし》から、体が急激に軽くなる感覚があった。その感覚を不思議に思い、自分の手を握ってみる。なんだか力がみなぎるようだ。視界も揺れることがなくなった。

そんなレイナルートの様子を見て、ウルスヴァンが満足げに言う。

「味はともかく、効き目は充分でしょう。ティアさんが作ったものですからね」

「ウル先生は酸《す》っぱいの苦手なんだよね。克服しないと、苦いのを渡されるよ？」

「そうなんですよね……もうほんの少しだけ、刺激を抑えてくれたらいいのですが」

「そう言うと思って、ティアのやつ色々研究してるみたいですよ」

「ティア、ウル先生のこと好きだもんね。少しでも長生きしてもらうんだって、健康志向の料理とかも、密かに研究してるんだよ？」

「ティアさんが……」

ウルスヴァンの生徒らしい少女と少年が楽しそうに言うのを聞いて、レイナルートの心もかなり落ち着いた。それを待っていたのだろう。

「レイナルート様。これより、この馬車は敵地に向かいます。危険な場所へお連れすること、お許しください」

そう言ったのは、メイド服を着たラキアだ。レイナルートに、どこかエルヴァストの母エイミールを思い出させた。

「構わない。ヒュリアとイルーシュを残してこのまま城には帰れない。それに、君という婚約者のいるエルが危険な場所にいるんだ。王太子としてというより、人として自分が許せない」

「レイナルート様……」

「お前達の負担になるのは分かっている。だが、連れていってくれ」

このままではいけない。守られるだけの存在でいていいはずがない。未《いま》だ熱を持つ指輪。これに頼らなくてもいいように、強くなりたいと思った。

「私も戦おう」

そう決意したレイナルート。だが、少女が笑いながら指摘する。

「心配しなくても大丈夫だよ。ティアが突撃してから、もう何分か経ったから」

「突撃？」

いつの間にと思った。ここは自分がいたところと、それほど離れていなかったのだろうか。そう思うと、もう少し待っていれば良かったと後悔した。しかし、そうではなかったようだ。

「フラムさんで飛んで、そのまま城に突撃なさったようです。まったく、無茶をなさる」

「城？」

「あれだよ」

訳が分からないと首を捻《ひね》っていると、少女が正面の高い場所にある窓を指して言った。

「あれ……っ、城がっ⁉」

月明かりに照らされる城。奇妙なことに、その上半分が消えていたのだ。

◆　◆　◆

それは、レイナルートが目覚める少しばかり前。いつもの冒険者の姿で双剣を携《たずさ》え、フラムに乗ったティアは、指輪が発動する気配を感じていた。

かつて一度だけ、その場に立ち会わせてもらったことがある。

力を認められた騎士は、ただ静かにその時を待っていた。絶対的な勝利を確信し得る力。それを認められたからこそ、身につけることが許された指輪。それと対《つい》になる指輪をつけ、危険な敵地に入り込んでいたのは、彼の弟だった。

指輪から大きな力が放出される。次の瞬間、その場にいる者達は、行ってらっしゃいとお帰りを続けて言うことになるのだ。

下を走る馬車の中から力を感じた。一瞬、そちらに目を向けたのは、ティアがつけている腕輪が反応しているからだ。それは、エルヴァストのつける身代わりの指輪が発動したことを示している。

ティアは風の精霊達に、エルヴァストへ言葉を届けるように頼んだ。

「すぐに向かうから」

『待ってて』なんて、今のエルヴァストには言わない。けれど、ティアが来ないだなんて思わないはずだ。そして、それは外れてはいなかった。

《『ティアが楽しめる舞台を用意しておくよ』だって》

「ははっ、さっすがエル兄様っ。期待しておくよんっ」

そうして馬車からエルヴァストの気配が消え、代わりにレイナルートが現れたのだ。

ティアにはエルヴァストの今の位置がよく分かった。精霊達に頼んで、皆に声が届くようにしてもらってから宣言する。

「私はフラムで一足先にエル兄様のところに向かう。みんなは、迷わず城を目指して来て。罠や襲撃もあるかもしれないから、充分に気を付けて。カル姐《ねえ》やファル兄達も待機してるから、何かあったら合流してね」

全員が気合いを入れるのが分かった。それにニヤリと満足げに笑みを浮かべる。

「カランタ。このまま行くよ。良い？」

「もちろんっ。あ……えっ、ちょっと待って、このままってまさか!?」

後ろにいるカランタが、ある可能性に顔を青ざめさせているのが容易に察せられた。

「ふふっ、フラム、エル兄様のところに……突撃!!」

《イキマス!!》

「えっ、ちょっ⁉」

舌を噛み切るぞと注意してやる暇はなかった。

急速に城が近付いてくる。正面やや右側。そこにエルヴァストがいる。

ティアの腰に必死で掴《つか》まっているカランタを意識しつつ、気配で城の中を探る。

次の瞬間、エルヴァストがどの部屋にいるのか分かった。ティアは思わず笑い声を上げる。

「あはは っ、エル兄様ってば、本当に最高の舞台じゃん！　フラム！　急ブレーキはなし。構わずあそこに突っ込みなさい！」

《うん。いく！》

「本気でっ⁉」

ティアは自分の腰に回されたカランタの腕に左手を添え、上体を低くする。そして、叫んだ。

「エル兄様っ、二人を離さないでね！」

それを風の精霊がエルヴァストに届けたはずだ。エルヴァストがつけている指輪は一つではない。ティアの腕輪と対《つい》になった方の指輪。その力を発動させる。

これによって、エルヴァストが結界で包まれる。二人を抱え込んでいれば、一緒に守れるだろう。同時にティアは、フラムごと自身を囲む防御結界を張った。

「行けぇええ！」

そうしてフラムは躊躇《ちゅうちょ》することなく城に突っ込んだのだ。

破壊された城の壁から土煙が上がる。突撃した直後、ティアはフラムを本来の姿からいつもの小さな姿へと素早く変えた。

広いダンスホール。そこにエルヴァスト達はいた。だが、さすがにフラムを本来の姿のままにしておくには狭い。更には気になることがもう一つ。

「暗いな……」

そう呟《つぶや》いたティアは双剣を手にすると、足下に魔法陣を浮き上がらせる。そして、剣に力を乗せて真横に薙《な》いだ。

すると、魔法陣が一気にその大きさを広げる。次の瞬間、このダンスホールの床から一メールより上の建物を全て消し去った。

「うわっ」

「きゃあ」

そこかしこで悲鳴が上がる。建物が消えて床を失った人々が降ってきたのだ。

「うそ……」

突撃後、フラムから下りて床にへたり込んでいたカランタも、月の輝く空を呆然と見つめていた。

味方がこの状態なのだ。敵側は当然、理解が追いつかずに固まったままだ。しかし、ティアは満足げだった。

「これで明るくなった。ねっ、エル兄様。もっと素敵な舞台になったでしょ?」

広いダンスホールを戦いの場に選んだエルヴァスト。襲撃を受けたのもダンスホールだったので、皮肉を込めた良い選択だ。

目を向けた先には、ヒュリアとイルーシュを抱え込み、目を瞬《しばたた》かせるエルヴァストがいる。

「だからって無茶苦茶だっ」

「え? エル兄様なら、スゴイって手を叩いてくれると思ったのに」

「いくら私でも、こんな戦場で楽しめるほどの余裕があるか!」

さすがのエルヴァストも、兄から任されたヒュリア達を守りながら一人で戦うのはキツかったらしい。この場に来られただけでも僥倖《ぎょうこう》だと言わんばかりだ。

「なら、まだ鍛《きた》え方が足りないんだねっ」

「そうか……そ、そうかもしれんな……」

無茶だと思いながらも、まだまだ強くならなくてはと反省するエルヴァストだった。

「それじゃあ、やりますか。フラム、イルちゃんをお願い」

《キュキュ！》

「ん？　そう。ヒュリア様もよろしく」

《キュ！》

小さくなったフラムは、本来の姿の時のように話すことができないが、その目を見れば分かる。イルーシュだけでなく、ヒュリアも守ると言っていた。ならば任せようとテイアは頷《うなず》く。

まずは一人と、エルヴァスト達の方へ近付こうとしていた黒装束《くろしょうぞく》の者を、剣で軽く弾《はじ》く。

「ぐっ！　うわっ⁉」

「あ、加減間違えた？」

あくまで軽くだったのだが、敵は奥へ二《ふた》部屋ぶん吹っ飛ばされ、そのまま下へと転がり落ちていく。つまり城の反対側だ。ほんの一振りで人をそこまで飛ばしてしまった。

「え～、これだけ広くても落ちちゃうの？　ねぇ、カランタ、ここって何階かな？」

「あ、え～っと……」

正気に戻ったカランタはゆっくりと立ち上がり、腰上辺りまでの高さしか残っていない壁へと近付いていく。そして下を確認したカランタは、動揺することなく答えた。

「三階だね」

「そっか。なら、落ちても運が悪くなければ助かるかな」

「そうだね……って、いや、城の三階だからね？　貴族の屋敷の高さとは、また少し違――」

「大丈夫、大丈夫っ。ちょっと普通よりビックリするだけの違いだから」

「普通ってっ、……はっ、そういえばティア、ちっちゃい時に城の三階から落ちてたね……」

「うん。だから、ちょっとビックリするくらいだよ。経験者の私が言うんだから確かです」

「そうだね」

ティアとカランタの掛け合いに、エルヴァストはかなり肩の力が抜けたようだ。

「……親子……？」

なるほど親子だと、なぜか納得できてしまったらしい。

その時、イルーシュがぽつりと呟《つぶや》きを漏らす。

「父上……」

「イル？」

その響きがなんだかイルーシュらしくない。そうエルヴァストには感じられた。

ティアもおかしな気配を感じてイルーシュへと目を向ける。イルーシュの瞳は何かに取《と》り憑《つ》かれたように虚《うつ》ろな色を見せていた。

するとカランタが信じられないものを見るようにイルーシュを見て叫ぶ。

「レナードっ⁉」

「兄様？」

「サティア……父上……？」

イルーシュの中にレナードがいたのだ。

◆　◆　◆

ティア達が王宮を出発する前。サガンに異変ありとの報を受け、ベリアローズ、ゲイル、ルクス、ザラン、シェリス達は急遽《きゅうきょ》ヒュースリー伯爵領へ向かうことになった。その移動手段というのが、マティの父トヤの転移魔術だ。

《間に合ったようだな》

「マジでサルバの神殿だぜ……」

《なんだ。信じておらんかったのか。長く生きると、これくらいできるようになるものだ》

「いや、無理じゃね？」

ザランの言葉に全員が同意する。ディストレアは環境に合わせて無限に能力を開花させていくという、とんでもない魔獣だ。神属性の魔術でさえも修得してしまうらしい。

「まぁ、なんだ。来られたんだから良しとしようぜ。それより敵さんがどうなってるかだ」

ゲイルが外に向かって歩き出す。それにルクスが追従した。

「確か、サガンから黒い魔獣が溢《あふ》れてきてるんだったか。確かに、変な気配を感じる」

「マスター、指揮を頼んます」

「分かっていますよ。すぐに招集をかけましょう。トヤさんも協力くださるんですよね」

《もちろんだ。マティもやる気のようだしな》

「マティ？」

トヤの言葉に、シェリスは歩みを止めて振り返る。トヤがマティと呼ぶのはマティアスのことだ。そう思い至ると、そこには笑顔のマティアスがいた。

《おう。やるぞぉっ。武器も使えるようにしたし、シェリー、久しぶりの共闘だなっ》

「……マティ……」

早く行くぞと、トヤに乗って神殿を出ていこうとするマティアス。それに、シェリスは表情を引きつらせていた。

「すげぇっ、伝説の赤髪の冒険者と共闘とか、燃えるじゃんかっ!!」

これにテンションを上げるのはゲイルだ。

《おっ、確かゲイルとかいったか。婿《むこ》さんの親父殿だな》

「っ、そうか、そうなるのかっ。おうっ、親父だっ。よろしく頼んます！」

《よぉしっ、暴れるぞっ》

「おおっ!!」

その勢いのまま駆け出していく二人。これにはルクスも遠い目をしてしまう。そんなルクスの肩を慰《なぐさ》めるように叩いて、ベリアローズとザランもこの場を後にする。残されたシェリスとルクスは揃《そろ》って大きく溜め息をついた。それから二人は目を合わせる。

「言っておきますけど、マティはティアの五倍は自由人です。もし巻き込まれて死んだら、百年の約束など反古《ほご》にしますからそのつもりで」

「百までは俺のものだと決まったんだ。もったいなくて死ねるか。それより、あの人とは長い付き合いなんだろ。五倍でも十倍でも、上手く指揮してもらえますかね」

マティアスのおかげで、ルクスはティアが百歳になるまでの時間をもらった。シェリスもこれに同意したのだ。こんなところでおちおち死んでいられないと気合い充分だった。

一方、シェリスも久しぶりにマティアスに会えたことが嬉しくないわけではない。むしろ共闘が楽しみで仕方がない。気分の良い今、このやり取りも悪くないと思えた。

「いいでしょう。精々《せいぜい》、英雄にでもなれるくらいの戦果を期待しますよ」

「上等だ。賢者様の実力、見せてもらおう」

そうして、二人は満足げに笑い合い、神殿を後にした。

◆　◆　◆

ティアの目の前には、ジェルバとライダロフ、そして、神子《みこ》と呼ばれる少女がいた。

その少女は、ティアとカランタが自分達の存在を無視して顔を見合わせ合う様子に、綺麗な眉を寄せていた。

「わたくし達の計画を邪魔するあなた方は何者です?」

発せられた言葉はそれほど邪険には感じられないが、声音には確かな苛立《いらだ》ちが紛《まぎ》れていた。それに気付いていても、ティアはペースを崩したりしない。

「あ、ちょっと黙っててもらえる？　ねぇ、兄様。どうしてイルちゃんの中にいるの？」

「っ……」

敵対しているはずの者を目の前にして、味方同士で話し合いを始めるティア達。そんなことをされたら誰でも怒るに決まっている。

「ふざけたことを！」

そう言ってライダロフが両手に旋棍《せんこん》を構え、ティアへと向かってくる。前回戦った時は、ティアは大人の姿だった。だから同一人物だと気付けなかったのだ。

「煩《うるさ》い。そう毎回やられるかってぇのっ」

「ぐっ⁉」

ティアは素早く二本の剣を操《あやつ》り、軽く弾《はじ》いた。そうして再び向かってきたところで旋《せん》棍《こん》を下へ受け流す。これにより体勢を崩したライダロフの腹を、思いっきり蹴り上げた。

「がはッ‼」

身体強化の術を足に一点集中させ、繰り出された蹴りにより、肋骨《ろっこつ》は数本折れている。そのままボールのように高く打ち上げられ、外へ落下していった。

クィーグが捕らえるのが気配で分かったので無事だろう。彼らに抜かりはない。

「うそ……」

見ていたカランタも驚愕《きょうがく》する威力だ。

目覚めさせられた時の衝撃を思い出し、もしかしたらこれを試されていたかもしれないと思ったカランタは、月明かりを反射するほど白く青ざめていた。

「で？　兄様、どうしたの？」

ティアは平常運転だが、この切り替えの早さは異常だ。神子《みこ》は慌てて身を翻《ひるがえ》した。

「私のことは気にするな。少し役に立てればと思い、出てきただけだ。それより良いのか？　あれは敵の首魁《しゅかい》だろう？　逃げてしまったぞ」

冷静な指摘だ。その時、城の外に不穏な気配を感じた。呑気《のんき》に話している余裕はなさそうだ。

「ううん。あれも所詮は傀儡《かいらい》だよ。父さっ……カランタ、エル兄様達を連れて城の外に出てて。なんか、さっきから外が騒がしい。カル姐《ねえ》とファル兄がいるはずだから、合流して対応して」

「う、うん。い、今ティア、父様って言おうとしなかった？」

「してない。さっさと行くように」

「うぅ……分かったよ。気を付けてね」

「はいはい。エル兄様、ヒュリア様、後で会おう」

それだけ一方的に言い置いて駆け出す。この時には、ジェルバの姿もなかった。

◆　◆　◆

ジェルバは、先ほどから襲ってくる激しい頭痛に、意識を持っていかれそうになっていた。

「くっ、なんなのだっ？」

それは、あの少女が現れた時に始まった。彼女が手にしていた双剣。そこから懐《なつ》かしく、愛《いと》しい気配がしたのだ。

「誰だ。誰が、誰っ」

記憶の奔流《ほんりゅう》。それがジェルバの意識を混濁《こんだく》させる。もう耐えられない。悲鳴を上げそうになった時、光が現れた。

《ぴぃっ》

「っ!?　これは……っ」

その鳴き声が一気に意識を呼び覚まし、懐《なつ》かしい声と光景が蘇《よみがえ》ってきた。

『お帰りはいつ？　この子が生まれる頃には、名前も決めて帰ってきてくださいね』

赤い髪と赤い瞳。ハイヒューマン特有のその姿は、神に愛された種族であろうとなかろうと、自分には輝いて見えた。初めて愛した唯一無二の存在。そのお腹には、本来あり得るはずのない奇跡を宿していた。

『ラダとトヤが、この子が生まれる日にはごちそうがないといけないと言って、狩りに出かけました。途中で会ったら、あまり大物を捕るのはやめるように言ってやってください』

同じ村に住むディストレアの子ども達は、赤子が生まれるのを楽しみにしてくれているのだ。

『ああ、言っておくよ。それに……もう子どもの名前は決めてある。男でも女でも【明日への希望】という意味でマティアス。どうかな』

素敵だと言って笑った彼女は、愛《いと》おしそうにお腹を撫《な》でながら、その名を何度も繰り返した。

彼女に見送られ、何度目かの旅に出た。希望を打ち砕かれ、『神具《しんぐ》』が見つからなくて疲れ果ててしまっても、自分には帰る場所があり、希望の名を持つ我が子と妻が待っている。だから神から離れても生き続けることができた。それなのに――

『あなた……ごめんなさい……っ、あなたの帰る場所を……守れなかった……っ』

里から最も近い国の王が、ハイヒューマンの存在を妬《ねた》み、全兵力をもってここを襲ったのだ。その上、どこから漏れていたのか『神具《しんぐ》』の存在を知っており、それらを奪っていったという。

里長《さとおさ》であるルーフェニアは、最後まで里を守ろうと戦ったのだ。だが、いくら身体能力が高くても、数には勝てなかった。

『ねぇ……この子を見て。可愛いでしょう？　あなたと私の希望……っ』

彼女は生まれて間もない娘を隠していた。瀕死《ひんし》の状態でありながら、最期に娘を迎えに行ったルーフェニアは、炎に呑まれる村の只中で、その子を抱いたまま力尽きていた。

赤い炎が照らし出す彼女の体。その至るところに黒いシミが見える。それは彼女の血だった。

『待っています……っ、だからあなたは……あなたの役……目……を……っ』

『っ、ルーフェ！』

程なくして彼女の瞳からは、ゆっくりと生気が消えていった。

『ふあぁぁっ』

響く子どもの泣き声が、次第に遠くなっていく。ジェルバの目はもう何も映さなくなっていた。

ハイヒューマンの身体能力は高いが、彼らは人族と変わらない平穏な生き方を望んでいる。けれど人族から見れば、異質な存在なのだろう。

見た目も生まれも変わらない上に、親は同じ人族。それなのに、寿命も身体能力も倍以上。自分達もそうなりたいと望んでいるのに、そこに届かないもどかしさが、やがて恐怖や嫉妬《しっと》の対象となる。

それらの感情は膨《ふく》れ上がり、暴力という手段によって消してしまおうと考えた。誰だって、不安定な感情をずっと抱えていたくはない。人は臆病で、力による優劣をつけて安心したがるのだ。

『ははっ、人は愚かだ……神が慈悲《じひ》を与えるべきものじゃないっ……滅びろ……滅びろっ、神の力で滅びてしまえ！　呪われろっ、呪われろっ、消えてしまえば良い!!』

怒りと悲しみに任せ、彼女を殺した者達を蹂躙《じゅうりん》した。そうして翼が黒く染まり、片翼《かたよく》が腐り落ちるほど負の感情に支配されていったのだ。

いつの間にか、生まれた子どものことも、愛した人のことも忘れ、ただ衝動のままに人に破滅の道を与えんとした。

過去の光景も、その時の感情も思い出したジェルバは、はっと正気に戻る。

「私は……」

《ぴぃ》

「神使獣《しんしじゅう》……？　私の？」

《ぴぃ、ぴぃ》

その時、城の中央で大きな力が生まれたのを感じた。

「っ⁉　まさかあれが！」

朦朧《もうろう》とする意識の中で、神子《みこ》と呼ばれる少女とは別の場所に向かっていた。無意識に『神具《しんぐ》』が保管してある隠し部屋へと向かっていたのだ。

全てを思い出した今、『神具《しんぐ》』を放置してはおけなかった。だが、今発現した力は多くの命を失わせるものだと知っている。何より、正気を失った自分がその発現を狙っていたのだ。

そこに、神の気配を感じた。

「これはっ……神ならば止められるかもしれない……私は罪を償《つぐな》わなくては……っ」

《ぴぃ？》

「私は天に帰れなくても良い。だから女神を……あの子の血を引く娘を助けてください！」

その願いは天に聞き届けられた。

神使獣《しんしじゅう》から光が溢《あふ》れる。その光に意識も体もゆっくりと呑み込まれていったのだ。

◆　◆　◆

ティアはジェルバよりも先に神子《みこ》を捕らえるつもりだった。そうファルに頼まれていたのだ。

彼女の生い立ちは先日、ファルから聞いた。神子《みこ》は異種族を憎んでいる。その思いを、組織に利用されたという。

母は人族、父は竜人族だ。彼女が生まれる頃、種族間で争う戦争が起きた。そこで、竜人族であった父は里に帰らなくてはならなかった。

しかし、母は身重。だから、生まれた頃に改めて迎えに来ると約束して帰郷していったという。母は戦争の影響を考え、父親が竜人族であるということを口にしなかったようだ。

だが、それがいけなかった。いつまでも迎えに来ない父親。人とは違う時間を生き、年を取らない娘。彼女を隠し続けることに疲れ果てた母は、やがて住んでいた場所を追い出されてしまった。

ここまでならば、人族を憎むようになるはずだった。けれど、彼女は母を誰よりも敬愛していた。母を苦しめるのは自分の身に半分流れる血。つまり異種族であった父だと思い込んだのだ。

そして、母が亡くなった。そこに組織がつけ込んだ。洗脳し、年を取らない神秘的な存在——神子《みこ》として祀《まつ》り上げた。彼女もまた、歪《ゆが》んだ組織によって操《あやつ》られた被害者だったのだ。

敵とすべきは、神子《みこ》ではない。彼らの持つ間違った思想だった。


城の二階の中央にある謁見《えっけん》の間。

ウィストの王らしき者が虚《うつ》ろな目をして玉座に座っており、舞踏会を襲撃した黒装束《くろしょうぞく》の者達がそれを取り囲んでいる。

玉座の近くにいる神子《みこ》の周りには、白い法衣を着た神教会の者達が神妙な表情で控えていた。まるでこれから神聖な儀式でも始めるかのような面持《おもも》ちだ。

最初に口を開いたのは神子《みこ》だった。

「来ましたか。ですが、良いのですか？　あなたが守ろうとする国へと、神兵達が行進を始めました。わたくし達の崇高《すうこう》な使命と教えを無視する愚かな者達は、排除しなくてはなりませんもの」

「それって、女神サティアの生まれ変わりが、あの鼻持ちならない傲慢《ごうまん》なお嬢様だってのを信じなかったから？　それとも『神具《しんぐ》』の存在の意味をはき違えて、人こそ神に認められた種族だとかいう戯《ざ》れ言《ごと》を鼻で笑ったから？」

「っ！　減らず口をっ。いいでしょう。これから、神の意思というものを見せてさしあげます！」

神子《みこ》は持っていた杖の先にある器に水晶玉ほどの大きさの魔核《まかく》らしきものを入れた。その器は『神器《しんき》』だ。そこから闇が溢《あふ》れ、次の瞬間、金の光が爆発するように発せられた。

「さぁ、神の使者。大地の守り神よ！　神に背きし愚かなる者達を討ち滅ぼすのです!!」

「っ……何これっ」

さすがのティアも驚きの声を上げる。現れたのは、金に輝く毛並みを持つ巨大な獣。成体になったマティの数倍もの大きさがあった。その上、ロックタイガーのような顔が、三つついている。

見たこともない魔獣の出現に、ティアは驚愕《きょうがく》する。感じる魔力も莫大《ばくだい》なものだ。バト

ラールの姿になっても一撃必殺とはいかないだろう。余分な魔力を割《さ》いている余裕はなさそうだ。

魔獣は太い四本の足を踏み込むと、大きく口を開けた。同時に自身を囲むように、無数の大きな魔法陣を展開する。それは身を守るものかと思われたが、魔術に精通するティアにはそうでないことが分かった。

「え……」

神子《みこ》のどこか間の抜けた声が聞こえた。

「まさかっ!? 伏せて!!」

《グルァァアッ》

吠える勢いでその魔法陣から風、火、光の玉が飛んでくる。それをなんとか回避し続けること数分。風の魔術を纏《まと》い、身軽に壁や天井を足場にしてティアは逃げ切った。

それだけではなく、自分達を攻撃することはないと高《たか》を括《くく》っていた無防備な信徒達や王をできる限り結界で守った。そう、この魔獣はこの場にいる全員を敵と認識していたのだ。

「神子《みこ》様!! うわぁぁあっ」

「ちっ」

三つの頭は、それぞれ別の属性を持っているのだろう。ほとんど間を置かず、次々に魔法陣が展開される。

いつ終わるともしれない攻撃の最中、神子《みこ》や数人の信徒達がやられたらしい。一ヶ所に固まってくれているのならばまだしも、バラバラに逃げ惑う者達全員を把握しきれなかった。いくらティアでも、視界に入らない範囲まで力を集中させることはできず、神《み》子《こ》達のいた場所まで手が回らなかったのだ。

何より、巻き込まれることも想定して構えているものだとばかり思っていたのだから仕方がない。

《グルァァァ!!》

攻撃がやむと、金の魔獣は声を上げて威嚇《いかく》する。まずはティアをと思ったのだろう。太い腕を振り上げ、なぎ倒そうとする。それをティアは二本の剣で受けた。

「くっ」

勢いを殺しきることができず、少々宙を飛ぶ。攻撃をかわしたことで、魔獣の頭上を飛び越えた。

そこで不意に、中央にある魔獣の額《ひたい》におかしなものが見えた。それは神子《みこ》が取り出したあの魔核《まかく》らしきもののようだ。

「人？」

見たことのある人の顔がその中に見えた気がした。ティアは確認しようと、穴が空いて脆《もろ》くなった天井を踏み抜かないように気を付けながら足場にして飛ぶ。すると、三つの顔がティアを正確に捉《とら》えた。

「うわっ、完全に狙われてる⁉」

吹っ飛んだとはいえ、ティアを始末したとは思わなかったのだろう。未《いま》だ敵と認識されているようだ。周りで逃げ惑う者達など眼中にないらしい。

《グルルル……っ》

空気を震わせるような唸《うな》り声を上げて、再び正面に戻ったティアを睨《にら》んでくる。

「ここまで気に入ってもらえるとはね……」

ここが平原だったらとまでは言わないが、屋外ならば、ティアももう少しやりようがある。しかし、残念ながらそうではないのだ。上手く立ち回れないのはもどかしかった。

「どうしようかな。さすがに大技は……」

そんな呟《つぶや》きを漏らすと、ティアの前に三重になった大きな魔法陣が展開される。

「へっ⁉　ここで大技⁉」

間違いないと思える質量の魔力を感じた。風、火、光の力が結集され、ティアに向かって放出されようとしている。この力に対応するのは魔力と体力の無駄だと判断したティアは、魔術が発動すると同時に風を纏《まと》って再び上へと逃《のが》れた。

直後に放たれたのは雷のような、高温の砲撃だった。

「あっぶなっ！　あんなの受けたら灰になるわ！　綺麗に大穴空いてんじゃん」

砲撃の大きさと同じ丸い穴が、まるで切り取ったかのように壁に空いていた。

「ああいう雷撃って、シェリーの十八番《おはこ》だって聞いたけど、怖いなぁ」

軽い口調だが、かつてないほど追い詰められて、口を開いていないと考えもまとまらないのだ。そんなティアは現在、天井のシャンデリアにしがみついていた。

「あ、気付かれた……」

上を見上げる魔獣は、再び口を大きく開けて、あの砲撃の魔術を放とうとする。

「バカの一つ覚えなら、回避は楽なんだけどねっと」

《グラァァァ!!》

放たれると同時にシャンデリアから手を離す。天井を蹴って回避すれば、そこに大穴が空いた。

既にボロボロだった天井は、これによって一気に崩れ、下にいる神徒達に降り注《そそ》ぐ。

悲鳴が上がるのが聞こえたが、手を貸している余裕は残念ながらなかった。

そして、ティアは驚くべきものを見た。

「っ、アスハ!?」

真ん中にある魔獣の額《ひたい》。そこにはまった石の中にかつての友人であるアスハの顔があった。それを確認した途端、魔獣がティアを捉《とら》えてまた口を開く。そして大量の魔法陣がティアを囲んだ。

「ちょっ」

これは回避できないと、覚悟を決めた時だった。

「ティア!!」

「ルクス!?」

白銀の鳳《ほうおう》に乗ったルクスが舞い降り、ティアをそこから救い出したのだ。

◆　◆　◆

サルバへ迫ってきた黒い群れ。それは、魔導具によって生み出された魔獣と操《あやつ》られたワイバーンの群れだった。

「手加減などするんじゃありませんよ。ここが突破されれば、その後王都まで確実に蹂《じゅう》躙《りん》されます。ここが最初であり、最終の防衛ラインです。心してかかりなさい」

サルバの外壁の上に立ったシェリスが拡声の魔術によって、町の外に展開する冒険者や領兵達へと告げる。月は既に役目を終えようと傾きかけており、辺りは薄暗い。けれど、その魔獣達の黒い影は確認することができた。

「いきますよ」

その言葉と共に、シェリスは魔術を発動する。『閃光《せんこう》の隼《はやぶさ》』の二つ名に相応《ふさわ》しく、光り輝く数十もの魔法陣が上空に横一列に並ぶ。

「【雷閃雨《らいせんう》】」

幾本もの雷撃が地面に落ちる。その光に触れた黒い魔獣達が一撃で消滅していった。

「すげぇ……」

感嘆の溜め息が周りから漏れる。

「マティ！」

《任せろっ。突撃!!》

「「「おぉぉぉっ」」」

トヤに乗ったマティアスがハルバードを振り回しながら駆け出していく。それを追うように冒険者達がそれぞれの武器を構え、魔獣へと殺到した。

「魔術師部隊、ワイバーンが来ます。撃ち落としなさい」

「「「はっ」」」

外壁に並んでいた魔術師達がそれぞれの魔術でワイバーンを落とす。ギリギリまで近付いてきたところを落としているので、その下には冒険者達はいない。落ちたワイバーンは、控えていた魔術師達によって動きを封じられる。それは乗っていた者達も同じだった。

見事な采配《さいはい》を見せるシェリス。一方、ルクスも負けてはいなかった。

さすがにディストレアに乗っているマティアスには追いつけないが、最前線で剣を振るう。

青い光を纏《まと》った剣は、それに引き寄せられる魔獣達をいとも簡単に葬《ほうむ》っていた。時に剣撃を飛ばして味方を助け、すれ違いざまに屠《ほふ》る。その戦果はマティアスに次ぐものだった。

しかし、当のルクスはおかしな感覚を味わっていた。

「なんだよ、これ……っ」

すさまじい戦果とは裏腹に、強い焦燥《しょうそう》を感じていたのだ。それは後悔と強い信念を思い起こさせるものだった。

その原因は手にしている剣が魂にまで深く結びついて力を発揮しているからだ。

彼の魂はかつてコルヴェールの名を持っていた。多くの人々を助け、英雄と呼ばれた彼だが、次の人生では、たった一人を愛し守ることを望んだ。

そして転生した彼は、次にスィールという名を得た。先の願い通り、守りたいと思うたった一人に巡り会い、その想いを伝えようとした時、力が足りずに潰《つい》えてしまった。

だから次こそはと願ったのだ。

『さらなる力を得て、今度は愛する者の隣で戦い、守る者になりたい』と――

「……行かないとっ」

その思いに突き動かされた時、空から白銀に光る鳳《ほうおう》が現れた。一瞬、敵かと身構えたのだが、それは纏《まと》う光でルクスの周りにいた魔獣を一気に消滅させた。

「っ……」

《青き力を持つ者よ。一緒に来てくれ》

「え……」

その声に驚いていると、マティアスが叫ぶ。

《行ってこいっ。そいつは信用していい！》

「で、ですがっ」

動揺していれば、今度はシェリスが告げる。

「さっさと行きなさい。ティアに何かあったら、塵《ちり》にしますよ」

そこまで言われては行かないわけにはいかない。ティアのことに関しては、シェリスは鼻が利くのだ。それを裏付けるように、近くに来たクロノスが背中を押す。

「ティア様でも手を焼く何かが現れたらしい。ティア様のことを頼む」

「っ、分かった。ここは任せた」

ルクスは、鳳《ほうおう》に飛び乗る。その鳳《ほうおう》は飛び立つ一瞬、マティアスとトヤに目を向けた。

そして二人が笑うのを確認すると、一気に上空へ舞い上がったのだ。

◆　◆　◆

ティアがいた場所を中心に大きな爆発が起きた。

「ルクス、この鳥は……あの神使獣《しんしじゅう》が……」

白銀に輝く巨大な鳥。今の爆発で天井は全て消えてしまったので、充分に羽を伸ばすことができていた。魔獣とは対照的な色。それは朝日を受けて美しく、神秘的に輝いていた。

ティアはこの鳥の正体に気付くと、敵の魔獣について尋ねる。

「あれが何か分かる？」

《降魔獣《こうまじゅう》トゥーレガルフ。地上に厄災《やくさい》を招き、滅びをもたらす。神の怒りを体現した魔獣。本来ならば、『神具《しんぐ》』を悪意のままに使い続けることで生み出される。しかし……怨嗟《えんさ》を内包した魂を融合させることで、これを発現させられると気付いた》

「怨嗟《えんさ》の魂……まさか、それがアスハ……」

黒く濁《にご》った魂。それはかつての友人で【神笛《しんてき》】の使い手だったアスハのものだった。

「助けられないの……？」

「ティア？」

声が震えていた。あれほど凶悪な魔獣を相手にしても感じなかった冷たい感情がわき上がってくる。アスハの魂を直接感じたことで、ティアには彼も組織に利用されていた者なのだと分かってしまったのだ。

そして、何よりティア達が死んだ原因を作ったことを認め、後悔していた。その苦悩が、彼を怨嗟《えんさ》の渦《うず》へと堕《お》としているのだ。

《私には無理だ……》

そこへ、空から声が降ってくる。

「君が無理でも、僕達にならできるよっ」

「カランタ、兄様……？」

カランタの隣には、イルーシュの体から離れたレナードの姿があった。レナードは昔と変わらない笑みを見せる。

《大丈夫だ。父上が解放し、私が連れていく。だから……後は頼んだよ》

それはあの時には聞けなかった、聞きたかった言葉だ。そう、謝罪の言葉などいらない。

「っ、はい！」

頼られたことが嬉しくて、大きく返事をしたティアは、鳳《ほうおう》の背中から飛び降りる。

「ルクスはそのまま、上から攻撃して」

「分かった」

落下しながら伝えると、着地と同時に駆け出し、ティアはトゥーレガルフの注意を引きつけるように魔術を展開する。

「【雷撃砲】!!」

雷には雷、同じ技でどうだという、ティアがいつも通り喧嘩《けんか》を買った形だ。今までの攻撃を見ても分かるように、一点集中させた魔術の威力は高い。ディストレアよりも頑丈な体毛を持ち、並みの魔術では傷などつかないはずのトゥーレガルフの体をも、当然のように焼いていた。

《ガルァアッ》

トゥーレガルフが完全にティアに釘付けとなったところで、カランタとレナードが上から近付いていく。そして、額《ひたい》に埋め込まれている石へなんらかの力を打ち込む。

それと同時にレナードがその中へと滑《すべ》り込んだ。次の瞬間、レナードはアスハの魂を引《ひ》き摺《ず》り出してきたのだ。

《ガァアァッ》

石に亀裂が走った。空へと昇っていくレナードとアスハ。そのアスハと目が合った気がした。その口元が動くのも見えた。

『サティ……ア……』

痛ましげに顔を歪《ゆが》めながらそれを見送り、戦いを再開する。

「ルクス君、同じところを狙って！」

「はいっ」

カランタが魔術を放つ。禍々《まがまが》しい闇の力を使ったあの技ではなく、光の力を使っていた。それがトゥーレガルフの額《ひたい》の石を穿《うが》つ。そこにルクスが渾身《こんしん》の斬撃《ざんげき》を放つと、石は砕け散った。

悲鳴を上げながらもこれに反撃するためか、トゥーレガルフが足に力を入れ、口を開けるのが見えた。そこで、すり抜けざま、滑空《かっくう》する鳳《ほうおう》の動きに合わせて、ルクスが足を狙う。体勢を崩そうというのだ。

その目論見《もくろみ》は上手くいった。足を切りつけ、内側の指を一本切り飛ばしたことで、トゥーレガルフが体勢を崩す。これにより、発動しようとしていた魔術が失敗に終わった。

「これで、終わり！」

この展開を読んでいたティアは、一気にトゥーレガルフとの距離を詰める。そして、正面から三つの顔に挑んだ。神属性の力を遺憾《いかん》なく双剣へと注《そそ》ぎ込み、閃光《せんこう》と共に深く刃を突き刺した。その勢いのまま、なぎ払うように左右に切り開く。

「はあっ!!」

《グギャァァアアッ》

刃を抜き取ると同時にトゥーレガルフの体を蹴って空中で一回転し、充分に距離を取ってから着地する。

その時、ビシリという音が聞こえた。トゥーレガルフの体は唐突に光の粒子となって崩れ去り、それと同時に『神具《しんぐ》』がまた一つこの世界から消えたのだ。

誰も声を発することができなかった。そこへ、ファルとカルツォーネが駆け込んでくる。

「ティアっ、無事かい⁉」

「なんとかね」

ティアに怪我がないことを確認して、カルツォーネは胸を撫《な》で下ろす。

「こっちもなんとかなったよ。この国は滅茶苦茶《めちゃくちゃ》だけれどね」

サルバを襲った黒い魔獣と同じものが、このウィストからも発生していた。それらは神教会から現れ、ウィスト国内にも小さくない爪痕を残している。

フリーデル王都へ向かっていた全ての魔獣とワイバーンは、ティアの仲間達や騎士、冒険者達に駆逐《くちく》された。この国を調査していた魔族の諜報員《ちょうほういん》達やクィーグの者達によって、かなり間引かれていたというのも良かったのだろう。当然、カルツォーネやファル、王宮に残っていたサクヤやマティ、シルも一役どころではない役目を買ってくれていた。

「ファル兄、神子《みこ》は？」

倒れている神子《みこ》にティアが手を出さなかったのは、命に別状はないように思えたからだ。その見立てに間違いはなく、細かい傷は見られるが、呼吸にも異常はなかった。

駆け寄ったファルの後ろから覗《のぞ》き込めば、神子《みこ》の破れている服の下、背中の中央に白く光る鱗《うろこ》のような皮膚が見えた。

「……大丈夫だ……」

「竜人族の血が守ってくれたってことだね」

未《いま》だ目を覚まさない神子《みこ》。このあと、神子《みこ》の中にある誤解をゆっくりと解いていくことになる。これにはフリーデル王国の神教会が大きく関わってくれた。誤解の元となった、病床《びょうしょう》にある彼女の父親はまだ生きており、数ヶ月後、親子として再会を果たすことになる。

「さてと、こっちは片付いた……あとは」

そうして目を向けた先に、鳳《ほうおう》が舞い降りていた。目が合うと、トゥーレガルフが消えた時と同じように、ゆっくりと砂のように崩れていく。その中から現れたのは、本来の白銀の色の髪に戻り、穏やかな表情で倒れ込むジェルバだった。

そこへ、トヤとマティアスがどこからともなく現れる。トヤの頭にはフラムが乗っていた。

マティアスも穏やかな表情でティアに手を振る。

《ありがとな、ティア……やっと会えたな、バカ親父》

そんな言葉を投げかけられ、ジェルバは笑みを浮かべた。虚《うつ》ろになりそうな金の瞳でマティアスを見つめる。トヤがその瞳を覗《のぞ》き込むようにして呆れていた。

《まったく、一人で暴走しおって。あれから大変だったのだぞ？　赤子のマティアスを大精霊王に預けて、ハイヒューマンという存在が人々の中から薄れるまで眠らせてな。あれに借りを作ることになるとは、まったく面倒だった》

そんな愚痴《ぐち》をも、ジェルバは笑って受け止める。

《もう充分苦しんだだろう。全部忘れて眠れ。これで母さんも眠れる。ずっと待ってたんだぞ》

「っ、ルーフェが……そうか、そうかっ……っ」

ジェルバの瞳から、涙が溢《あふ》れる。ルーフェニアはずっと狭間《はざま》の空間でジェルバが帰ってくる日を待っているのだ。

《行くぞ。翼もちゃんとある。行けるだろ？》

「ああ……っ」

ジェルバの姿が霞《かす》んでいく。軽くなった体は、白銀の翼を大きく羽ばたかせて空へと舞い上がる。

「ジェルバ……」

ティアとジェルバの視線が絡《から》み合う。後ろにいるカルツォーネは苦笑しているようだった。長い間、魔族の国で多くの問題を起こした彼が消える時がきたのだ。

カルツォーネが納得している以上、ティアももう良いかなと思う。だから、口にしたのは恨み言ではなかった。

「――光ある永久《とこしえ》の庭で、安寧《あんねい》なる眠りを――願ってるよ」

《っ……ありがとう……》

穏やかな眠りを願うその言葉は、ジェルバを天へ送ったのだ。

こうしてこの日、長い長い戦いが終わった。

終章　女神が示す未来への架《か》け橋《はし》

ウィストの騒動から数ヶ月が過ぎた。

『神の王国』は解体され、神教会がその信徒達を受け入れた。現在は、積み重なってしまった多くの誤解を、時間をかけて正している状況だ。あの後、捕らえられた神子《みこ》も大人しくしているらしい。ファルの言葉も聞いているという。

色々と問題を起こしてくれたローズは、リザラント公爵家に戻され、今は軟禁状態だ。こちらも神教会の司教達が連日屋敷を訪れ、対処してくれているとのことだった。

ウィストとサガンは、王や重鎮《じゅうちん》達が洗脳状態であったこともあり、国の内政が機能しなくなっていた。周りの国との協議の結果、フリーデル王国が建て直しを支援することに決まったのだ。

サガンは次期国王である王太子が成人していたこともあり、建て直しは順調だ。しかし、ウィストはそうもいかない。王子はまだ幼く、王位を継ぐことは難しかった。

そのため、残ったウィストの貴族や王妃との話し合いにより、ヒュリアとレイナルートの結婚を機に、ウィストはフリーデル王国に併合されることになったのだ。

そして、フェルマー学園を数日前に無事卒業したヒュリアは、めでたく本日、レイナルートと結婚することと相成《あいな》った。

誰もがこれを祝福し、ウィストの民達も盛大に喜びを表わしていた。これからいよいよ盛大な結婚式となるのだが、ここで不満を口にする者がいた。

「で？　なんでまた私が担《かつ》ぎ出されてるの？」

「仕方ないだろう……ティアがサティア様だと、既に世界中に周知されているんだから」

ティアのパートナーは、先日めでたく婚約者と認められたルクスだ。

「鬱陶《うっとう》しい。面倒くさい。裏でダラダラしてたい」

別にこの結婚式が嫌なわけではない。協力しろと言われれば、裏方だって喜んでやる。しかし、女神だと指さされ、拝まれることになるのだから堪《たま》ったものではない。

「こらこら、そんな顔しないの。おめでたい席なんだからね？」

「カランタさぁ、なんでそんな嬉しそうなの？　ってか良いの？　天使が宣伝に使われるんだよ？　政治に利用されるんだよ？　むしろそろそろ天に帰ろうよ」

カランタはあれから地上に居座り続けている。何が目的かも言わないまま、ずっとティアの傍《そば》に張りついているのだ。まるで、家族という関係をやり直すかのようで、毎日楽しそうにしていた。

だが、ティアのカランタに対する態度は変わっていない。冗談を言ってからかって、時に泣かせてやるのだ。マティアスとのかつての約束を果たすように。

「祝福するだけだもの。天使としての役割と変わりないよ。それに、女神であるティアのお願いを聞いてるんだから、立派に天使してるでしょ？」

「女神って言うな」

「……はい……」

もう決まり文句となった言葉をぴしゃりと言い放つのも、いつものことだった。


女神として渋々ながら祭壇に上がり、二人の結婚を祝福する。式が無事に終わると舞踏会へと移行した。

ヒュリアとレイナルートは幸せそうに笑い合い、ホールの中央でダンスをしている。それを統合された二つの国の貴族達が穏やかな笑みを浮かべて見つめていた。

この後、正式に婚約を発表するエルヴァストとラキアの姿もある。二人が名乗ることになる公爵家の名も『マクレート』に決まり、これでクロノスとの約束も果たすことができそうだ。後世、マクレート公爵家は、最強の騎士の称号も取り戻すこととなる。

その横には、学園の代表生徒のうちの一組としてキルシュとアデルもいた。つい先日、ティアがルクスと婚約したこともあり、二人はお互いの気持ちを改めて認識したらしい。今は婚約を視野に入れつつ仲の良さを見せつけてくれている。

ヒュースリー伯爵家からは、当主であるフィスタークとシアンが来ていた。あの戦いの折、実はちゃっかり冒険者達と共に戦いに参加していたシアンは、その噂《うわさ》を聞いた夫人達に囲まれていた。

余談だが、後日、貴族の夫人達の中で護身術が広まるようになり、これによって、女性達の自立心が高まっていく。そして数年後、確かな実力を持った女性騎士が誕生する一因となるのだ。

かつて望んだものが近いうちに現実になると、ティアはまだ気付いていない。

あの戦いでは、ザランも有名になった。シェリスによって呪いという強化を受けた黒い剣を振るい、マティアスやゲイルと並んで戦った彼は、最近『黒剣《こっけん》のザラン』という二つ名で呼ばれている。まだ慣れていないその名を使ってからかうのが、ティアの今の楽しみだ。

ちなみに、ラキアの兄でティアに騎士の忠誠を誓ったクロノスも、先日Aランクの認定を受けていた。これによって、間違いなくヒュースリー伯爵領は王都に次ぐ最強の戦力を有することとなってしまった。とはいえ、これによる貴族達のやっかみはない。これも女神サティアの恩恵だということで落ち着いてしまったのだ。

大きな変化があったといえば、三バカだ。彼らの力は騎士達も既に認めており、三人とも次期騎士団長となることが内々に決まった。ツバンは第二騎士団。チークは第一騎士団。そして、トーイが白月《しらつき》の騎士団を将来率《ひき》いることになる。彼らの実家は冒険者となったことで縁を切っていたらしいのだが、今は復縁をと躍起《やっき》になっているらしい。現金なものだと呆れる毎日だそうだ。

何曲か踊った後、ティアはルクスに提案する。

「ルクス、もう役目も充分果たしたし、ちょっと付き合ってくれない？」

「ああ」

王宮を出て、ドレス姿のままフラムに乗り、王都から離れた王家の墓へやってきた。

「ここは？」

「私のお墓があるの」

「ティアの……」

前回は勝手に忍び込んだが、今回は王の許可を得ているので、門番が中へ通してくれる。

「既に皆様、お待ちです」

「ありがとう」

「いえ、足下にお気を付けて。我らは入れませんので」

親切な兵達に礼を言い、ルクスと二人で歩いていく。中央まではそれなりの距離があった。

そこには不思議な光景が広がっていた。マティアスの墓のあった場所には今、精霊樹が生えている。その木は淡い光を発しており、お墓であるのに不気味な雰囲気は一切なかった。

「お待たせ、母様」

《おう。……ふむ、そのドレス姿、似合っているな》

木の下にいたのは、マティアスだけではない。シェリス、カルツォーネ、サクヤ、ファル、トヤ、マティ、カランタ、そして妖精王の姿もあった。

「ありがとう。それで、どうしたの？」

今日ここへ仲間達を集めたのはマティアスで、どうしたのかとティアは首を傾《かし》げる。

《いやなに、ようやく全部片付きそうだから、その仕込みと墓参りにな》

「墓参りって……」

ティアはもちろん、マティアス自身の墓でもあるので気分的には微妙だった。

《良いじゃないか、墓参り。そんでティア、ちょっとこっち来い》

「うん？」

ここでもっと不審に思うべきだった。マティアスは『全部片付きそう』と言い、更に『仕込み』と言ったのだ。何かあると思うべきだろう。

《それじゃあ、ティア。神属性の魔術を精霊樹に注《そそ》ぎ込め》

「は？　ま、まぁいいけど……」

ティアは特に考えることもなく、言われた通りに精霊樹へ魔力を注《そそ》ぎ込んだ。すると、木が強く発光し、空高く柱のように光が立ち上った。

「何これっ⁉」

《お、繋がったな》

「繋がった⁉」

異常な事態に、ティアだけでなく皆驚いているようだ。

その木の両側に、精霊王達が現れる。風王《ふうおう》達だけでなく、今まで見ることのなかった闇と光の精霊王も顕現《けんげん》していた。明らかにただ事ではない。

光の柱は次第に細くなっていく。これ以上は何もないだろうと一同がほっとした時だった。

「な……に？」

木から丸い光が一つ生まれた。それはティアの前までフワフワと漂《ただよ》ってくる。ティアは思わず手を出した。その両手の上に収まると、パチリと水の玉が割れるように光がはじける。

現れたのは小さな、小さな赤子だった。

「ええっ⁉」

《上手くいったなぁ。よしよし、それじゃ、伝言を伝えるぞ》

「はい⁉」

その声に驚いたように目を開けた赤子は、次の瞬間、くしゃりと顔をしかめた。

「ふぅぎゃぁ」

「こらこらティアっ、大きな声出しちゃだめよ」

サクヤが泣き出した赤子を慌てて引き取る。

「大丈夫よ〜って、あら？　羽が生えてるわ」

「サク姐《ねえ》はあやすのが上手いなぁ。まさか出産の経験が？」

「あるわけないでしょっ」

　カルツォーネの冗談に皆が笑う。戸惑っているのはティアだけだ。嫌な予感がする。

「母様……」

　一緒になって笑っているマティアスをギロリと睨《にら》みつける。

《あはは。ままま、そんなに睨《にら》むな。こっちもパシリなんだよ。だいたい、娘に父親を育てさせようなんて気持ち悪いだろ》

「父親ってまさか……ジェルバの生まれ変わりなの？」

　その言葉で全員が沈黙する。そして、眠り始めた赤子を見つめた。

《あ、記憶はないから心配するなよ？　それに性別を女にしてもらったからな。どうだ？　面影もないだろ？》

　ちゃんと考えているぞとばかりに胸を張られ、ティアは何を言っても無駄だと思った。

「それでマティ。伝言がどうのと言っていたのはなんです？　これに関係あるのでしょう？」

　シェリスの問いかけに、マティアスは笑顔で答えた。

《そうだ。ジェルバは神の特別な天使だった。魂からして特別製だ。だから最初から育てる。それも今度は地上でな。天に戻る時の条件もつけられている。『全ての種族が手を取り合って生きる世界』。それが実現したなら、彼女は天に帰る資格を得られる》

「それはっ……、どんな長期計画だい？」

カルツォーネが首を横に振る。それはいまだかつて実現していない理想の世界だ。

《何言ってる。ここに女神がいて、その友人は各種族から集まっている。その上、王とか里長《さとおさ》とかだし。ならば手を取り合うのも早いだろう？　難しくもなんともない》

「そう言われると、確かになんてことないように思えてきますね。不思議です」

マティアスの生来の性格がそう感じさせるのだろうか。困難なことでも大したことがないように感じてしまうのは昔からよくあった。

《だろ？　ということでティア、頼んだぞ》

「……はい？」

サクヤがティアの傍《そば》まで赤子を連れてくる。

《名前も決めてやれよ？》

「名前……私が？　う～ん……フィア……『架《か》け橋《はし》』──レンフィアでどう？」

「……いい……」

《好《い》い名前じゃないか？》

ファルと妖精王が同意する。周りも頷《うなず》いていた。

《ならレンフィアな。しっかり育ててくれよ。女神様》

「本気で言ってるの？」

《本気、本気。よろしくなっ。たまには様子見に来るからさ。よっ！　女神様っ》

「くっ……」

「うぅ？」

目を開けた赤子――レンフィアが不安そうな顔をする。それに怯《ひる》んでいれば、ルクスが近付いてきた。

「やるしかないんじゃないか？」

「うぅ……なんでこんなことにっ……」

皆の視線が集まる。そんな中、マティアスは精霊樹の中に飛び込むように、あっさり消えていた。もう用は済んだということらしい。逃げたとも言う。

「ティ～ア」

「がんばれよっ」

サクヤとカルツォーネが肩を叩く。

《子育てだけじゃないとは、責任重大だな》

「……大丈夫だ。協力する……」

妖精王とファルが笑みを見せながらティアを励ます。

《うむ。試練とは容易《たやす》いものではない。我が子よ。お前もこれから少々鍛《きた》えてやろう》

《は〜いっ、パパ。マティ頑張るよっ》

《キュキュっ》

トヤは残ってマティの面倒を見てくれるようだ。親として子の傍《そば》にいたいのだろう。

フラムも嬉しそうで、大変微笑ましい。

「ティア。なんなら、私との子として面倒を見ますか？」

「それなら俺だろう……納得したんじゃないのか？」

「それくらい構わないでしょう。いずれは私を父と呼ぶことになります。相手は天使ですから」

「生きている間は、俺がこの子の父親だ」

シェリスとルクスの不毛な言い争いが聞こえる。

「あぅ〜ぁ」

「よしよし、ママのところに行こうね。ほら、ティア。もう諦《あきら》めて」

いつまで経っても抱こうとしないティアを見かねて、レンフィアを受け取ったカランタが、彼女をあやしながら近付いてくる。それを見てティアは顔をしかめた。

逃げられない。外堀は完全に埋められており、返却も叶わない。この理不尽さに怒り

が沸々《ふつふつ》と湧いてくる。だから、空にいるであろう神に届けと叫んでいた。

「くっ……女神なんてっ、女神なんてお断りですっ!!」

「だぁっ」

後《のち》に多くの伝説を残し、仲間達がこの世を去った後も、ティアは幾度となくこの精霊樹を伝《つた》って地上へ降臨することになる。そうして、子孫やかつての仲間達の魂を見守り、時に冒険者として様々な問題を密かに解決した。

その隣にはディストレアやドラゴンや天使が付き従っており、赤い翼の紋章を持つ騎士達が後を追っていたという。しかし、いつもどうしてか女神であることを否定したらしい。

そんな奔放で明るい女神様は、世界中の人々に愛され続け、後世に語り継がれていく。

一部、強いが間違った信仰心と共に。


――女神はいつでも見守っている。世界の平穏を願い、冒険を楽しみながら。

そして、時に強くなろうと努力する者のもとへ現れ、愛をもってこれを指導する。

その愛を受けて我々は世界の平穏を守り、いつでも彼《か》の方の傍《そば》に馳《は》せ参じるのだ――

《紅翼の騎士訓示教書より》

書き下ろし番外編

女神が祝福する明日へ

よく晴れたこの日。フリーデル王国の北にある鉱山に向かって二つの赤い大きな獣がのんびりと駆けていた。その背中には二人と一人の男女が乗っている。

「あ、もうすぐ町が見えるよ」

トヤに乗るのは、十五歳となりぐっと大人びて美しくなったティアだ。あと数日で中学部の卒業となる。

「へえ。初めて来たな……クロノス師匠はいかがですか？」

マティに乗っているのは、グッと背が伸びて精悍《せいかん》な青年へと変わり始めたキルシュだった。冒険者ランクもつい先日Bランクになり、剣の腕は既に騎士団長レベルだといわれている。

「武器を見繕《つく》いに二度ほど」

ティアの後ろに乗っているのは今回の保護者役であるクロノスだった。Aランク冒険者として『闇風の騎士』と二つ名を持つようになって久しく、カルツォーネと同じ『闇風』と呼ばれることが誇《ほこ》らしく嬉しいという。
《……なんか変な匂い》
《これは鉄の焼ける匂いだ。この国で最も鍛冶《かじ》の盛んな町だからな》
《……焼ける……うん、美味《おい》しそうな匂いかも》
《我が子よ。食べ物ではないぞ》
マティは未《いま》だ社会勉強中だ。森の中で生きてきたはずのトヤが人の社会に詳しいのには、何度も驚かされている。
「トヤさん、この辺にも来てるの？」
《大精霊王となな。鉱山がまだ若くてな。多少くすねても問題ないのがここだったのだ》
「泥棒？」
《ま、まあ、そうなるか？　アレはキラキラしたものが大好きでな。そもそも、マティが提案したのだ》
「母様が？」
トヤはマティアスのことをマティと呼び、マティの事を我が子よと言う。
《うむ。剣を預かってもらう対価として、五十年毎に我《われ》が新しい石を見繕《つく》い、渡すとい

う約束をした……らしい》

「らしい？」

《我《われ》は知らなかったのだ。一人ひっそりと森の奥で眠っていたところを、大精霊王に叩き起こされてな。誓約書を突きつけられた……》

「わあお」

マティアスらしいといえばらしい。

《そうだ！　マティアスに一つ文句を言わねばと思っていたのだ。今度降りてきたら正座で説教だ！》

「それ、口にしちゃったらダメだよ。今きっと聞いてた」

《むっ！　マティアス！　聞こえておるなら出てこい！》

「無理だって」

シェリスのお小言を、再会して何度かは、マティアスも嬉しそうに聞いていた。だが、ここ最近は途中で逃げている。きっと飽きたのだろう。説教に飽きるというのはおかしいかもしれないが、マティアスの表情はそれを映していた。

「私だって逃げるし」

《ホントに、よく似ている……》

「ありがとう？」

良いところも悪いところもしっかり似ているというのがマティアスを知る周りの者達の言葉だった。


今回鉱山にやってきた目的は特別な石を手に入れるためだ。

「さて、入山許可も取れたね。トヤさん、案内お願い」

マティとトヤは、町に入る直前、それぞれ神属性の魔術で体を小さくしている。毛色も当然のように揃《そろ》って黒に変えた。そのため、鉱山にも問題なく連れていける。

《よかろう。とっておきの場所だ》

トヤに案内されてやってきたのは、小さな坑道の入り口。どうやら、途中で放棄された穴らしい。だが、一歩入って違和感を感じた。

「ん？　結界？」

「変な感じがしたな……」

「これは……ダンジョンの隠し部屋と同じでは……」

《クロノスは鋭いな。そうだ。こうしてこの場所を守っておる》

《え？　妖精さんがいるってこと？》

中に入っていくと、すぐに突き当たる。しかし、トヤは迷いなく尻尾《しっぽ》を一つ振って突き当たりに向かって進んでいく。そして、消えた。

「え？　あっ、通れるんだね」

「は？　どうなってるんだ⁉」

「わ、私が先に参ります」

クロノスは気を引き締めてその壁に手を突こうとする。だが、そのままスッと通り抜けてしまったのだ。

「あ、やっぱり？」

《すごぉぉぉい！　マティもっ、マティも消っえるぅぅぅん♪》

「あっ」

ぴょんぴょんと興奮して跳びはねながら飛び込んでいったマティに続いて、ティア達も慌ててそこを通った。

キルシュが振り返って唸《うな》る。

「これでは誰か気付くのではないか？」

突き当たりなのだ。何かの拍子で通り抜けてしまえるかもしれない。だが、そこはしっかりと対策が講《こう》じられていた。

《心配ない。招かれざる客は通り抜けられないようになっておる。ほれ、もう少しだ》

淡い発光する石がそこここにあり、坑道の中は満月が出る夜に近い明るさだ。何度か曲がりくねった道を進んでいくと、その先がとても明るいことに気付いた。

《あの奥だ》

「えっ、うそ⁉　これって！　あっ、ん？」

「お、おい。どうした？　そんな急激に……」

驚いて、感動して、何かに気付いて、首を傾《かし》げるという百面相を披露したティアに、キルシュはちょっと引いた。そこで、ティアが気付いたものにクロノスも気付いたらしい。パタパタと小さな翼で飛んでいるのは一歳くらいの幼女の天使だ。

「……あれは、レンフィア様では？」

そこには、幻想的な光景が広がっていた。様々な花が咲き乱れ、岩壁には星のように鉱石が輝いている。

「というか……すごいところだな」

「ここねっ。『フェアリーガーデン』だよ！」

「『フェアリーガーデン⁉』」

珍しくクロノスまでもが声を上げて驚いた。それもそのはず。『フェアリーガーデン』

は突然地上に現れ、神が降りる伝説の楽園といわれているのだ。

「これは夢か？」

手入れされた道を歩いていくと城にありそうな立派な噴水がいくつも確認できる。そして、中央には四阿《あずまや》があり、そこにレンフィアと遊ぶここの主がいた。

《久しいな。プリシィラ》

椅子から立ち上がり、レンフィアを抱きながら振り返ったその主の背中には、虹色に光る二対の羽がある。そして髪や瞳、体に沿ったドレスは、まるで月の化身のように、全てが白金色に輝いていた。

《お久しぶりでございます。トヤ様。そちらがマティアス様の？》

《うむ。今世ではティアラールだ》

「はじめまして。ティアと呼んでください」

《では、わたくしのことはシィラと。マティアス様もそう呼びますの》

ふわりと笑うその表情は、見惚《みと》れるほど美しかった。だが、すぐに意識が現実に戻る。

レンフィアが胸に飛び込んできたのだ。ティアはそれを難なく受け止め、溜め息をついた。

「きゃ〜ぁ」

「フィ。お留守番って言ったよね？」

「みゃ？」

「誤魔化《ごまか》さない。カランタはどこ？」

目をまっすぐ見つめれば、小さな口を一度尖《とが》らせてから後ろを向いて噴水の一つを指差した。

「らんら！」

「カランタ。留守番は？」

責めるように告げると、カランタが噴水の向こうからそろそろと顔を出して気まずそうに飛んできた。

「いやあ、だって、これってまさに天使の活躍すべき所っていうか……ごめんなさい。マティに教えられて思わず来ちゃいました」

「母様かぁ」

仕方ないと思うしかなさそうだ。

「来たんならきっちり仕事してもらうからね」

「はい！」

「あい！」

カランタとレンフィアの元気な返事に苦笑を返し、目的の物を手に入れるため、そこに案内してもらった。

フェアリーガーデンを抜けた先。そこが坑道の本当の突き当たりだった。

「じゃあ、まずはキルシュ。やり方はさっき言った通りね」

「わかった」

緊張気味なキルシュは、一人で中程まで進み、深呼吸をして気持ちを落ち着かせてから魔力を放出した。純粋な魔力だけを放出するのはとても難しい。これをできるようになるために、キルシュは二年前から訓練をしてきたのだ。

しばらく離れて待つティアとクロノスは静かにその時を待っていた。

「あれか！」

キルシュが一つの鉱石に向かって駆け出す。その鉱石に魔力を当てると、鉱石は魔力を吸収していく。そして、壁からコロっと取れた鉱石をキルシュが受け止めた。

それを確認したカランタとレンフィアがキルシュのもとへ飛んでいく。

「そのまま握って、もっと魔力を込めて」

「はい」

カランタとレンフィアはキルシュを包むように神属性の魔力と祝福を込めた。

「うん。できたよ」

「っ、これが魔力石……」

魔力で染まった鉱石。それはもう宝石だった。まん丸の磨かれた乳白色で光に当たったところが虹色に光る美しい石だ。

「これで……っ」

キルシュは万感の思いでそれを握り込んだ。

「じゃあ、次はクロちゃんね」

「っ、はい！」

そうして、クロノスも一つ魔力石を得る。

「ありがとう。シィラさん。お陰で最高の石ができたよ」

《ふふ。またいらしてください。お祝い事のために使われるのなら、ここの鉱石たちも喜びます》

プリシィラに見送られ、ティア達は鉱山を後にした。

◆　◆　◆

ティアたちは無事に中学部を卒業した。ひと月後、今年もフェルマー学園は新入生を迎えた。

入学式の日、帰宅後、キルシュはアデルを学園街にあるヒュースリー伯爵家の中庭に呼び出していた。

「えっと、キルシュ。ごめんね待たせて」

「っ、いや……」

緊張するキルシュを不思議に思いながら、アデルはキルシュに近寄っていく。

アデルが数歩前で立ち止まったのを確認して、キルシュはゴクリと喉《のど》を鳴らす。そして、流れるような所作でアデルの前に片膝《ひざ》をついた。

「へっ？」

驚くアデルが問いかけてくる前にと、キルシュは切り出す。

「アデル。僕は成人したら侯爵家を継ぐことになった。一緒に冒険して、色んな国を回ろうという約束が難しくなってしまったことを、まずは謝らせてほしい」

「あっ、え？　い、いいよっ。謝らないでよっ。それよりおめでとうっ」

本当に嬉しそうに祝福してくれるアデルの声を聞いて顔を上げる。そして、まっすぐにアデルを見つめた。

「旅はできなくなるかもしれないけど、僕はアデルと一緒にいたい」

「っ……そ、それって……」

「成人したら僕と……私と結婚して、侯爵夫人になってほしい」

「っ、キルっ……シュっ」

驚きに目を瞠《みは》り、次の瞬間、アデルの瞳から涙がこぼれた。口元を両手で抑え、涙をハラハラと落としながらキルシュの方をまっすぐに見つめていた。その瞳の中に嫌悪はない。キルシュはトドメとばかりに小さな箱の蓋《ふた》を開けて差し出した。その中央に光るのは虹色に光る乳白色の石をはめた指輪だった。

「アデル。今日から私の婚約者になってくれ」

「っ……はいっ！」

喜びに満ちた表情で立ち上がったキルシュは、指輪を取ってアデルの指にはめた。ぴったりとはまったそれを見て、アデルが喜びの涙を流す。その石は、アデルの持つ竜人族の皮膚と同じ色。想いを寄せる者の色に染めた石。強い想いがなければ色は出ない。その石ができた時点で、キルシュの想いは本物だと証明されていた。

嬉しそうに寄り添う二人をそっと見つめていたティアとカランタ、レンフィアは二人の未来に祝福あれと願いを込める。

「ふふ。今頃はクロちゃんも……」

同じように指輪を用意したクロノスも、今日大事な局面を迎えているはずなのだ。

◆　◆　◆

トヤに乗り、クロノスがやってきたのは魔族の国。まっすぐに向かったのは美しい王城。兵だけでなく、すれ違う民達もクロノスを歓迎する。

「あ、クロノス様。陛下でしたら、西の庭園にいらっしゃいます」

「助かります」

目的の人物のいる場所を教えられ、クロノスはそこへ早足で向かった。

「カル様」

「クロノス！　久しぶりだね。こっちへ」

「はい。失礼します」

カルツォーネは一人、噴水の縁《へり》に座って涼んでいたらしい。薄く頬《ほお》が上気しているところを見ると、時間からしても訓練後なのだろう。

「それで？　どうしたんだい？　今日からティアは学校だろう？」

「ええ。ティア様に命をいただきまして、本日よりこちらでお世話になります」

「へ？」

驚いた顔で固まったカルツォーネ。クロノスもティアに言われてカルツォーネにだけは伝えていなかった。

「え、え？　ティアが？」

「はい。まずはこちらを受け取ってください」

「っ、これ……魔力石？　綺麗な紫……っ」

カルツォーネはその意味について知っていた。真っ赤になったカルツォーネは、口を固く閉じてしまう。クロノスは構わず続けた。

「これが私の想いです。受け取っていただけますか？」

「も、もちろんだよ！」

常の様子とは違い、初々《ういうい》しい乙女の顔で受け取るカルツォーネに、クロノスは微笑む。

「はめてもよろしいですか」

「う、うん」

指にピタリとはまったそれを、カルツォーネは嬉しそうに見つめた。

「お待たせして申し訳ありませんでした」

「え？」

「私はずっと甘えていたのです。ティア様に言われて気付きました。騎士としての意地もあったのだと思います。そのせいで、あなたを待たせてしまった」

クロノスは騎士として生きたかった。弟妹《ていまい》達を守って生きてきたクロノスは、そうして、守る対象を作ることで安心感を得ていたのだ。だから、主人から離れることを考えられなかった。

『クロノス。あなたがここを去っても、私の騎士であることには変わりないのよ。私がそう思っているのだから』

迷っていることを、ティアに見透かされ、クロノスは恥ずかしくなった。だが、それさえも笑って受け止めてくれた。

『私の友人を夫として生涯支えること。これは命令です。私の騎士ならばできるわよね』

ラキアは結婚し、今や公爵夫人として立派に務めを果たしている。その上、マクレートの名を復活させ、継いでくれた。弟のユメル、カヤルもメイドであるアリシアとベティを妻にし、伯爵家で働いている。次は自分だ。

「カル様……いえ、カル。私と結婚してください」

ずっと言いたかった。もうずっと愛していた。冗談半分に『嫁においで』と言われるたび、この想いをどう誤魔化《ごまか》そうかと必死だった。守りたいものを一つに絞れない自分が嫌だった。

けれど今なら心から言える。

「あなたを支えさせてほしい」

守るのではなく、後ろで控えるのではなく、ただ一人、隣で支えたいと願う女性。

「お許しいただけますか？」

嬉しそうに目を潤《うる》ませたその表情だけで答えは分かる。だが、言葉がほしかった。だから待つ。そして、静かに深呼吸をした後、カルツォーネは頷《うなず》き抱きついてきた。

「許す！　許すよ。隣にいてほしい！」

「はい」

その日。カルツォーネが結婚するという報《しら》せを受けて、マティアスを含め、『豪嵐《ごうらん》』のかつての仲間達は、揃《そろ》って思考を停止させた。数日後、ようやく通常モードに戻った一同は、慌てて結婚祝いの品を考え出す。それが周りに伝播《でんぱ》し、カルツォーネとクロノスを知る者達も慌てだした。騒ぎは大きくなり、最終的にはサルバの町を上げての祭りとなっていた。

「ルクスっ、サラちゃんっ、急いで！　今日中にビックボアとグリーンベアを五体ずつは仕留めるよ！」

「五体⁉　そんな簡単に見つからないぞ」

「ちょっ、ちょっと待てって。ちょいルクス！　置いてかれるぞ！」

「早く！　伯爵家に雇《やと》われたからには、ティアに振り回されるのは通常業務です！」

「どんな業務だよ！」

クロノスの穴を埋めるため、伯爵家はザランをスカウトしていた。ゲイルやゼノスバートにおだてられ、ザランは先日あっさり伯爵家に取り込まれたのだ。

「サラちゃん、いくついく？」

「なに、その『何杯いく？』的な質問は！」

「ん？　とりあえず夕食までに各二体をノルマね？　マティ、サラちゃんと行って」

《は～い。サラちゃん、マティ達の愛が一番だって見せつけようねっ》

「相変わらず意味分からんわ！　ってか日暮れまでってことか⁉」

「あ、間に合わなかったら、明日の披露宴はずっと裏方だからね？　お肉の解体をプロ並みに一日中やってもらうから」

「待って⁉　ちょっ、マティ！　急ぐぞ！」

《まっかせて〜！　愛の力は最強なんだから！》

「それはもういい！　行くぞ！」

一際《ひときわ》賑《にぎ》やかになった伯爵家。笑顔が溢《あふ》れるこの場所から、かつてのバトラール王国のように、種族など関係なく、笑い合える場所が広がっていくだろう。

「ルクス〜。競争だからね？」

「よし！　俺が勝ったら今度の休みの旅行にあいつを連れていくのはナシだ」

「えっ、シェリーを外すの難しいよ？」

「ガンバレ」

「むっ、なら、私が勝ったら私もあの指輪欲しい」

「っ……あの指輪って……っ、わかった」

魔力石の指輪は特別だ。たった一度だけ受け取った者の命を守る。結婚したら指輪をネックレスに変え、生涯、肌身離さず持つ。そして、最期を迎えた時、二人の魂を引き合わせてくれるといわれている。

「トヤさん、お願いします！」

《うむ。狩り競走とは面白い。乗れ》
「はい！」
「よ～し！　負けないぞ～！　フラム、行くよ！」
《キュっ》
こうして婚約者を翻弄《ほんろう》するのも楽しみながら、ティアは今日も冒険へと駆け出していく。次の夢を求めて。未来へと進んでいくのだった。